수상한 부시장

수상한 부시장

2014년 5월 10일 초판 1쇄

글 최광철
펴낸이 김숙분 디자인 김은혜 영업·마케팅 이동호 홍보·마케팅 권미라
펴낸곳 (주)도서출판 가문비 출판등록 제 300-2005-60호
주소 (137-876)서울시 서초구 반포대로 14길 54, 1007호(서초동신성오피스텔)
전화 02)587-4244~5 팩스 02)587-4246 이메일 gamoonbee21@naver.com
홈페이지 www.gamoonbee.com 블로그 blog.naver.com/gamoonbee21/

ISBN 978-89-6902-014-7 03810

ⓒ 2014 최광철

이 도서의 국립중앙도서관 출판시도서목록(CIP)은 서지정보유통지원시스템 홈페이지
(http://seoji.nl.go.kr)와 국가자료공동목록시스템(http://www.nl.go.kr/kolisnet)에서 이용
하실 수 있습니다. (CIP제어번호 : CIP2014012305)

수상한 부시장

글 최광철

가문비

책 머리에

 지금까지 기껏해야 딱딱한 공문 작성하는 게 글쓰기의 전부였는데 막상 책 한 권을 쓰자니 가당치 않다는 생각도 들거니와 근근이 맞춤법 바로 잡기에도 바빴다. 아직 자서전을 쓰기엔 이른 나이고, 그동안 틈틈이 메모해 놓았던 것들과 블로그에 올렸던 것을 꺼내 다듬고, 어릴적 생각나는 소소한 추억들을 공깃돌처럼 순서 없이 모아 한 권의 책으로 묶었으니 졸서임에 틀림없다.

 이제 공직을 은퇴해야 할 날이 얼마 남지 않았다. 그동안의 공직생활을 정리하는 차원으로 책 한 권을 낸다는 의미도 있지만 하필 이제와 글쓰기 의욕이 생겼으니 지금이 바로 그때거니 생각한다. 직장을 이제 그만 둔다고 하니 아쉽기도 하고 홀가분하기도 하다. 아쉬운 건 정을 떼는 서운함 일 테고 홀가분한 건 마음을 비우는 것일 게다.

은퇴하는 느낌은 나 자신보다 주위로부터 더욱 그리 전해진다. 어디서 살 거냐, 무슨 소일거리라도 있느냐고 자꾸 묻는다. 실은 아직 불꽃같은 열정이 남아 있어 좀 더 공직에서 보람 있게 일할 수 있을 거라고 생각하지만 그건 나의 집착임에 분명하다.

나는 베이비붐 원년에 태어나 아날로그와 권위주의 문화 속에 습성이 굳어져 버렸다. 이제 공직을 마무리 하면서 오랫동안 번뇌의 늪에 깊숙이 있던 그것들을 부수려 한다. 이 습성은 긴 세월 속에 내 영혼 인자로 굳어져 나를 바이킹에 태운 채 질곡과 환희의 공간에서 크게 출렁거리며 어지럽혔다. 적어도 나에겐 그랬다.

나는 오랜 지병을 지녔었는데 그것은 그야말로 나의 친구였고, 가난은 극복해 나가야 하는 인생의 과정이었다. 배움은 고통과 집착으로 영글었고, 영전은 집요한 도전의 산물이었다. 초등학교를 졸업하고 미인가 중·고교를 다니면서 성수동 시계공장에서 일하고, 천호동에서 리어카 채소장수를 하며 돈 벌어 자취하고 학비를 댔다. 앞길이 혼미한 때 군에 입대해 제대를 얼마 앞두고 초교졸업학력으로 9급 지방공무원이 되는 행운을 얻게 되었다. 신혼 초 7급 공채에 합격하고, 중앙부처로 자리를 옮긴 후 늦깎이로 중·고교 검정고시 졸업을 했다. 그리고 나이 오십이 되어서야 학사학위를 취득했다. 그 모든 것은 독학으로 이루어졌다. 그러한 일련의 과정은 고질적인 집착이고 끊임없는 도전의 연속이었다. 난 그렇게 할 수밖에 없었다.

공직자로서 행정자치부 재정정책팀장, 화천군 부군수, 강원도 문화관광체육국장, 원주시 부시장이라는 과분한 직함을 갖게 되기까지 신의 가호가 늘 함께 있었다.

이 책은 공무원이 되고 싶어 하는 젊은이들에게 작은 안내서가 되길 바란다. 또 가정환경이 어려워 정규 학력을 제대로 갖추지 못한 청년들, 희망이 보이지 않아 낙심하고, 좌충우돌의 시기를 겪으며 우울한 청년들에게 조그마한 힘이 되었으면 좋겠다.

공직사회에서 인간관계는 어떤 모습일까. 하급직원들은 어떻게 처신하는 게 올바른 것일까. 그리고 어떤 마음가짐으로 국민들을 섬겨야 할까. 고위공직자는 어떻게 부하직원들을 대해야 하는가에 대해 나의 경험에 바탕을 두고 썼다. 공무와 관련된 딱딱한 내용들 보다는 가급적 에피소드를 소개했다. 조직 내 갈등들이 순기능으로 잘 전환하여 국민에게 좀 더 가까이 다가가는데 일조했으면 좋겠다. 지난날을 뒤돌아보며 재직 중에 좀 더 공손하지 못하고, 나 자신이 누린 만큼 그 역할을 다하지 못한 데 대해 이 책을 쓰면서 아픈 고백도 하고 자책해 본다.

내가 좋아하는 자전거 여행기도 몇 편 실었다. 자전거가 내 취향에 맞고 무엇보다도 아내와 늘 동행할 수 있어 좋았다. 아내와 나는 자전거를 타고 먼 길을 달렸다. 불현듯 어느 날 아내가 이상하게 낯선 사람으로 보일 때가 있다. 삼십 년을 넘게 살갑게 살았거늘 이제 와 새삼 우리 언제 하룻밤을 같이 지냈냐는 느낌이 들 때가 있다. 늘 감사하는 마음으로 살려하지만, 행여 살면서 서운하고 속상해 남겨진 앙금이 있으면 힘찬 페달링에 스치는 바람과 함께 실려 보내려했다.

분명 끝은 새로운 시작이고 디딤돌이다. 아름다운 마무리는 지평에 다시 서는 것이다. 실은 이 책을 작년 말에 출간하려다 다가오는 지방선거를 앞두고 오해의 소지가 있을까 해서 몇 달 뒤로 미뤘다. 그리고 지방선거에 티끌만한 영향이라도 미치지 않도록 소재 선정과 표현에 신중하다 보니 미흡한 점도 많다.

지난달 거친 초고를 아내에게 처음 바쳤고 격려와 허락을 받았다. 정혜원 문학박사님이 출간방법에 대해 많은 조언을 해 주었다. 감사드린다.

2014년 5월

최광철

❀ 차례 ❀

소소한 기억

섬강 치마베루에서 자라다

춘천 봉의산 녹음이 우거지고 유난히 산벚꽃이 만발했던 1955년 음력 5월. 엄니는 내 탯줄을 소양강에 버리셨다.

그 다음 해 원주 치마베루 부락으로 이사를 왔다. 집에서 동녘을 바라보면 치악산 비로봉이 보이고, 서쪽엔 섬강이 흘렀다. 섬강변에 치마처럼 넓고 경사진 절벽이 있어 치마베루라는 마을 이름이 붙여졌다.

섬강은 맑았다. 언제나 푸른 강물이 넘실댔다. 강가엔 키 큰 미루나무가 길게 줄지어 서 있고, 모래무지는 침침한 곳을 좋아해서 늘 미루나무 그늘 아래 무리지어 있었다. 꺽지와 퉁가리, 배가사리, 피라미, 붕어, 치리, 매자가 많았고, 빨갛고 파란 줄무늬가 있는 수컷 부러지도 많았다.

섬강은 그야말로 물 반, 고기 반이었다. 나는 어항으로 고기 잡는 걸 즐겼고, 밤중에 횃불을 들고 나가 뜰채로 잠든 고기들을 뜨기도 하고, 여름철엔 달팽이를 한 자루씩 잡기도 했다. 절벽 높이 올라 다이빙한다며 강물로 뛰어 내리고, 편 갈라 수중 진도리도 했다. 아직도 그 시절이 눈앞에 선하다. 치마베루에 세 살 때 이사와 열여덟 살 때까지 14년 동안 살았다.

집 바로 앞산은 공동묘지였다. 바로 백 미터 쯤 앞이다. 만 여 평정도 되는 나지막한 구릉지에 묘가 무질서하게 매장되어 있었다. 어떤 묘지 위엔 떡갈나무가 무성하게 자랐고, 어떤 묘지는 벼랑 옆에서 관이 반쯤 드러나 있었다. 조그만 빈 공간이라도 있으면 먼저 사체를 묻으면 임자였다. 거의 반 이상은 후손 없는 묘라서 벌초를 하지 않아 풀이 무성해 언덕인지 묘지인지 분간하기 어려웠다. 나는 공동묘지를 피해 삼십 분 이상 먼 길을 돌아 초등학교에 다녔다. 가끔 이른 아침에 상여행렬이 집 앞을 지나는데 엄니가 문 열고 제대로 보라고 일러주셨다. 그러면 그날 운이 좋다고 했다.

어느 늦가을 밤. 자정이 넘어 잠에서 깼다.

까르륵 으~해~해~해~해, 까르륵 으~해~해~해~해.

숨이 꼴까닥 넘어갈 것만 같은 교활한 웃음소리가 공동묘지 동쪽 산마루에서 들려왔다. 웃음소리는 몇 번이고 계속됐다. 나는 온몸에 소름이 돋고, 머리카락이 모두 하늘로 치솟았다. 잠시 후엔 반대편 서쪽 능선에서 들려왔다. 분명 꿈이 아니었다.

기름이 거의 다 떨어져 남포 불은 금방이라도 꺼질 것만 같았다. 나는 문고리를 꼭 쥔 채 문틈으로 내다보았다. 보름달이 대낮처럼 천지를 밝게 비추고 있었다. 저 멀리 능선 묘지 위에 여우가 서 있었다. 뾰족한 주둥이는 하늘을 향해 있었다. 혹시 저 여우가 오늘 아침 상여행렬을 본 걸까. 오늘 새로 쓴 묘지를 파헤친 건 아닐까? 그날 밤 나는 잠을 이루지 못했다.

✠ ✠

봄이 아직 멀었는데 낭구더미가 거의 바닥을 드러냈다. 지난 가을에 버쩍 마른 들풀과 가시나무, 참나무 가지를 잔뜩 베어와 앞마당에 산더미처럼 쌓았는데 어느새 어깨 높이로 낮아졌다. 나는 낭구하는 걸 좋아했다. 한 짐 한 짐 쌓아 올릴 때마다 뿌듯했다.

낭구를 하러 자주 덕고산에 갔다. 고개를 두 개 넘어 갔다 오면 서너 시간 걸렸다. 늘어진 지게 멜빵 길이를 줄이고, 탕개줄을 탱글탱글해질 때까지 비틀어 삐거덕거리는 소리가 나지 않도록 지게 몸체를 고정

시켰다. 산 능선에 오르면 바람에 쓰러진 소나무가 여기저기 나뒹굴어져 있었다. 낫과 톱으로 소나무 가지를 양팔 벌린 크기로 잘라 차곡차곡 한 짐 실었다. 지게를 쉽게 일으켜 세우려고 조금 비탈진 곳에 세웠다. 어깨를 멜빵에 넣고 지게를 약간 뒤로 떠민 다음 지게작대기로 땅바닥을 짚고 무게 중심을 잡으며 천천히 일어섰다.

덕고산을 출발해 서너 번 쉬어야만 집까지 올 수 있었다. 고갯마루 쉼터는 참 시원한 바람이 지나갔다. 집에 오는 길에 계곡에서 가끔 가재를 잡았다. 작은 돌을 들어 올리면 그 밑에 가재들이 있었다. 잽싸게 뒷걸음치는 가재 등껍질을 잡으면 가재는 양손 집게를 들어 올려 내 손을 물었다. 바위 옆엔 조그만 굴이 있는데 이 속에는 가재가 숨어 있다는 표시였다. 먹잇감으로 개구리 뒷다리를 구멍 입구에 놓고 잠시 기다리면 가재가 살금살금 기어 나왔다. 난 노란 주전자로 한가득 잡았다.

❀❀

두 뼘 마루에 열 평 남짓한 우리 집 초가지붕은 해를 넘겨 시커면 이엉이 여기저기 함몰됐고, 흙벽은 기대면 무너질 듯 군데군데 푹 파여 있었다.

간밤에 내린 눈이 처마 밑까지 쌓여 사립문을 열 수가 없었다. 구들장은 식어 냉골이었고, 콧등이 시려서 이불을 당겨 덮으면 발가락이 시렸다. 나는 새벽이면 부엌에 나가 아궁이에 불을 지폈다. 추운 방안에 있는 것보다 부엌에 나가 불장난하는 게 훨씬 재미있었다. 불을 피울 때 굵은 낭구의 밑둥부터 바닥에 깔고 가느다란 순으로 엇갈리게 쌓았다. 솔잎 불쏘시개로 조금씩 불을 붙이고 나서 차츰 깊은 곳 굵은 나무까지 불을 붙인다. 부지깽이 끝에 불이 붙었다 꺼지기를 반복하다보면 몽당연필처럼 줄었다.

엄니는 숯불을 재로 살짝 덮고 석쇠를 가로질러 그 위에 투가리를 얹었다. 그리고 잘 익은 김장 무를 반 뚝 잘라 청국장과 함께 푸욱 끓였다. 구수하고 새콤한 청국장 맛이 무 속 깊이 배여 발갛게 되었다.

❀❀

국도 5호선이 우리 집 옆을 지나 섬강 물길 따라 남북으로 이어졌다. 원주와 횡성으로 연결되는 도로 양 옆에는 아름드리 미루나무가 길게 줄지어 서 있었다. 꼭 그림 속에 원근법을 나타낸 것처럼 멋져보였다. 길은 포장이 되질 않아 가뭄 때 과속차량이 지나가면 먼지 폭풍이 일었다. 끝 숫자가 1일, 6일로 끝나는 횡성 장날이면 이른 아침 소 장수들의 긴 행렬을 볼 수 있었다. 열 마리나 스무 마리쯤 되는 소들이 한 줄 코뚜레에 엮여 지나갔다.

이 국도는 차량이 드문 곳이었다. 차가 횡성과 원주를 오갈 때 치마베루 긴 커브 길을 돌아야만 하는데 나는 늦가을 밤이면 동네 친구들과 이곳을 지나는 차량을 골탕 먹였다.

치마베루 산허리에 차량 불빛이 번뜩거리면 횡성 쪽에서 차량이 오고 있다는 표시였다. 난 친구들과 서둘러 행길 양쪽 미루나무에 새끼줄을 연결시켰다. 그리고는 잽싸게 가까운 산으로 올라가 숨었다. 주행하다가 갑자기 도로 한 복판에 굵은 새끼줄이 쳐져 있으면 얼마나 놀랄까? 놀라는 모습이 얼마나 재미있을까? 하는 생각을 하며 가슴조이며 내려다보았다.

마침내 시커먼 차량이 새끼줄 앞에 끼-익하고 섰다. 트럭이었다. 운전수는 차에서 껑충 뛰어 내려 새끼줄을 만져보더니 다시 차에 올라 그냥 대수롭지 않다는 듯 툭 끊고 지나갔다. 좀 싱거웠다.

이번엔 논 가운데 쌓아 둔 볏단을 몇 개 갖다가 행길 가운데 세워 놓고 기다렸다. 드디어 차량 불빛이 공중에 치솟았다가는 산기슭을 빙빙 돌았다. 우린 볏단에 불을 지피고 행길 옆에 콩가리 안으로 숨었다. 2m 높이 되는 원뿔형 콩가리 안은 비좁고 캄캄했다. 고양이도 이미 들어와 자리 잡고 있었다. 콩단을 비집고 틈새로 내다보니 볏단은 맹렬히 불타고 있었다. 차량은 먼발치서 속도를 서서히 줄이더니 불타는 볏단 가까이 접근했다. 어떤 차량인가 자세히 보니 이번엔 헌병 지프 차였다.

키가 훤칠하고 하얀 헬멧을 쓴 헌병 두 명이 차에서 내리더니 소리를 쳤다.

"어느 놈이야! 누가 이런 장난을 치는 거냐?'라고 외치며 주변을 수색하기 시작했다. 바짓가랑이에 달린 스프링이 철그럭철그럭 소리를 내며 한 발짝씩 내게로 다가오고 있었다. 들키면 큰일이었다. 콩밥 신세 면치 못하고, 엄마한테 혼날 걸 생각하니 무섭고 후회스러웠다.

드디어 헌병은 손전등을 들고 캄캄한 콩가리 안을 비추기 시작했다. 고양이가 먼저 앙칼지게 '야~옹' 하고 소리쳤다. 나는 콩가리 속 맨 위쪽 꼭짓점에 박쥐처럼 달라붙어 있었다. 팔이 엄청 아팠다. 순간 난 날짐승들은 어떻게 그렇게도 오랫동안 나무위에 매달려 있을 수 있을까하는 생각이 들었다.

머리를 들어 거꾸로 바닥을 내려다보니 손전등 불빛이 번뜩이고 있었다. 헌병은 "이놈들 어디에 숨어 있는 거야?"하며 다른 곳으로 찾아 나섰다. 안도의 한숨이 절로 나왔다. 난 그 이후 다시는 불장난을 하지 않았다.

연둣빛 대추가 서리를 맞아 빨갛게 변했다. 우리 동네 권 씨네 집 대추나무 가지에 찢어질 듯 주렁주렁 대추가 달렸다. 보름날 밤이슬에 반사된 대추가 유난히도 달빛에 반짝이고 있었다.

한밤중 나는 담장 위로 뛰어 올라 굵직한 것들을 골라 따서 점퍼 주머니에 넣고 있었다. 양 옆 주머니가 가득 찰 때 쯤 갑자기 처마 밑에서 소곤거리는 소리가 들렸다. 권 씨네 형들이었다. 대추서리 하는 나를 목격하고 서로 무어라 얘기를 하는 것이었다. 나도 순간적으로 그들을 알아챘다. 나는 잽싸게 담에서 뛰어 내려 인근 야산 넝쿨 숲속을 헤집고 줄행랑 쳤다.

권 씨 집안은 방앗간과 양조장을 하고 있었으며, 마을에서 가장 부잣집이었다. 형제들을 모두 대학 다니고, 몸집도 크고 힘도 세기로 유명했다. 동네 사람들이 권 씨 집안에 잘못 보이면 그 동네에서 살기 힘들 정도였다.

뒷산 풀숲 방공호에 숨어 한 시간 남짓 숨어 있다가 내려왔다. 이젠 잠잠해졌으리라 생각하고 신작로로 내려와 권 씨네 집을 가로질러 우리집 쪽으로 가고 있는데 갑자기 그 집 형들이 번개같이 나타나 내 앞을 가로 막았다.

오마이 갓! 다짜고짜 내 목덜미를 움켜지고는 "바로 네 놈이지, 우리 집 대추 딴 놈이~"라며 윽박지르기 시작했다. 나는 겁에 질린 채 대추를 따지 않았다고 웅얼거렸다. 그러자 형들은 곧바로 내 점퍼와 바지주머니를 더듬기 시작했다. 그리고는 뭔가 이상한 듯 중얼거렸다. "분명히 이 놈인데 이상하다."라고 말했다.

나도 얼떨결에 "거봐요. 내가 무슨 대추를 땄다는 거예요?"라며 큰소리를 쳤다. 그 형들은 고개를 갸우뚱하고 나서 나를 그냥 보내주었다. 내가 생각하기에도 참 별일이다 싶었다. 점퍼에 분명히 한가득 대추를 따 넣었는데 없어졌다니 이상했다.

나는 다시 점퍼 양옆 주머니에 손을 넣어 보고 나서야 그 이유를 알았다. 속주머니가 뜯어져 대추가 모두 점퍼 뒤로 몰려 있었다.

중학교 입학을 포기하다

엄니는 내 검정 교복을 손이 베어지도록 주름잡아 다림질 해 놓았다. 나는 모자와 교복에 달 중(中)자 배지를 광약으로 빛나게 닦았다. 노란 구릿빛이 현란하게 빛났다. 교복 입고 모자 쓰고 거울 앞에 서서 몇 번이고 경례를 붙여 봤다.

등교할 때 교문에서 제대로 경례하지 못하면 규율부에 끌려가 뒤지게 빳다를 맞는다고 했다. 모자는 챙으로 눈썹을 조금 가릴 정도로 눌러 썼다. 칼 같은 경례 모습은 내가 봐도 육사생도를 능가해보였다.

초등학교 졸업식을 며칠 앞둔 한 겨울 밤, 와장창 문짝 부서지는 소리에 놀라 잠을 깼다. 느닷없이 너댓 명의 장정이 안방 문을 걷어차며 들이 닥친 것이다. 희미한 남포 불빛 아래 가재도구들은 여기저기 나뒹굴었고 그들은 고함을 지르며 아버지를 찾았다.

"나와, 어서 나오란 말이여."

"일을 시켰으면 돈을 줘야 할 거 아녀……."

마침 아버지는 집에 안 계셨다. 엄니는 윗목 구석에서 머리를 숙인 채 아무 말도 못하고 무릎을 두 팔로 감싼 채 앉아 계셨고, 그들은 몇 번이고 발길질을 하려는 기세였다. 나는 엉겁결에 마당으로 뛰쳐나왔다. 너무 추워서 온 몸이 떨려 이빨이 요란하게 따닥따닥 거렸다.

나중에 알게 된 사실인데, 아버지가 도로 보수 사업을 하청 받아 일하다가 연쇄부도로 인해 인부들에게 임금과 재료값을 지불하지 못했다고 한다. 인부들도 매우 어려움에 처했다고 들었다. 그 후로 아버지는 오랫동안 집에 들어오시지 못했다.

그때부터 엄니는 새끼들의 끼니를 걱정해야 했고, 난 솔잎을 긁어와야 했다. 오남매 중 맏형은 그 해 중학교를 졸업하고 일자리를 찾아 서울로 갔고, 밑에 동생 셋은 초등학생이었다.

어렵사리 생계를 이어오던 참에 사업이 부도까지 났으니 그야말로 가정 형편이 엉망이 되어버렸다. 나는 중학교 입학을 포기해야만 했다. 나는 내년에 중학교를 다시 간다든지, 혼자서 공부를 한다든지 하는 생각도 없었다. 철없던 시절이라 앞날의 걱정 따위는 하지 않았다. 오히려 친구들과 공놀이도 하고, 물고기 잡고, 땔감해오는 게 더 재미있었다.

중학교를 다니지 않으면 앞으로 내 인생이 어떻게 되는지 깊이 생각해 본 기억이 나질 않는다. 그렇게 한 해가 지나고 또 그 다음 해가 지나갔다. 2년 동안 집에서 지냈다. 가끔 내 친구들이 교복을 입고 저만치 지나가는 모습을 보면 좀 부러운 생각도 들었다.

❧❧

한 여름 삼복더위가 유난히 기승을 부리고 있었다. 난 지게를 지고 엄니는 낫을 들고 덕고산 자락으로 칡넝쿨을 채취하러 다녔다. 칡 줄기는 우리 가정의 주 소득원이었다. 논밭이 없는 우리 집은 칡 줄기를 끊어 팔아서 그 날 먹을 보리쌀을 구입했다. 칡은 토질 좋은 양지에서 자라야 줄기가 굵고 이들이들하고 길었다. 칡 줄기는 뿌리 가까운 곳에서 여러 줄기를 한 줌에 잡아 낫으로 베었다. 그 다음 칡잎을 훑어 떼어 내고 긴 줄기는 팔꿈치를 이용해 '8' 자 모양으로 둘둘 말았다. 지게에 가득 실으면 열 관 정도 됐는데 이걸로 보리쌀 한 말을 살 수 있었다. 그 당시 칡 줄기는 우리 식구들의 생계에 큰 보탬이 되었다.

칡 줄기가 상품이 되려면 가마솥에 넣어 푹 삶은 후 강물에 담가 불린다. 그런 다음 흐물흐물 불은 줄기 찌꺼기를 손으로 죽죽 훑어 내면 하얀 칡 줄기만 남는다. 이걸 흐르는 물에 깨끗이 씻어 햇볕에 말리면 굴피가 된다. 굴피는 부잣집 사람의 상복과 방음벽지로 쓰였다.

엄니는 새벽 강가에 나가 칡 줄기를 강물에 흔들어 씻었다. 그 당시는 엄니가 새끼들 먹여 살리느라 무척 고생했을 텐데 나는 엄니가 그때 그렇게 고생스러워하는 모습이 기억나질 않는다. 난 그냥 몹시 더웠던 기억이 난다. 그 땐 고생이라는 게 뭔지 몰랐던 것 같다.

처방 없는 지병이 시작되다

　난 밭고랑에서 베어 온 닥나무를 휘어 활을 만들었다. 활줄은 닥나무 껍질을 꼬아 엮었다. 화살촉은 가느다란 싸리나무를 깎아 만들었다. 화살촉 끝엔 완두콩만한 크기의 밀가루 반죽을 빚어 붙였다. 넓은 베니아 판자에 진한 연필로 내 얼굴과 눈동자를 그려 동쪽을 바라볼 수 있는 집 벽면에 판자를 걸었다.

　아침 해가 치악산 봉우리에 떠오르고 있었다. 나는 내 형상이 그려진 판자에서 서너 걸음 떨어져 내 눈을 향해 화살을 쏘아댔다. 화살은 연실 내 눈동자를 맞히고는 툭하고 바닥에 떨어졌다. 사정없이 열 번 스무 번 계속 쏘아댔다. 그렇게 하면 눈병이 나을 수 있다고 이모부가 비방을 알려준 것이다. 나는 눈병을 낫게 해 달라고 마음속으로 간절히 빌면서 활을 당겼다.

　초등학교 친구들은 늘 빨갛게 충혈된 내 눈을 보고 토끼라고 놀려댔다. 정확히는 알 수 없으나 아마도 4, 5학년 때부터인 것 같다. 매일 저녁 해 떨어질 때가 되면 눈꺼풀이 가렵기 시작했다. 손등으로 양쪽 눈을 비비면 눈두덩이가 퉁퉁 부어올랐다. 세숫대야 찬물 속에 머리를 집어넣고 눈동자를 껌벅대면 잠시 시원했다. 그러나 그것도 잠깐이었다. 손가락으로 눈꺼풀을 반으로 접어 지근지근 비벼댔다. 발을 동동 굴러도 가렵기는 마찬가지였다. 너무 가려워 눈꺼풀을 꺾고, 겹쳐 비

비고, 비비다 숨이 차고, 가려움이 통증으로 바뀌면 밤늦게 잠이 들었
다. 아침엔 손가락에 침을 잔뜩 묻혀 눈에 발랐다. 눈곱이 딱딱하게 말
라붙어 있어 눈을 뜰 수가 없었다.

봄, 가을에 유난히 더 심했는데 원인이 뭔지 알 수 없었다. 병원에
가 봐도 별다른 치료가 없었고 처방해 준 안약을 넣으면 잠시 시원하다
가 또 가려움증이 시작되었다. 언제 이 괴로움에서 벗어날 수 있을까.

부모님이 눈에 좋다는 간유구를 약방에서 사주었다. 횡성 장날에는
푸줏간에 들러 소간도 얻어다 주었다. 어느 날 이웃에 사는 이모부가
나를 안쓰럽게 여겨 강 건너 마을 사제리에 용하다는 한의원이 있다며
데려갔다.

한의원은 허연 턱수염을 하고 마치 산신령 같은 차림을 하고 앉아
있었다. 내가 앉자마자 한 뼘이나 되는 노란 침을 꺼내 미간 사이를 찌
르려고 하는 게 아닌가! 나는 너무 놀라서 그 자리를 박차고 나왔다. 그
침이 너무 무서웠다. 무척 아플 것 같았다. 눈과 눈 사이를 그렇게 길
고 굵은 침으로 찌른다고 생각하니 너무 겁이 났다.

며칠 후 이모부가 다른 한의원에 가보자며 나를 데리러 왔다. 그 집
은 태장에 있는 아주 오래된 한의원이었다. 원장이 입침이라고 하는
손가락 반만 한 길이의 침을 놓아 주었다. 약간 따끔따끔할 뿐 참을 만
했다. 손발 끝에서 머리끝까지 온몸에 침을 놓았다. 침 수백 개를 꽂은
것 같았다. 그렇게 온몸에 침을 맞고 나니 전신에 힘이 풀렸다. 한 달

정도 계속 침을 맞으러 다녔다. 그렇게 해도 나의 기력만 나빠질 뿐 증상은 나아지질 않았다.

난 가까운 의관리 교회에 나갔다. "하느님 저의 죄를 용서하여 주시옵소서. 제 눈이 밤새도록 가려워 미치겠습니다. 약을 넣어도 안 들고, 한방에 가서 온몸에 침을 맞아도 효과가 없습니다. 그러니 하느님께서 제 눈병을 낫게 해 주세요."하고 간절하게 기도했다. 남들이 내 기도를 듣거나 말거나 소리를 내어 기도했다. 전도사님은 내 머리 위에 손을 얹고 종종 안수기도를 해 주었다.

어느 날 횡성읍에 갔다가 우연히 허름한 집 대문에 붙여진 글귀가 눈에 띄었다. 운명을 상담하고 해결해 준다는 글이었다. 나도 모르게 대문을 열고 안으로 들어갔다. 방안엔 엄니 나이쯤으로 보이는 아주머니께서 흰 옷을 입고 앉아 있었고, 방 한가운데 네모난 검은 밥상이 놓여 있었다.

"꼬마가 이곳에 왜 왔느냐? 무슨 어려움이라도 있느냐?"고 하는 얘기는 기억나지 않는다. 그 아주머니가 내 나이를 물어보고, 내 손금을 보았다. 그리고는 방바닥 놋그릇에서 쌀 한 움큼을 꺼내 밥상 위에 확 뿌렸다. 흩어진 쌀알을 두 개, 세 개씩 따로 분리해 나누면서 무어라 혼자 중얼 거렸다. 또 옛날 동전도 몇 개 밥상 위에 던져 놓고는 한동안 곰곰이 생각에 잠겼다. 그리고는 다가오는 사월 초파일날 새벽 4시에 다시 오라는 것이었다. 나는 돈을 얼마 냈는지 기억이 나지 않는다.

보름쯤 지난 사월 초파일 캄캄한 새벽에 다시 그 집을 찾았다. 대문이 조금 열려 있었다. 문고리를 밀고 들어가니 아주머니가 이미 갈 채비를 하고 앉아 있었다. 광목천으로 싼 대나무 바구니를 양 어깨에 메시더니 따라 오라며 길을 나섰다.

읍내를 빠져나와 산 속으로 접어들었다. 너무 추웠다. 날씨도 춥지만 예측할 수 없는 두려움이 추위를 더해 주었다. 나는 뒤따라 가다가 가끔씩 나도 모르게 온몸이 소스라치듯 떨렸다. 아주머니는 돌 뿌리가 있거나 작은 도랑을 지날 때면 손전등을 내 발 밑에 비춰 주었다.

한 시간 정도 걸었을까, 아주머니는 나뭇잎이 물살에 흘러내리다 잔돌에 걸려 계곡물을 가두고 있는 조그만 웅덩이 앞에 멈추시더니 손발을 깨끗이 닦으라고 하였다. 난 물이 차가워 겨우 손가락 끝만 씻는 둥 마는 둥하고 고양이 세수를 했다. 물이 너무 차서 발은 담그자마자 얼른 꺼냈다.

가파른 산을 한참 오르니 아직 사방이 캄캄한데 눈앞에 큰 바위가 흐릿하게 나타났다. 사방이 어두워서 바위 전체 모습은 보이지 않았다. 아주머니는 도착하자마자 잠시 쉬지도 않은 채 짐을 풀어 바위 앞에 촛불을 밝히고 제물을 가지런히 차려 놓았다. 여러 차례 정성껏 절을 하며 무언가를 읊어댔다. 그 다음 나를 제사상 옆 바위 앞에 세워 놓고는 빚어 온 떡을 몇 개 집어 들더니 하나 씩 나를 향해 던졌다. 난 하나도 땅에 떨어지지 않도록 모두 양손으로 받았다. 산기슭을 거의 다 내려 올 때 쯤 되서야 먼동이 트기 시작했다.

해를 거듭해도 괴로움의 질곡에서 벗어나지 못했다. 용하다는 한의원을 찾아가 온 몸에 침을 맞아도, 신에게 목 놓아 기도를 해도 눈병은 나아질 기미가 없었다. 그나마 내가 할 수 있는 거라곤 시원한 물수건으로 눈을 덮어 열기를 식혀주고, 해가 떨어지면 일찌감치 잠자리에 드는 게 최선의 처치였다. 처방 없는 지병이 계속되었다.

미인가 중 · 고등학교에 입학하다

초등학교를 졸업하고 집에서 2년간 잘 놀았다. 그런데 어떻게 횡성에 있는 시온중학교를 알게 됐는지 기억은 잘 안 나지만 입학금이 없고, 수업료가 적으며, 누구나 초등학교만 졸업하면 입학할 수 있었다. 입학시험도 없었다. 입학시험이 있었다면 나는 입학할 수 없었을지도 모른다. 명칭은 중학교이지만 학력을 인정하는 정규과정이 아니었다.

시온중학교 학생 수는 전 학년 모두 90명 정도 되었고 우리 1학년은 35명이었다. 학교 건물은 교회와 붙어있었다. 선생님은 학교를 설립한 교회 장로님을 포함하여 총 4명이었다. 한 분의 선생님이 두 세 과목을 담당했다. 민 선생님은 국어와 일반사회, 김 선생님은 영어와 국사, 그리고 체육까지 담당하였다. 선생님들은 자원봉사처럼 정성스럽게 가르치셨다. 교회에서 운영하는 학교라서 매주 한 두 시간 씩 성경 과목이 있었으며 방학숙제로 신약성서 중에 사도행전을 전부 노트에 적어가기도 했다.

교실 바닥은 울퉁불퉁 흙바닥이었다. 교실마다 몇 장의 유리창은 항시 깨져 있어 바람이 들이쳤다. 높은 언덕 위에 세워진데다 울타리 가 없는 탓에 체육시간에 축구 할 때면 한참 아래 둔내강으로 굴러 떨 어진 공을 주워 오느라 경기가 중단되었다.

학교에서 집까지는 잰걸음으로 가도 한 시간 정도 걸렸다. 버스요 금은 10원, 건빵 한 봉지 값이었다. 종종 하교 길에 배가 고프면 버스 를 타지 않고 건빵을 사서 먹으며 집까지 걸어오기도 했다. 그 때 가끔

은 대견스럽게도 집까지 걸어오며 영어 단어를 암기했던 기억이 난다.

어느 날 읍내 횡성중학교에 다니고 있는 친구가 민중서관에서 발행한 국사책 참고서라는 걸 갖고 있었다. 기본 교과서 이외에 참고서라는 것이 있다는 걸 그때 처음 알았는데 그 내용이 너무 상세하고 알기쉽게 잘 편집되어 있어 깜짝 놀랐다. 참고서는 국사 이외에도 각 교과목마다 다 있다는 걸 알고 몇 권 빌려 보았다.

나의 학업수준은 비교적 상위에 속해 있었다. 하기야 이렇게 열악한 학교환경에서 등위는 큰 의미가 없었다. 각자 지식의 깊이를 따지고 보면 도토리 키재기에 불과했기 때문이다. 시온중학교에 다니는 대부분의 학생들은 다들 가정환경이 어려운 학생들이었다. 찢어지게 가난해 수업료마저 제 때 납부하지 못하는 학생들이 꽤 있었다. 한편 다른 학교에서 말썽을 일으켜 퇴학처분을 받고 이 학교에 들어 온 학생도 있었다.

어느 덧 3학년이 되었고 고등학교 입학을 해야 할 처지가 되었다. 시온중학교를 졸업하고 고등학교에 입학하려면 중학교 졸업자격 검정고시에 먼저 합격해야 한다. 그런데 그 누구도 관심이 없는 듯 했다. 11과목의 달하는 검정고시를 모두 합격해야 하는데 이는 꿈만 같았다. 학교수업도 검정고시에 대비한 학습이 아니었다. 검정고시를 통해 고등학교를 입학하는 것은 모두들 다른 학교 학생들이나 하는 것이라고 여기는 것 같았다. 검정고시 얘기는 아무도 말을 꺼내지 않았고 나도 물론 엄두가 나질 않았다. 시간은 점점 흐르고 졸업이 임박했다.

❀❀

나는 검정고시를 볼 수 있는 실력이 되질 않았고, 검정고시를 보려고 마음먹지도 않았다. 오르지 못할 나무는 아예 쳐다보지도 않은 셈이다.

그러던 어느 날 서울에 있는 천호상업전수학교에서 우리 학교를 찾아와 입학설명회를 했다.

아니 웬 고등학교 입학설명회!!

우리 시온중학교 졸업생도 입학할 수 있다는 것이다. 단지 야간반에 한해 입학할 수 있는데 낮에는 취직자리도 알선해 준다고 했다. 야간반과 주간반의 차이는 야간반은 고등학교 정규 학력인정을 얻지 못한다는 점이었다.

나에게 야간이면 어떻고 학력인정이 아니면 어떻고 문제가 되지 않았다. 그저 어느 학교든지 들어갈 수만 있으면 되고, 게다가 취직도 할 수 있다니 딱 맞는 조건이었다.

막상 검정고시를 합격하고 정규 고등학교에 입학한다고 하더라도 입학금과 수업료를 감당하기 어려웠을 것이다. 그런데 취직까지 시켜 준다고 하니 이런 행운이 또 있으랴. 나는 한양으로 유학을 간다니 가슴이 설렜다.

우리 학교에서 나를 포함해 다섯 명이 천호상업전수학교 야간반에 입학했다. 전수학교지만 다른 고등학교와 같은 교과목을 배우고 있었다. 천호상업전수학교는 당시 재정사정이 어려워 시골에서 많은 학생들을 데려와 야간반을 운영하고 있었다. 야간반 학생들은 대부분 공장에 다녔지만 그렇지 않은 학생들도 간혹 있었다.

❈ ❈

나는 성동구 성수동 어린이 대공원 인근에 있는 시티즌 시계공업주식회사에 취직했다. 아침 5시에 일을 시작하고 오후 2시에 일이 종료되었다. 오후 4시에 야간수업이 시작되었고 밤 10시에 수업이 끝났다. 가끔 숙제를 내 주었으나 학생들이 낮에 직장 다니는 걸 고려해 숙제 검사는 엄하게 하지는 않았다. 매일 시간표에 맞춰 교과서를 챙겨가는 일은 없었으며 모든 교과서를 한 가방에 전부 넣고 다녔다.

주경야독이 피곤해서일까, 밤에 책상에 엎드려 자는 학생들도 많았다. 나도 예습과 복습을 거의 하지 않아 학습 진도를 따라가기가 쉽지 않았다. 그저 한양에서 학교와 직장을 다닌다는 과분한 현실이 나를 위로하고 있었다.

천호상업전수학교는 나에게 첫 직장을 마련해 주었다. 싱그러운 새벽 출근길 흔들리는 버스 안에서 나는 한없이 감사했다. 이 학교와 직장이 없었다면 시골에서 무엇을 하고 어떻게 지낼까 하는 생각을 하면 참 행복했다.

기말시험을 보기 전에 선생님이 출제범위를 알려 주었다. 시험에 나올 문항의 2배수를 찍어 주시는 선생님도 있었는데 아주 인기가 좋았다. 그 경우 다른 문제는 들춰 볼 필요도 없이 찍어 준 문제만 공부해도 좋은 점수를 받을 수 있었다. 나는 성적이 상위그룹에 속해 있었다. 특별히 잘하거나 열심히 한 것도 아니다. 다른 학생들의 학습여건이 나보다 훨씬 어려웠기 때문일 게다. 하지만 암기 쪽지는 주머니에 항상 넣고 다녔다. 등하교 버스 안에서, 공장 화장실에서 선생님이 미리 알려 준 시험 예상문제만은 확실하게 공부했다.

어느 날 박문영 화학과목 선생님이 우리 학교에 자랑거리가 하나 생겼다고 하면서, 올해 서울시 9급 공무원 시험에 우리 학교 출신 한 명이 합격했다는 소식을 알려 주었다. 선생님은 우리에게 희망을 잃지 말고 열심히 공부하라고 격려해주었다. 나는 그 때 좀 의아해 했다. 기껏 말단 공무원 한 사람 된 걸 가지고 이 학교의 자랑거리라니 선생님 말씀이 잘 이해되지 않았다.

❁❁

자취방은 강남구 명일동 학교 인근에 얻었다. 야간학교에 다니는 친구들은 대부분 자취생활을 하고 있었다. 자취라고 해 봤자 곤로와 솥단지, 냄비, 그릇 서너 개, 수저, 바가지 정도였다. 김치는 담궈 먹어야 하니까 고무대야는 필요했다. 가끔 원주에 내려오면 어머니는 온갖 푸성귀와 밑반찬을 챙겨 주셨다.

어느 날 반찬 한 보따리를 들고 원주에서 버스를 타고 서울 동대문 버스터미널에 내린 후 다시 478번 명일동행 시외버스를 갈아탔다. 동대문에서 종점 근처인 명일동 자취집까지는 한 시간 정도 걸렸다. 나는 엄니가 싸 주신 반찬 보따리를 운전석 바로 뒤에 놓았다.

그런데 이게 웬일인가. 버스가 동대문을 출발하고 나서 얼마 되지 않아 버스 바닥에 물이 고이기 시작하더니 김치 냄새가 차내에 진동하기 시작했다. 살펴보니 내 보따리에서 김치 국물이 새는 것이었다. 나는 순간 너무 창피했다. 내 물건이 아니라고 말하고 그냥 차에서 뛰어 내리고 싶었다. 버스가 달리다가 중간 중간 정류장에 멈출 때는 김치 국물이 앞쪽으로 쏠리고, 다시 출발하면 김칫국물이 버스 뒤쪽으로 밀물처럼 이동했다. 그 때마다 차안에 서 있던 승객들은 잽싸게 양쪽 발을 들었다 놓기를 반복했다. 승객들이 김치 국물이 새고 있다고 보따리 누구 거냐고 소리를 질렀다. 나는 그 때 제 정신이 아니었다. 아무 말도 하지 못하고 창밖만 쳐다보았다.

종점에 거의 도착하자 몇 명의 승객들만 차 안에 남아 있었다. 나는 차가 채 정차하기도 전에 보따리를 들고 차에서 뛰어 내려 뒤도 돌아보지 못하고 자취방으로 달려갔다.

자취방은 다세대 주택으로 여러 가구가 한집에서 생활했다. 하루는 옆집 항아리에 담아 놓은 마늘종 장아찌가 너무 먹고 싶어서 아주머니가 없는 날 항아리에서 몇 개를 몰래 꺼내 먹었다. 짭조름하고 칼칼한 게 아주 맛있었다.

며칠 후 또 한 번 몰래 꺼내 방바닥에 펼쳐 놓고 먹고 있는데 옆집 아주머니가 문을 벌컥 열었다. "학생 뭐해. 밥 먹나." 아주머니는 마늘종에 눈길이 가 있었고, 난 순간 놀라 문을 쾅하고 닫았다. 나는 그날 이후 다시는 마늘종을 꺼내 먹지 않았다. 아주머니가 바깥에 있으면 면목이 없어서 나가지도 못했다.

자취생의 주 메뉴는 역시 콩나물국, 김치, 오뎅조림, 깻잎이다. 콩나물국은 소금으로 간을 맞추고 파 몇 조각을 넣어 끓인다. 가장 좋아하는 음식은 김치볶음이었다. 난 김치 담그는 것이 별로 어렵지 않았다. 김칫거리를 가급적 큼직하게 썬 후 왕소금을 뿌리고 1시간 정도 절인 다음 소금물을 씻어내고 생강과 쪽파, 마늘을 다져 넣고 고춧가루와 조미료, 새우젓을 넣고 버무리면서 소금으로 간을 맞췄다. 여름철은 대야에 수돗물을 떠 놓고 김치가 쉽게 삭지 않도록 항아리를 물속에 담궈 놓았다.

어느 날 김치를 버무리고 있는데 울타리 틈새로 킥킥거리는 소리가 들려 왔다. 우리 학교 여학생들이 내가 김치 담그는 걸 지켜보고 있었던 것이었다. 나는 순간 방으로 뛰어들어가 한참 동안 밖에 나오지 못했다. 창피했다. 얼굴이 화끈거렸다.

리어카 채소장수로 돈 벌다

천호상업전수학교는 시골 출신 학생들에게 직장을 알선해 주었다. 낮에는 직장에 다니고 밤에는 학교에 다닐 수 있게 되었다. 서울 성수동에 있는 시티즌 시계공업주식회사는 나의 첫 직장이다. 손목시계를 생산하는 공장이었다. 2백 명 정도의 근로자가 있었고, 나는 생산 1과에서 일하게 되었다.

내가 하는 일은 손목시계 뒷면 뚜껑을 돌려서 열고 닫기 위해 홈을 만드는 것이었다. 우선 분필 크기의 바이트라는 날카롭고 뾰족한 도구를 미싱 같은 기계에 장착하여 손잡이를 빙빙 돌린다. 그 다음 쇠뭉치 뒷면에 홈을 파내며 들어간 뒤 다시 거꾸로 돌려 제자리로 나오면 나사 모양의 홈이 생기는 것이었다.

그리고 방수처리를 위해 고무 바킹을 틈새에 끼운 후 뚜껑을 덮는 일이었다. 쇠를 깎아 생겨난 날카롭고 긴 쇠줄에 손발을 베는 경우가 종종 발생하지만, 일의 공정이 단순해서 그다지 힘들거나 큰 기술을 필요로 하는 건 아니었다.

과장 사무실은 생산 공장 한가운데 위치하고 있었고, 투명한 원형 유리창으로 되어 있었다. 들리는 얘기로는 명문대학 공학과를 나온 유능하신 분이라고 했다. 과장은 종종 자리에서 일어선 채 근무상황을 점검하였고, 때로는 직접 옆에 와서 지켜보기도 했다. 일하는 도중에 잠시 화장실에 갈 때에는 시간을 체크하는 것 같아 신경이 쓰였다.

공장 내부는 겨울나기가 꽤 추웠다. 한 시간 정도 일하고 십 분씩 쉬었는데 그 땐 난로 주변으로 우르르 몰려들어 언 손을 녹였다. 쇠붙이를 깎는 작업이라서 마찰열을 줄이기 위해 기름 섞인 물을 사용하느라 손금에 검은 기름때가 묻어 좀처럼 지워지지 않았다. 학교에 가기 전에 비눗물로 여러 번 씻어도 손금에 선명하게 남아 있었다.

사방이 캄캄한 새벽, 정문으로 들어와 곧바로 작업복을 갈아입고 기계처럼 일하고 오후 2시에 등교했다. 1년 정도 시티즌 회사에 다녔다. 첫 직장의 아름다운 추억은 별로 기억나지 않는다. 월급으로 학비와 자취생활비는 가능했다. 다람쥐 쳇바퀴 돌 듯 돌아가는 하루하루 일과는 따분해졌다. 돈을 버는 것도 아니고 학업성적이 쑥쑥 올라가는 것도 아니었다. 처음에 서울에 올라 올 때는 그저 취직된다는 것 그 하나만으로도 만족했는데 이젠 점점 현실에 회의감이 느껴졌다. 내 생활이 이런 모양으로 계속된다면 앞으로 나의 장래가 어떻게 될까하는 걱정이 들기 시작했다.

중학교 때 학력인정을 갖추지 못한 학교에 들어가 검정고시 볼 엄두도 못 내고 허탈감에 빠져있던 일이 생각났다. 요행히 서울까지 올라 왔지만 가만히 생각해 보면 이곳도 역시 학력인정을 받지 못한 야간반이고 뚜렷한 목표 없이 시간이 흘러가고 있었다. 문득 과거 중학교 시절 그 때와 같은 전철을 밟고 있는 나의 모습을 보는 것 같아 머리가 아파왔다. 이런 상황을 벗어나야 한다는 생각이 불현듯 들었다. 시계바늘처럼 단순하게 돌아가는 시티즌 시계공장을 그만두고 자유롭게 내가 하고 싶은 일을 찾아야 한다는 생각이 들었다.

❋ ❋

어느 날 깍두기를 담으려고 리어카 채소장수한테 무를 사다가 '아! 저 장사가 좋겠다.'는 생각이 들었다. 무엇보다도 시간적인 여유가 있고, 돈도 더 벌 수 있으니 일거양득이었다. 새벽 4시에 일어나 밥 해 먹고 출근하고 밤늦게까지 공부하고 집에 들어오는 다람쥐 쳇바퀴 도는 듯한 생활에서 벗어나고 싶었다.

"아저씨, 이 채소는 어디서 구입하는 거죠?"

"도매시장이지, 천호동에 있는 광나루 도매시장."

나는 며칠 후 암사동 고물상에 가서 리어카 한 대를 사고, 다니던 시계공장에 사표를 냈다.

그리고 새벽 5시, 천호동 광나루 농산물 도매시장에 리어카를 끌고 나갔다. 한강 건너 워커힐 뒤 아차산이 흐릿하게 보였다. 푸른 새벽공

기와 푸성귀 냄새, 왁자지껄 소리가 광장을 가득 메웠다. 나는 농산물 도매시장 정문을 남의 집 들어가듯 두리번거리며 들어갔다. 속속 광장 한 가운데로 대형트럭이 들어오고 장사꾼들이 하나 둘씩 트럭을 에워싸기 시작했다.

곧 트럭 허리춤을 감았던 고무밧줄과 천막이 걷혀지고 연녹색 이파리, 어린애 팔뚝같이 새하얗고 앙증맞은 달랑무가 모습을 드러냈다. 볏짚으로 한 다발씩 묶인 달랑무는 갓 뽑아온 듯 흙이 잔뜩 묻어있었다. 나는 리어카를 끌고 광장으로 들어가 트럭 주변을 기웃댔다. 나를 힐끔거리며 쳐다보는 이들도 있었다. 좀 쑥스러웠지만 그건 잠시뿐이었다. 시퍼런 비닐을 씌운 대형트럭이 광장으로 들어 올 때마다 장사꾼들은 벌떼처럼 트럭 주위에 몰려들었다.

농산물 도매시장이 사뭇 신기했지만 분위기를 파악하는데 그리 긴 시간이 필요하진 않았다. 화주가 트럭 커버를 걷어내자 연녹빛 열무단이 모습을 드러냈다.

"자아. 열 단에 이천 원, 서른 단에 오천 원~." 하고 화주는 흥정에 목청을 돋우고 있는 사이 도매인들은 연실 열무 단을 뒤적이며 품질을 살피고 있었다. 화주는 트럭위에서 하역을 시작했다. "백단이라, 자아, 둘이요 넷, 여섯에 여덟, 열하고 열 둘, 열둘에 열 넷, 여섯하고 열여덟……." 앞사람은 열무 백단을 자기 리어카에 차곡차곡 얹었다.

나도 달랑무 오십 단을 주문했다. 한 단에 도매금 이백 원이었고,

소매로는 한 단에 삼백 원에 팔 작정이었다. 그리고 열무 이외에 구색을 맞춰 푸성귀들을 골고루 구입했다. 열무김치를 담그는데 필요한 풋고추, 생강, 쪽파, 마늘, 새우젓도 샀다. 또 감자, 상추, 가지, 당근, 오이, 양파, 호박잎, 깻잎, 햇콩 같은 푸성귀도 박스 안에 사 넣었다.

달랑무는 리어카 양 옆에 가지런히 쌓았고, 다른 건 박스에 담아 한가운데 실었다. 리어카 앞 뒤 무게의 중심을 잘 잡아끌고 다닐 때 팔이 아프지 않도록 약간 뒤쪽을 더 무겁게 실었다.

이제 물건 확보가 모두 끝난 채소 장수들은 도매시장 입구 순두부집에서 옆구리에 전대를 찬 채 나무 의자에 걸터앉아 아침을 먹었다. 나도 그 자리에 합석했다.

"아주머니, 한 그릇 주세요."

"오- 학생 왔어? 학생도 채소 장수를 하나?"

"네, 오늘 처음이에요. 한 번 해 보려고요."

"오호, 이 힘든 일을 어떻게 하려고?"

솥뚜껑을 열자 수증기가 천장을 향해 치솟았다. 아주머니는 넓은 사기그릇에 순두부를 한 그릇 퍼 주셨다. 통째로 흔들리는 순두부에 실파를 가늘게 썰어 넣은 양념간장을 한 술 퍼 넣었다. 막 뜸이 든 공깃밥이 나왔다. 쌀과 보리가 반씩 섞인 밥과 주먹크기 만한 깍두기와 오뎅무침이 참 맛있었다.

옆자리엔 국방색 전대를 맨 아저씨들이 바쁘게 식사를 했다. 어디

먼 곳을 가려는지 그 뜨거운 순두부를 급하게 먹고 있었다.

나는 암사동 아파트 단지에 9시경 도착했다. 그맘때면 주부들이 애들 학교도 보내고 집안일도 해놓고 채소장수에게 시간을 내줄 수 있었다. 난 높은 아파트를 향해 채소장수가 왔다는 사실을 알려야 했다. 그런데 큰 소리 내는 것은 처음이라서 그런지 좀처럼 소리가 나오지 않았다. 기껏 용기를 내서 목청까지 올라온 소리는 울림없이 다시 가라앉았다. 난 몇 번이고 실패를 거듭했다.

"배추요, 달랑무요, 오이 호박 감자있어요-."

"배추요, 달랑무요, 오이 호박 감자있어요-."

같은 소리를 계속 외쳐댔고, 점차 리듬감도 생기기 시작했다. 아파트 위를 쳐다보니 어머니들이 베란다 난간에 양팔을 걸치고 머리만 쏘옥 내민 채 내려다보고 있었다. 아마 곧 내려올 모양이었다.

주부들은 참 꼼꼼했다. 달랑무를 들고 이리저리 뒤집어 보거나 리어카 바닥에 있는 걸 억지로 끄집어 올리기도 했다. 몇 번 휘돌려진 야채는 축 늘어졌다. 열무 잎줄기를 똑똑 꺾으며 연하다, 질기다 평가 하는 사람, 시식용 무를 한 입 베어 물고는 싱겁다, 맵다, 달다고 하는 사람, 정말 주부들의 입맛을 다 맞추기 힘들었다. 어떤 주부는 계산을 마치고 나서 덤으로 잽싸게 감자나 오이 같은 걸 한두 개 꼭 집어갔다. 정말 얄미웠다.

리어카를 끌고 다니는 곳은 대부분 평지였으나 명일동 농협을 지나는 언덕길은 꽤 힘든 곳이었다. 이곳은 리어카 손잡이를 아랫배에 대고 상체를 앞으로 숙인 채 온 몸으로 끌어야 했다. 몸과 리어카와 채소 더미가 하나가 되어 천천히 이동하면 덜 힘이 들었다. 왼발이 앞으로 움직일 때는 무게의 중심을 바로잡기 위해 오른쪽 어깨를 조금 앞으로 이동시켜 힘의 균형을 잡았다. 리어카는 잡아당기는 것 보다 앞뒤의 무게 중심을 잡는 것이 더 중요했다. 농협 언덕 중간쯤에서 한 번 쉬었다. 리어카 앞 뾰족한 쇠 받침대를 땅에 대고 손잡이에 올라 앉아 아래로 추락하는 걸 막았다. 숨이 찼고 얼굴이 화끈거렸다. 그때 마침 지나는 사람들이 있으면 리어카를 꼭 밀어주었다. 가끔 낯 익은 꼬마가 도와줬는데 그 녀석에겐 고구마를 한 개씩 줬다.

내가 오전 중에 암사동과 명일동 아파트단지를 한 바퀴 돌면 물건은 거의 다 팔렸다. 계절 따라 농산물 취급품목도 바뀌어 갔고, 해를 넘기며 점차 광나루 리어카 채소장수의 이력도 늘어갔다.

춘계성 결막염 진단을 받다

열 살 전후에 발병한 눈병은 십년이 지난 스무 살이 되었는데도 밤이 되면 여전히 가려움 증세가 살 속에서 솟구쳤다. 그럴 때마다 안약을 투여했다. 하루에 대여섯 번 정도는 넣어야만 했다. 낮에도 항상 속

속눈껍질이 간질간질 하다가는 밤이 되면 참을 수 없을 지경이었다. 봄, 가을에 더욱 심했다. 낮에 육체적으로 피곤한 날 밤은 더욱 괴로웠다. 긴 시간 책을 볼 수가 없었다.

시중에서 판매하는 안약을 사 넣었다. '데카메론'과 '산스타'였다. 약통에 상습적으로 장기간 사용하지 말라는 주의사항이 적혀 있었다. 그러나 안약을 넣지 않으면 눈곱이 끼고 침침해서 견딜 수가 없었다. 안약을 넣고 나면 금방 충혈이 가시고 두 세 시간은 시원하고 개운한 느낌이 들었다. 맑은 물약은 눈에 넣기 괜찮은데 연고를 넣으면 참 귀찮았다. 연고는 잠자리에 들 때만 사용했다.

돈을 모아 서울대학병원에 진료예약을 했다. 교수님은 자세한 얘기를 들으시고 나서 '춘계성 결막염'이라는 진단을 내리셨다. 특별한 검사도 하지 않았다. 간단히 눈꺼풀을 뒤집어 본 정도였다. 그 오랜 시간동안 고통 받은 것에 비해 진료시간은 십 분 정도에 불과했다. 대학 교수님은 나에게 몇 가지 구두 처방을 내려 주었다.

체질에 따라 생기는 병으로써 특별한 치료방법이 없다는 것이다. 봄에는 꽃가루를 피하고, 환절기엔 기온 변화에 주의하며, 평소 과로하지 말고, 눈의 피로감을 줄이도록 하라고 했다. 약 처방 치고는 좀 평이하고 형편없는 것이었다. 이런 처방은 누구에게나 내릴 수 있는 처방이 아닌가 생각했다. 또 어찌 보면 이런 처방은 실제로 이행하기가 어려운 게 아닌가. 봄에 꽃가루를 피할 수 있을까. 사계절이 뚜렷한

나라에 살면서 어떻게 기온변화에 반응하지 않을 수 있으랴. 의욕이 펄펄 끓어 넘치는 젊은이가 과로하지 않을 수 있겠는가. 참 이상한 처방이었다. 차라리 이 병은 치료법이 없다고 하면 그대로 순응할 텐데 환자가 이행하지도 못할 처방은 왜 내렸는지 이해할 수 없었다.

나는 나의 병을 잘 알고 있었다. 어떻게 하면 내가 좀 덜 괴로운지 알고 있었다. 가급적 일찍 잠자리에 들었다. 조금만 늦게 잠자리에 들면 긴 고통을 감내해야 했다. 그러나 고등학교 시절은 야간반이어서 일찍 잘 수가 없었다. 일찍 잠자리에 들기 어려울 때는 눈의 피로를 줄이기 위해 중간 중간 한참동안 눈을 감고 있었다. 잠자는 것만큼은 안 되더라도 훨씬 효과가 있었다. 선생님도 학교 동료들도 수업시간에 내가 종종 눈을 감은 채 한 참 동안 앉아 있는 걸 잘 이해하고 있었다.

그러나 다행인 것은 초 · 중학교 시절 보다는 가려움 증상이 조금씩 완화되어가는 느낌이었다. 눈꺼풀이 그렇게도 퉁퉁 부어 오르고, 각막이 항상 빨갛게 충혈되어 있고, 손가락으로 밤새 비벼대고, 하루 대여섯 번씩 안약을 십 년간 넣었는데도 시력을 유지하고 있다는 게 참 다행이었다. 춘계성 결막염은 내 지병이고 나의 멍에이고 내 친구이고 또 그게 나 자신이었다.

공직입문

방위병, 공무원 시험에 응시하다

천호상업전수학교 3학년 재학 중에 군 입대를 위한 신체검사 통지를 받았다. 벌써 내 나이가 이렇게 됐다. 초등학교를 졸업하고 2년 동안 집에서 놀다가 중학교를 다니기 시작했으니 고3 재학 중에 신체검사 통지가 나온 것이다.

'학교도 제대로 다녀보지 못했는데 군대는 무슨?' 하고 혼자 중얼거렸다. 그러나 분명 신체검사 통지였다. 국방의무를 수행해야 할 나이가 된 것이다. 현재의 나 자신을 돌아보니 허탈하고 속상했다.

하지만 당시에는 군에 입대할 자원이 너무 많아 고등학교 졸업 이상자에 한해 군에 입대할 수 있었다. 나의 정규학력은 기껏해야 초등학교 졸업자였다. 중·고등학교 모두 학력을 인정해 주지 않는 교회에서 설립한 학교였다. 고등학교에 재학 중이라는 이유로 군 입대 연기 신청을 할 수 있었으나 그럴 마음도 없었고 또 연기 한다고 해서 내 인생 진로나 학교생활이 뚜렷이 나아질 것도 없을 거라고 생각했다.

❦❦

1976년 6월 7일. 나는 보충역 판정을 받고 1년간 방위병으로 근무하게 됐다. 기분이 별로 좋지 않았다. '귀신 잡는 방위병'. 당시 방위병은 사회적으로 다소 폄하 받는 대상이었다. 가정에 문제가 있거나 신체적 결함에 의해 방위병으로 편입되는 경우가 많았기 때문이었다.

근무지에 배치하기 전에 한 달간 사단훈련소에서 기초훈련을 받았다. 비록 짧은 기간이지만 강도 높은 훈련이었다. 정규 병사들은 병역 기간이 2년이 넘는데 비해 방위병은 1년 밖에 근무를 하지 않는다는 이유로 더욱 가혹한 훈련을 강요당했다. 체력적으로 고된 훈련은 감수할 수 있었지만 인격적으로 상처를 받는 것은 참기 힘들었다.

근무지는 원주시 태장동에 있는 육군 하사관학교였다. 치악산 서쪽에 위치한 이 학교는 육군 하사관을 배출하는 교육장이었기 때문에 규율이 매우 엄한 곳이었다.

나는 출근한 지 채 열흘이 안돼서 규율 위반 사고를 저질렀다. 하사관학교 정문을 300m 가량 앞두고 양손을 힘차게 흔들며 나름 절도 있게 출근하고 있는데 갑자기 뒤에서 지프차가 휙 내 곁을 지나 정문으로 들어가는 것이었다. 다소 먼 거리였지만 자세히 보니 지프차 뒤에 별이 붙어 있었다. 바로 육군 하사관학교장 전용차였다. 그 차량이 정문을 통과하자 초병은 목청이 터져라 소리를 질러댔다.

"추웅—성. 근무 중 이상 무!"

잠시 후 나는 정문에 도착했고 초병에게 칼 같이 경례를 붙였다.

"추—웅 성."

그런데 초병은 다짜고짜로 나를 정문 옆에 있는 연탄창고로 데리고 들어갔다. 그리고는 엎드리라고 하더니 몽둥이로 마구 패기 시작했다. 왜 그러는 지 알 수 없었다. 이유를 물어 볼 틈도 없었다. 잠시 정신을 잃었다. 그날 나는 그 자리에서 정말 죽는 줄 알았다.

이유인 즉 학교장님이 옆을 지나가는데 경례를 붙이지 않았다 것이었다. 한 마디로 군기가 빠졌다는 것이었다. 한 동안 피멍이 든 채 절룩거리며 군대생활을 했다.

얼마 후 근무 중 우연히 옆 건물 인사 행정처에 들렀다가 나는 '방위병 관리지침'이란 걸 보게 되었다. 방위병 인사에 관한 내용이 수록돼 있었다. '집에서 군부대까지 출퇴근 거리가 4km 이상이고, 한 시간 이상 걸리면 보다 가까운 군부대로 옮길 수 있다.'는 규정이 적혀있었다. 나에게 적용되는 규정이었다.

나는 오후에 외출 허가를 받아 원주 시내에 있는 방위병 관리본부에 들어가 소초면 치마베루 가까이에 있는 육군 모 항공대로 옮길 수 있는

지를 물어 봤다. 그러자 방위병 전출입을 담당하시는 김 중사는 나에게 잠깐 막사 뒤로 따라 오라고 하였다. 그리고는 하시는 말씀이 검지 손가락 하나를 펴 보이면서 돈이 좀 필요하다고 했다. 그래서 손가락 하나면 얼마냐고 물으니까, 십 만원이라며 오늘 저녁 7시에 원주시내 군인극장 옆 별다방 2층으로 가져오라고 했다.

나는 부랴부랴 집에 돌아와 이모 댁에서 겨우 5만원을 빌렸다. 봉투에 넣어 별다방에 나갔다. 김 중사는 벌써 나와 있었다. 나는 염치없이 사정을 했다. "실은 돈을 빌리느라 최선을 다 했는데 좀 모자라 죄송하다."고 했다.

김 중사님은 고개를 갸우뚱하시다가 "내일 아침에 집 앞에 있는 육군항공대로 출근하라"고 했다.

다음 날 아침에 육군항공대 정문에 들어서니 이미 내 노란 병적기록 카드가 그 곳에 도착해 있었다.

"충성! 이병 최광철. 1976년 10월 24일자로 하사관학교에서 육군 항공대로 근무를 명 받았습니다. 이에 신고합니다. 충성!"

목청이 터져라 하고 항공대장에게 전입신고를 했다.

나는 육군항공대 비행기 옆에서 경비를 서는 임무였다. 출퇴근은 집에서 걸어서 십 분 거리였다. 육군항공대에 들어오니 나의 초라한 현실은 더욱 여실이 들어났다. 육군 항공대에 장병들은 모두 학력도 좋고 재주도 많았다. 고시에 패스한 장병도 있었고 의사 인턴과정을 밟고 있다가 입영한 병사도 있었고 이런 저런 기술자격을 가진 신병들이 많이 있었다.

나는 그들에 비하면 너무 초라해 보였다. 남들은 저렇게 훌륭하게 성장하고 있을 때 나는 어디서 뭘 하고 지냈는지 생각해 보니 스스로 자괴감이 들었다.

그곳에는 나를 포함해 네 명의 방위병이 근무하고 있었는데 한 친구는 집에서 소를 기르다가 3대 독자 요건으로 입소했고, 또 다른 친구는 나와 같이 초등학교 졸업이 전부라서 방위병에 편입되었다. 나머지 한 사람은 의무 복무기간 1년이 거의 다 되어서 나에게 임무를 인계하는 선임병인데 그는 서울시 공무원으로서 동사무소에서 근무다가 이곳에 들어왔다고 한다. 발바닥이 평발이라서 현역으로 갈 수 없었단다.

나는 선임병한테 공무원이라는 직업에 대해 처음 알게 되었다. 직장이 안정적이고, 보수도 나름 괜찮다는 얘기였다. 사회적 평가도 상당히 높다며 침이 마르게 자랑을 해댔다. 당장 제대하고 사회에 나가 다닐 직장이 있다니 얼마나 좋을까. 정말 부러웠다.

나도 공무원 시험에 응시해 볼까 하는 생각이 들었지만 언감생심이었다. 우선 시험과목에 대한 기초학력이 너무 약하고, 높은 경쟁률을 뚫고 들어간다는 게 엄두가 나질 않았다. 다들 나보다 좋은 환경에서 좋은 참고서를 활용해 공부했을 거라고 생각하니 공무원 시험은 나와는 거리가 먼 남의 얘기 같았다.

며칠 지나자 선임병의 자랑은 나의 마음을 흔들어 놓았다. 공무원 시험 준비를 한 번 해 볼까 하는 무모한 생각이 꿈틀거렸다.

나는 우선 경험삼아 6개월 후에 있을 강원도 지방공무원 9급 공개 경쟁 채용시험에 도전해 보기로 했다. 육군항공대는 밤샘 24시간 근무하고 48시간을 집에서 쉬는 근무방식이었다. 다행스럽게도 6개월 이내에 군 제대를 앞두고 있으면 공무원 시험에 응시할 수 있다는 규정이 있었다.

난 부대에서 퇴근해 곧바로 원주 시내 독서실로 향했다. 거기서 공무원 시험 준비를 하고 있던 어떤 형이 공부 방법에 대해 조언을 많이 해 주었다. 지방공무원 9급 공개 경쟁 채용시험 과목은 국어, 영어, 수학, 일반사회, 국사 5과목이었다.

우선 60점 이하 과락을 면하기 위해 기본문제에 집중하고, 첫 시험이니까 욕심 부리지 말고 경험삼아 보라고 일러 주었다. 나는 기본문제에 충실했다. 독서실에서는 주로 요약정리를 했다. 부대에 들어와 밤샘 경계근무를 설 때 암기할 작은 노트를 꼼꼼히 정리했다. 손바닥만 한 작은 노트는 초소 경비를 설 때나, 버스를 탈 때, 화장실에서 틈새 시간을 잘 활용할 수 있었다.

잠깐 동안의 틈새 시간을 이용한 학습효과는 책상머리에 앉아 공부하는 것 보다 효과적이었다. 부대에서 하루 종일 혼자 경계근무를 서면서 요약정리 한 것을 달달 외웠다. 기초학력이 많이 부족하고, 시험

범위가 너무 광범위해 힘겨웠다.

활주로 끄트머리 작은 초소에서 경계근무를 서는 동안은 아무 제약 없이 공부에 몰입할 수 있었다. 그곳은 훌륭한 공부 터였다. 청명한 하늘 아래 공기 맑고, 산들바람 불고, 가끔 벌 나비가 찾아와 나의 공부 친구가 되어 주었다.

학교나 학원에서 좋은 선생님으로부터 체계적으로 강의를 듣지는 못했다. 혼자 내 수준과 스타일에 맞춰 차분히 학습을 하는 게 오히려 능률이 더 올랐다. 아마도 학원 같은 곳에서 여러 학생이 모인 가운데 학습 진도를 따라가려 했다면 나는 중도에 포기했을 것이다. 나 자신만의 공부 방법을 택했다. 무엇보다도 희망이 있었고 도전할 수 있어서 행복했다. 공부하는 게 재미있다는 걸 그때 처음 느꼈다. 6개월간의 짧은 시험 준비 기간이었지만 나름 학습에 집중했다.

그 해 1977년도 강원도 지방공무원 9급 공개 경쟁 채용시험 첫 도전에 합격했다. 시험 전 날 밤 미리 춘천에 올라와 여관에서 수학 십진법 응용문제를 눈여겨 복습했는데 2문제나 출제됐다. 행운이었다. 아마도 턱걸이로 합격한 게 분명했다.

내가 공무원이 되고자 했던 건 국가에 충성하고 국민에 봉사하고 공리민복을 추구하기 위해서가 아니었다. 국민에 봉사는 차치하고 내 코가 석자였다. 공리민복 따위는 안중에도 없었다. 단지 나는 현재 내 처량한 처지에서 벗어나고자 공무원 시험에 응시했을 뿐이다.

당시 나는 1년 군복무를 마치고 사회에 나가면 당장 뭐를 해야 할지 앞이 보이지 않는 상황이었다. 가장 돈 벌기 쉬운 방법은 리어카 채소 장수일 수도 있었지만 그것을 계속할 수는 없다는 생각이 들었기 때문이다.

나는 병역기간 중에 공무원시험에 합격했다. 정녕 꿈은 아니었고, 분명 공무원이 되었다. 부대 장병들이 많이 축하해 주었다. 매일 도시락 싸 주시던 엄니가 정말로 좋아했다. 지난날을 돌이켜 보면 공무원시험에 합격한 것이 마치 꿈만 같았다.

초등학교 졸업을 며칠 앞두고 가정이 파산 위기에 몰리면서 중학교 입학을 포기하고 땔감 준비하고, 칡 줄기를 채취하며 생계를 꾸려 나가던 기억이 난다. 중·고등학교는 모두 학력인정을 받지 못했고, 검정고시는 엄두도 내지 못하던 못난 처지가 아니었던가. 괴로운 질병 속에 짜증나고 우울한 나날을 보낸 것이 하루 이틀이 아니었는데.

그런 내게 어느 날 갑자기 명예로운 공무원이 되다니 나 자신도 믿기지 않았다. 아무튼 요행이든 턱걸이든 정당하게 공개경쟁을 통해 합격했으니 스스로 자랑스러웠다.

면사무소에 첫 발령받다

1977년 6월 육군항공대를 제대했다. 육군항공대는 내 인생의 전기를 마련해 준 곳, 앞날이 암담하고 미래가 보이지 않던 시절에 밝은 길로 안내해 준 곳이었다. 부대에서 밤샘 경비근무를 하고나서 독서실에서 공무원시험 응시를 준비하려는 마음은 어디서 생겼을까. 인생 막다른 길에서 위기의식일까, 오기가 발동한 것일까 아니면 신의 뜻일까. 하여간 제대를 하고 나서 3개월 후에 지방공무원으로 임용되었다.

공무원이라는 부푼 꿈을 안고 원성군수로부터 임용장을 받았다. 첫 근무지는 원성군 문막면 사무소 산업계 지방행정서기보시보 발령을 받았다. 직원은 면장을 포함해 15명이었다.

문막면 사무소 첫 근무의 소감은 뚜렷이 기억나지는 않는다. 동료ㆍ선배들한테 배우며 일해야겠다고 생각했던 것 같다. 선배들이 정말 따뜻하게 대해 주었다.

면 직원들은 각자 마을 담당을 맡고 있었는데 나는 후용리 부락을 맡았다. 문막 고속도로 휴게소에서 서울방향으로 조금만 더 가면 왼쪽에 보이는 부락이었다.

때마침 가을철이라 마을마다 퇴비 쌓기 경쟁이 벌어지고 있었다. 11월 한 달 동안을 퇴비증산 기간으로 정하고 논밭두렁과 야산의 풀들을 베어 산더미 같이 쌓고 있었다. 나도 새벽에 마을에 나가 낫을 들고 동네 어르신들과 풀을 베었다. 마을 이장은 최 서기 왔다고 아침마다 된장찌개를 끓여주었다. 우리 후용리 마을이 그 해 문막면 퇴비 증산 평가에서 3등을 했고, 아침 조회에서 김철호 면장으로부터 첫 칭찬을 들었다.

※※

이듬 해 유별나게 긴 봄 가뭄이 계속되었다. 가뭄이 심해 논바닥은 말라 불가사리처럼 금이 가고, 갓 모내기한 어린 벼들은 누렇게 변하고 있었다. 면 직원들이 서너 명씩 조를 편성하여 논밭 현장으로 나갔다. 나도 동료들과 함께 취병리 현장으로 갔다. 맨 윗논 자락에 있는 우물에서 물을 퍼 올려 아랫논으로 흘려보내는 작업을 했다. 우물 안으로 돌을 던지니 한참 후에 풍덩하고 소리가 들리는 걸 보니 우물이 꽤 깊은 모양이었다.

산업계장이 나에게 우물 속으로 들어가라고 지시했다. 놀라기도 했지만 농담인 줄 알았다. 나는 우물쭈물 거리다 들어갈 수 없다고 꽁무니를 뺐다. 어두컴컴한 우물 속을 아무 장비도 없이 어떻게 들어갈 수 있을까?

그러자 계장이 내게 지방공무원으로서 자격이 없다며 버럭 화를 냈다. 지방공무원이 이런 일을 못한다면 어떡하느냐는 것이었다. 산업계장이 손수 시범을 보이시겠다며 양쪽 발을 쭉 벌리시고 지그재그로

쉽게 척척 우물 속으로 내려가시는 것이었다.

잠시 후 우물 속에서 웡-웡 소리가 들렸다. 우리는 끈 달린 두레박을 내려 보내고 당겨 올리는 작업을 계속했다. 연실 두레박으로 퍼 올린 물을 아무리 아래 논에 쏟아 부어도 갈라진 틈새로 스며드는 물을 따라 잡기 어려웠다.

�֍ ✖

4월 22일, 전국적으로 쥐 잡는 날이 돌아왔다. 곡식을 축내고 전염병을 옮기는 주범인 쥐를 일제히 소탕하기 위해서였다. 부락별 담당 공무원은 가구별로 찾아다니며 이틀 전에 쥐약을 나누어 주었다. 농가에서는 쌀이나 볍씨에 액체 쥐약을 섞어서 접시에 담아 쥐들이 잘 다니는 길목에 놓았다. 다음 날 새벽. 먼저 개들이 컹컹 짖어 댄다. 쥐약 먹고 죽은 쥐를 개들이 먹고 사경을 헤매고 있는 것이었다.

그날 정오 중앙뉴스에 전국에서 잡은 쥐의 숫자가 집계되어 발표되었다. 12,395,277마리였다. 전국의 읍·면·동에서 시·군, 시·도를 거쳐 내무부로 전화 보고한 것을 집계 낸 것이었다. 어떻게 그리 정확하게 잡은 쥐를 일일이 셀 수 있었을까 의구심이 들었다.

그리고는 일주일 이내에 증빙자료를 상급기관에 송부해야만 했다. 잡은 쥐를 모아 놓고 사진을 찍어 그 결과를 강원도청에 보고했다. 분묘처럼 흙더미를 봉긋하게 쌓아 놓고 그 위에 쥐를 한 겹으로 덮은 후

사진을 찍거나, 대형 드럼통을 뒤집어 놓고 뚜껑 위에 쥐들을 한 겹 살짝 덮고서 사진을 찍어 증빙자료를 붙여 결과 보고 했다. 선배들의 노련함이 엿보였다.

※ ※

이듬 해 5월 문막면에서 소초면으로 근무지를 옮겼다. 소초면은 내 고향이었다. 소초면은 영동고속도로변에 위치하고 있었는데 고속도로를 이용하는 많은 국내외 관광객들이 우리나라의 발전하는 모습을 한 눈에 볼 수 있는 지역이라서 미관에 많은 신경을 쓰고 있는 지역이었다.

고추와 담배 재배를 하고 나서 덮여있는 검은 비닐은 제때에 모두 걷어내야만 했다. 밭주인에게 부탁해도 이런 저런 이유로 제거하지 않아 면직원이 쇠스랑을 들고 나가 한 곳에 긁어모았다.

비닐이 바람에 날려 높은 나뭇가지에 걸려 퍼덕이는 걸 제거하기란 참 어려운 일이었다. 긴 대나무 끝에 갈고리를 달아 없애기도 했지만 워낙 높은 곳에 매달린 것은 어찌할 수 없어 나무를 통째로 베어버리기도 했다.

고속도로 주변의 미관을 해치는 것은 과감하게 조치했다. 벼 베기 시기가 되면 우선적으로 고속도로변부터 벼 베기를 시작했다. 농민들이 게을러 추수가 늦어지는 인상을 받지 않기 위해서였다.

벼 타작을 하고 난 뒤 논 가운데 볏단을 쌓아두는 일이 없었다. 불태워 버리든가 각자 집으로 가져가도록 했다. 볏단을 쌓아두면 그 곳에 들쥐들이 자생할 뿐만 아니라 미관상 좋지 않다는 이유였다.

또 그 해 정부에서는 고속도로변 주택 지붕개량사업을 하였는데 초가집과 슬레이트 지붕을 걷어내고 기와를 얹는 일이었다. 회색 기왓장에 초록색과 빨강색 페인트 칠 작업이 밤낮으로 진행되었다. 고속도로변에서 보이는 곳은 항상 역동적이고 깨끗하게 새 단장을 하도록 했다.

내 담당부락 평장리에도 도색해야 할 지붕이 일곱 채나 있는데 사흘 후에 중앙에 높으신 분이 사업현장을 점검하신다는 계획이 시달되었다. 나는 마을 주민들과 부랴부랴 서둘렀다. 사다리 타고 지붕에 올라 한 손엔 페인트 통을 들고, 다른 한 손에는 붓으로 기왓장에 도색을 시작했다. 아래서 보기와는 달리 지붕위에 오르니 꽤 겁이 났다. 나는 고소공포증이 좀 있다. 늦게까지 페인트 작업을 해도 도저히 점검 일정에 맞춰 지붕도색을 마칠 수 없었다.

꾀를 생각해 냈다. 고속도로에서 보이는 한 쪽 면만 칠하는 것이었다. 작업량이 반으로 줄어든 셈이다. 나머지 반은 높으신 분이 다녀간 후에 칠하기로 했다. 현장에 방문하더라도 분명 고속도로변에서 마을을 내려다보고 갈 거라고 생각했기 때문이었다.

중앙기관의 현장 점검의 날이었다. 아니 웬일, 지붕도색 상태를 멀리서 보는 게 아니라 부락을 직접 들르시는 게 아닌가. 큰일이었다. 앞이 캄캄했다. 현장을 방문한 고관은 여지없이 반쪽만 칠 해놓은 지붕을 목격했다.

"누구야, 이런 식으로 지붕도색을 한 게, 담당자가 누구야?"하며 물었다.

면장님을 비롯하여 현장에 참석했던 모두의 표정이 일그러졌다. 나는 "죄송합니다. 접니다." 라고 한 걸음 앞으로 나섰다. 그런데 고관은 의외였다. 나를 보시더니 갑자기 너털웃음을 지었다.

"그래. 이 친구 참 일이 많은 모양이네, 요즘 농촌 일이 바쁘겠지." 라고 오히려 격려해 주시는 게 아닌가. 난 몸둘 바를 몰랐다.

그 날 고관이 다녀간 후 나머지 반쪽지붕을 모두 칠하기까지는 몇 달이 걸렸다.

❦❦

문막면과 소초면에서 각 6개월씩 모두 1년간 근무하고 1978년 10월 원성군청으로 이동했다. 원성군청은 면사무소의 상급기관으로서 영전을 한 셈이다. 그 다음해 큰 수해가 발생했다. 수해가 나면 가장 많은 피해는 제방이 무너져 농경지가 묻히고 침수되는 것이었다. 정부는 응급복구와 서민 생활 안정 차원에서 취로사업이란 걸 했다. 취로사업은 생활보호대상자들이 소득보장 차원에서 수해 응급복구에 참여하는데 하루에 30명에서 100명 정도 참여했다.

이들은 무너진 제방을 다시 쌓거나 쓰러진 벼를 일으켜 세우고, 끊어진 농로를 보수하기도 했다. 일당 2,500원을 주었는데 아침에 사업 현장에서 나가 출석 체크하고, 일주일에 한 번씩 현금뭉치를 들고 나가 노동 일수에 따라 임금을 지급해 주었다. 수해복구도 하고 어렵게 생활하는 주민들에게 일거리를 제공하는 시책이었다.

어느 날 강원 도청 보건사회국장이 운전기사와 함께 취로사업장을 점검하기 위해 원성군청에 왔다. 높으신 분이었다. 당시 취로사업 실무자였던 나는 사업현장을 안내하게 되었다.

국장은 군청에 도착해 군수와 차 한 잔을 드신 후 곧바로 현관으로 내려왔다. 나는 타고 온 국장 차에 동승하여 안내하기로 했다. 난 '앞자리에 잘 모셔야지.' 하고 같이 온 운전기사 옆 앞문을 열고 국장을 그 자리에 타도록 안내 했다.

승용차 앞문을 열자 국장이 머뭇거리며 엉덩이를 뒤로 빼는 것이었다. 나는 국장을 힘껏 밀어 앞좌석에 태운 후 난 뒷자리에 신속하게 탔다. 그리고 즉시 출발했다. 난 의젓하게 뒷좌석에 앉아 보건사회국장 뒤통수를 보고 있었다.

군청 정문을 빠져나와 한참 달리고 있는데 국장이 뒤를 돌아보며 "자네 공무원생활 한 지 얼마나 됐나?"고 물었다. "네, 이제 일 년 좀 넘었습니다." 라고 씩씩하고 공손히 대답했다. 나는 하위 직원에게 관심을 가지는 것 같아 감사한 마음이 들었다. 국장이 "오-호, 그래-."

하고 웃었다.

그러자 운전기사가 뒤를 돌아보며 "국장님께서 왜 그걸 물으시는지 아십니까?"라고 말했다. "잘 모르겠습니다."라며 겸연쩍게 말했다. 갑자기 운전기사는 곧바로 도로변에 차를 세웠다. "그 자리는 군수님도 앉지 않는 자리입니다. 어서 앞으로 옮겨 타세요."라고 말하는 것이었다.

나는 정말 뒤통수를 한 대 맞은 것 같았다. 내 생각은 앞좌석이 높은 분이 타는 곳이라 생각했다. 면사무소에 근무할 때 업무용 지프차가 있었는데 그 차 앞자리엔 늘 높은 분이 앉았다. 전망이 좋은 앞좌석이 상석인 줄 알고 있었다.

그 사건 이후 승용차를 탈 때, 상급자는 운전기사의 대각선 뒷자리, 그 다음 차 상급자는 운전기사 바로 뒷자리, 안내요원은 운전기사 옆자리인 걸 알게 되었다. 물론 지프차의 상석은 운전기사 옆자리다. 현장 안내를 마치고 사무실에 돌아왔는데 직원들이 날 보고 "국장님 오셨느냐."고 놀려댔다.

강원도청으로 영전하다

1980년 9월 14일, 나는 원성군에서 강원도로 발령 났다. 보통 시 ·

군청에서 도청으로 가려면 일 년에 한 번 정도 있는 경쟁시험을 치르고 도청으로 발탁되어 간다.

시군에서 자체 선발된 응시자들이 도청에 모두 시험을 보는데 경쟁률이 높았다. 전입하는 직급은 7급과 8급에서 선발시험을 치러 왔다. 나는 당시 9급인 행정서기보였다. 도청에 9급이 근무하는 자리는 두 자리 밖에 없었는데 9급은 시험을 치르지 않고 시장·군수의 추천으로 자리를 채우고 있었다.

나는 그 케이스로 강원도청에 근무하게 되었다. 그 당시는 지방자치제가 시행되기 전이므로 강원도는 상급기관으로서 시군을 지도 감독하는 위치에 있었고, 시군에 대해 인사권과 감사권도 갖고 있었다.

일선 시·군청 공무원들이 도청으로 전입하고 싶어도 쉽지 않았다. 나는 당시 도 전입시험을 치른 것도 아니고, 특별히 원성군청에서 잘한 것도 없는 것 같은데 군수의 특별 추천으로 전입을 한 셈이다.

아마도 인사부서에서 나에게 배려를 해 준 것 같다. 내가 사전에 도청으로 올려 보내 달라고 요청한 일도 없었고, 군청에 근무하는 데 어떤 고충이 있는 것도 아니었다.

❧ ❧

도청 첫 근무지는 지역계획과였다. 공무원 직급 중에서 가장 낮은 9급으로서 도청에 들어가니 전부 고참 뿐이었다. 나는 직원들의 일을 보조하는 역할이었다. 매일 매일 오늘 한 일과 내일 할 일을 정리하고 종 종 낮에 외부 행사에 참석하는 직원들의 명단을 작성하고 점심 식사장 소를 예약하기도 했다.

직원들이 퇴근 시간이 지나 야근을 하면 인근 식당에 전화를 해서 저녁식사를 배달하도록 하고, 시간초과 근무일지를 작성하여 특근 수 당을 받을 수 있도록 서류를 정리했다.

나한테 야근을 한다고 신청해 놓고 시간을 채우지 않고 퇴근하는 직 원들도 있었다. 이 경우 수당은 신청한 만큼 지급되는데 실제로 시간 외 근무를 하지 않더라도 수당지급 대상에서 제외하기는 쉽지 않았다. 또 하루 최대 4시간만 인정해 주는 시간외 근무시간을 훨씬 초과해서 근무하는 직원들도 많이 있었다.

책상마다 담배 재떨이가 있었다. 외국에 출장 갔다 올 때 외국산 담 배를 선물로 사오기도 했다. 지방세수를 늘리기 위해 내 고장 담배 팔 아주기 운동을 벌이기도 하고, 오랜 만에 귀한 분을 뵈러 갈 때도 담배 한 보루를 사들고 가기도 했다. 항상 사무실에 연기가 가득했다.

오른손은 글을 쓰고, 왼손 담뱃불은 계속 연기를 뿜어댔다. 몇 분은 하루 종일 담배를 들고 있었다. 담뱃재가 그대로 책상위에 나무토막처 럼 떨어져 수북하게 쌓이기도 했다. 직원들이 퇴근하고 나면 나중에 재떨이 비우는 건 내차지였다. 때로 여직원이나 비흡연자들이 담배연 기가 괴롭다고 호소를 하지만 마이동풍이었다.

어느 날 갑자기 비가 내렸다. 국장 댁에 얼른 가보라는 전화를 받았다. 부랴부랴 가보니 국장님 댁 거실에 물이 고여 있었다. 살펴보니 바깥 유리창 틈새로 빗물이 스며든 것이었다.

국장 사모님이 나를 보자 미안하다는 듯 표정을 짓고 이런 저런 걸 해 달라고 요구했다. 나는 거실에 고인 물을 빗자루로 쓸어내고 걸레로 닦았다. 그리고 낙숫물이 떨어져 고여 있는 물길을 바깥으로 흐르게 물꼬를 터놓았다. 틈틈이 자질구레한 집안일들을 도왔다. 국장의 사적인 일을 많이 하고 있어 기분이 좋았다. 나는 일반서무 겸 집사였다.

드디어 8급으로 승진하면서 양정과로 발령이 났다. 첫 승진의 기쁨을 맛보았다. 공무원의 직급은 9급에서 거꾸로 8급, 7급···· 1급까지 있는데 최하직급인 9급에서 8급으로 승진을 한 것이다.

양정과라는 곳은 당시 부족한 국내 식량을 외국으로부터 수입해 국내 공장에서 가공하여 시중에 제때 방출하는 부서였다. 당시 쌀이 귀한 시절이라서 보리, 밀, 감자와 같은 혼식을 많이 하도록 정부에서는 장려하고 있었다. 학교나 직장에서도 보리쌀 섞인 도시락을 싸왔다.

양정관리 부서에서는 정기적으로 강원도내의 음식점을 방문하여 혼식을 하고 있는지 검사하기도 했다. 점심시간에 식당에 들어가 밥솥을 열어보며 혼식을 하는지 점검 했다. 음식점에서 혼식을 하지 않다가 적발되면 보름간 영업정지 처분이 내려졌다.

오늘도 콘도 예약을 해 달라는 전화를 받았다. 한 주에 여남은 건의 콘도 부탁이 있다. 동해안 지역에 있는 콘도미니엄이다. 최근 취사시설을 갖춘 숙박시설이 인기가 좋아 너도나도 주말이면 콘도를 잡기 위해 난리다.

예약을 부탁한 사람은 중앙부처에 근무하는데 업무적으로 자주 통화를 하는 사이였다. 예약하려면 콘도미니엄 회사에 곧바로 전화하면 되는데 굳이 나한테 왜 전화를 했을까. 그건 무료로 또는 대폭 할인해서 예약을 해 달라는 의미였다. 중앙부처 뿐만 아니라 여러 기관에서 부탁이 꽤 있었다.

나는 관광과에서 관광지 개발과 숙박시설 업무를 담당하고 있어 콘도미니엄 업체나 동해안 지역 시·군에서 내가 부탁하는 걸 안 된다고 거절하기는 어려운 입장이었다.

비서실에서 부탁받은 것, 국·과장으로부터 부탁 받은 것도 최종적으로 나한테 전달되어 해결되었다. 콘도업체는 아예 몇 개의 방을 분양도 하지 않고 여유분을 확보해 권력기관이 부탁해 오면 내 주고 있었다.

나는 업무를 처리하면서 늘 업체와 시·군에 부탁하는 게 많았다. 그리고 나는 정기적으로 관광숙박시설인 콘도미니엄 업체 실태 점검을 나갔다. 현장에 도착하면 주말 콘도예약을 해결해 준 업체 직원들이 마중 나와 있었다. 그 때마다 머쓱했다.

총각시절 술 친구들이 많았다. 퇴근하면 삼삼오오 춘천 명동닭갈비 집에 모여 소주 한 잔씩 하고 나서 당구치고, 맥주 내기를 하는 게 정해진 코스가 돼 버렸다. 기분 내키면 스탠드바까지 이어지곤 했다.

술값은 외상장부에 기입해 놓았다가 월급날 갚았다. 모임에 참석했던 친구들은 그 날의 경비를 골고루 분담했다. 그날, 그날 참석했던 동료들의 이름은 종(縱)으로 적고, 횡(橫)으로는 일자를 적은 후 가로 세로 합산하여 그 달의 경비 총액을 1/n 로 부담했다.

매월 봉급은 노란 봉투에 넣어서 현금으로 지급되었는데 봉투 겉에는 세부내역이 기재되었다. 술값 경비는 '공제회비' 라고 기재 되었다. 공제회비란 주로 그 달에 있었던 직원들의 결혼이나 부모가 상을 당했을 때 경조사비로 쓰이는 것인데 공제회비의 한 달간 액수가 너무 컸다. 동료들 가정에 길흉사(?)가 너무 많았다.

첫 만남, 50일 만에 결혼하다

내 나이 27살, 꽃총각이다. 나름 착하고, 건강하고 마음씨 좋은 사내였다. 키가 좀 훤칠하지 않은 것만 빼고 나무랄 데 없는 예비신랑감이라고 과신하지만 아직 사귀는 여자 친구가 없었다.

도청 직장 내 여직원들도 더러 있었는데 나하고 대화하려는 여성들은 별로 없었다. 내게 매력이 없어서인지 잘 모르지만 사실 그랬다.

나는 강원도청 바로 아래 요선동에서 하숙을 했다. 도청까지는 걸어서 5분 거리였다. 친구 두 명과 함께 각자 자기 방을 쓰면서 하숙을 했다. 하숙집에선 잠자고 아침식사만 했다.

하숙 집 딸이 있었는데 간호사였다. 얼굴이 갸름하고 립스틱을 좀 진하게 바르는 편이었다. 머리는 길게 기르고 성격은 쾌활했다. 아침식사 때는 항상 뒤늦게 밥상머리에 앉았는데 머리를 풀어 헤친 채 눈이 부숭부숭하게 앉아 있는 모습이 좀 귀여워 보였다.

나보다 나이는 한 살 아래지만 툭툭 던지는 말을 들어보면 나 보다 훨씬 개방되었다. 가끔 퇴근하고 집에 들어오면 내 방에서 잠을 자고 있었다. 그리고는 내가 들어가도 나갈 생각을 하지 않았다. 옷 갈아입고 씻고 쉬어야겠는데 이불 속에서 얼굴만 삐죽 내밀었다가는 다시 자는 척 했다.

나도 그 상황이 그리싫지는 않았으나 차마 장난을 걸지는 못했다. 그럴만한 용기와 숫기가 없었다. 가슴은 콩닥거리지만 그저 지켜보고만 있었다. 하숙집 어머니는 그저 그러거나 말거나 내버려 두는 듯 했다.

부모님은 나보고 늘 장가들라고 재촉했다. 그런데 내 생각엔 왠지 결혼이 좀 이른 것 같았다. 총각이라는 자유로움에서 속박의 굴레 속에 들어가는 것만 같았다. 실은 아직 맘에 쏙 든 여성을 찾지 못했기 때문일 게다. 내 또래 친구들도 하나둘씩 장가를 가기 시작했다. 벌써 애를 둘 낳은 친구도 있었다.

나는 편한 하숙생활을 하면서 조기탁구를 시작했다. 가까운 춘천 명동거리에 있는 문화탁구장이었는데 새벽 5시 반에 탁구장 문을 여는 건 나의 몫이었다. 회원 중에 내 나이가 가장 어렸기 때문이었다.

스무 명 정도의 회원들이 매일 아침 탁구를 치러 나왔다. 거기에는 대학교수, 의사, 사장들도 있었는데 어른들과 함께 어울리는 게 참 흥미로웠다. 한 시간 정도 운동을 한 후, 7시가 되면 바로 아래층 문화다방에 모여 쌍화탕에 계란 동동 띄운 모닝차를 마시며 담소를 나누었는데 참 재밌는 분위기였다.

어느 날 탁구장에서 성수중학교 박 선생님이 이웃 규수를 소개해 준다고 했다. 나는 그날 오후 탁구를 치다가 아래층 문화다방에서 첫 만남을 가졌다. 나는 운동복을 입은 채로 박 선생님과 함께 다방에 들어서니 두 명의 낯선 사람이 우리를 기다리고 있었다.

창문은 두꺼운 커튼으로 가려져 두 분 중 누가 규수인지 헷갈렸다. 실내조명이 침침해 그녀를 자세히 눈여겨 볼 수는 없었다. 한참이 지난 후에야 창가엔 규수가 앉았고, 안쪽은 그녀의 언니라는 걸 알았다. 이 규수는 춘천에 사는 언니네 집에 잠깐 다니러 왔다가 나와 첫 만남이 이루어진 것이다. 그 날이 10월 3일이었다. 첫 느낌. 정말 괜찮았다. 계속 잘 만날 수 있을까 걱정이 됐다. 피부는 하얗고, 눈매는 짧았으며, 코는 피노키오처럼 오뚝했다. 말 수가 별로 없고 착해 보였으며, 키는 나보다 약간 작았다. 머리는 귀를 살짝 덮었고 살집은 좀 있어 토실토실해 보였다.

나는 첫 만남에서 콩깍지가 씌었다. 내가 사는 춘천은 산이 많고, 규수가 사는 곳은 서해안 밀물이 집 울타리 밑까지 밀려드는 서산 갯마을이었다. 그녀는 학교를 졸업하고 직장에 다니고 있었다. 그녀는 나의 약점을 아는지 모르는지 학력에 대해 일체 묻지 않았다. 나와 데이트를 할 때 그녀는 보라색 니트를 즐겨 입었고, 약간 높은 하이힐을 신었다. 그리고 늘 끈 없는 가방을 옆구리에 끼고 다녔다.

춘천 공지천 구름다리 카페에서 청혼했다. 그리고 그해 11월 22일 결혼식을 올렸으니 첫 만남 후 50일 만이었다. 춘천 후평동 임대아파트에 신혼살림을 차렸다. 장인어른이 금성 컬러티브이를 들고 5층 계단을 오르시던 모습이 눈에 선하다.

신혼시절 7급 공채에 합격하다

공무원은 때가 되면 특별한 결격사유가 없는 한 승진을 한다. 9급에서 8급, 7급 순으로 한 직급씩 승진을 한다. 한 직급에서 삼, 사년 정도 근무하면 승진 기회가 온다. 그러나 때로는 육, 칠년이 걸릴 때도 있다. 조직 내에서 인사순환이 원활히 잘 되느냐 여부에 달려 있었다.

공무원 조직의 인원을 무작정 늘릴 수 없도록 제한하고 있다. 앞서 있는 직원이 은퇴를 하지 않거나, 조직이 팽창되지 않는 한 새로운 자리가 나질 않는다. 이 경우 아래 직원이 승진하는데 오랜 세월이 걸리는 경우도 있다.

나는 9급 행정서기보에서 8급 행정서기로 승진하는데 3년 4개월이 소요됐다.

당시 8급에서 7급 행정주사보로 승진하는데 육, 칠 년 이상 걸릴 정도로 인사순환이 늦어지고 있었다. 나는 특별한 어려움 없이 그럭저럭 업무를 처리하고 있었고, 동료들과 퇴근후엔 당구치고, 술 마시고, 노래하고, 다람쥐 쳇바퀴 돌 듯 시간은 잘 흘러갔다.

그러나 나는 그동안 공직에 들어와 일을 하면서 뭔가 허전함을 느껴왔다. 매일 하는 일이 소소하고, 하루하루의 성과는 보잘 것 없었다. 업무 결과에 대해 가슴 뿌듯한 자긍심으로 와 닿지를 않았다.

승진은 몇 년 지나 때가 되면 자동적으로 될 테고, 월급을 받으면 아내에게 그대로 갖다 주면 될 것이고, 집에 들어가면 몇 푼 안 되는 봉급으로 애 키우고 살림살이하는 아내를 애써 외면하기에 익숙해져 가고 있었다.

나의 희망이 무엇인가, 목표가 무엇인가 생각해 보면 그저 희미했다. 뚜렷하게 보이질 않았다. 승진에 대한 조바심은 분명 아니었다. 그 보다는 무언가 희망을 갖고 도전하는 욕구가 충족되지 않고 있었던 것 같다.

허전한 마음, 그건 학교를 제대로 다니지 못한 열등감과 오랜 지병에서 벗어나지 못한 채 살아 온 헝클어진 나의 과거를 보상받으려는 심경인지도 모른다. 그래서 늘 새로운 희망을 갈망하며 돌파구를 찾으려 했고, 불안감을 해소하려 했다.

감히 행정고등고시 시험에 도전하기로 했다. 서울에 올라와 서점과 학원에 들러 시험정보를 훑어보고 기본서를 구입했다. 그러자 마음이 편해졌다. 희망을 갖게 되었다. 목표가 주어지고 드디어 새로운 도전을 하게 되었다. 하루하루가 기분 좋았다. 업무가 지루해도 박봉에 시달려도 그런것들은 대수롭지 않았다.

차근차근 기초부터 공부를 시작해 나갔다. 고시 준비생들과 정보를 공유하고 모의시험에 응시했다. 그러나 머지않아 한계에 부딪쳤다. 절대적인 시간이 부족했다. 아침저녁 시간을 조금씩 할애해서는 합격하기 어려웠다. 직장을 그만두고 매진해야 할 것 같았다. 사표를 써 놓고 고민했다. 그러나 나 혼자만의 삶이 아니었다. 가정이 있고 또 고시가 목표의 전부일 수 없다는 생각이 나의 의지를 가로 막았다. 고등고시는 일단 접었다.

그리고 차선책으로 7급 공개경쟁 채용시험에 응시하기로 했다. 현재 8급 2년차로서 앞으로 삼 사 년만 더 근무하면 자동적으로 7급으로 승진할 수 있었다. 그러나 나에겐 승진이 문제가 아니고 무언가 도전하지 않고 있는 게 문제였다.

7급 공채시험에 연거푸 두 번 낙방했다. 실패의 원인은 보다 많은 시간을 할애하지 못했고, 꾸준한 학습을 하지 못한 탓이었다. 갑자기 바쁜 업무가 생기거나, 행사가 있으면 생활리듬이 깨져 한두 달 책을 들지 못하는 경우도 있었다.

사무실에서는 공부하는 모습이 잘난 체 하거나, 업무를 소홀히 하는 것으로도 비춰질 수 있어 가급적 공부하는 모습을 드러낼 수 없었다. 될 수 있는 한 집에서 조용히 공부를 해야 했다.

평일에는 새벽 네 시부터 일곱 시까지 세 시간 정도 학습을 했다. 아침은 정신이 참 맑고, 머릿속이 텅 비어 있었다. 이때 공부를 하면 스펀지에 물이 쏘옥 배 들어오는 것 같이 이해가 잘 됐다. 새벽 세 시간은 낮에 열 시간을 학습하는 것과 맞먹을 정도로 능률이 올랐다.

저녁엔 피로와 스트레스가 겹쳐 좀처럼 능률이 오르지 않았다. 책장을 넘기며 페이지 숫자는 늘어 가지만 나중에 테스트를 해 보면 정작 많은 부분들이 모르는 채 지나간 부분이 많았다.

나는 집중력과 이해력이 남들보다 좀 부족했다. 밤에 공부는 좀처럼 하지 않았고, 늦어도 열 시 전에는 잠이 들었다. 가끔 12시 이후에 잠이 들면 그 다음날 학습능률은 반감되었다.

영어단어와 같이 암기해야 할 것은 아침시간에 하지 않았다. 암기는 반복을 요구하는 것이라서 새벽시간을 사용하기에는 아까운 시간이었다. 암기해야 할 것은 메모지에 적어 주머니에 넣고 다니다가 잠시 버스를 기다린다거나 혼자 있을 때 꺼내 보았다. 틈새 시간 활용이 주효했다. 책상에 앉아 단어암기를 하지는 않았다.

어느 과목이든 기본서를 먼저 충분히 정독했다. 선배들이 기본서에 충실해야 한다는 충고를 항상 기억했다. 실제 시험을 치러 보면 기본서와 똘똘한 참고서 한권으로 충분히 커버되었다. 토요일과 일요일에 집중적으로 집에서 학습했다.

드디어 1985년 10월 강원도 지방행정직 7급공무원 공개경쟁채용시험에 합격을 했다. 나이 31살이었다. 첫 9급으로 들어온 지 8년, 그리고 8급으로 승진한 후 4년이 경과한 시점에서 공채시험에 합격했다. 높은 경쟁률이었지만 행운이었다. 합격자 중에서 초등학교 졸업자는 나 혼자 뿐 이었다.

그때 4년간은 신혼초기였는데 아내의 격려와 도움이 결정적인 힘이 되었고, 가족엔 늘 미안한 생각이 들었다. 직장과 가정 그리고 경쟁시험은 서로 많은 희생을 감수해야 했다.

　필기시험에 최종 합격하고 이어 면접시험이 있었는데 면접관으로 내가 아는 도청 과장이 나와서 하시는 말씀이 "이제 곧 7급으로 자체 승진할 텐 데 뭐 하러 어렵게 공부를 했느냐?"고 농담을 건넸다.

　다른 합격자들은 모두 강원도의 일선 시·군청, 읍·면·동사무소에 발령을 받았는데, 나는 당시 근무하던 도청 내 관광과로 부서를 옮기면서 바로 7급 신규 인사발령을 받았다. 나중에 들은 얘기지만 나에게 대단한 끗발이 있다는 소문이 합격자들 사이에 퍼졌다고 한다.

광화문에서

내무부에 입성하다.

1988년도 강원도 기획관실 예산계에 근무했다. 강원도의 한 해 살림살이를 계획하는 부서였다. 한 해 동안 받아들일 세입과 집행 할 세출예산을 편성하는 것이 주된 업무였다.

매년 시월이 되면 전국에서는 예산서를 작성하여 중앙부처인 내부부의 승인을 받는다. 시도 지방의회가 구성되기 전이므로 내무부가 지방의회를 대신해서 예산의결 권한을 행세하고 있었다.

우리 강원도 예산 작업팀도 서울 인왕산 기슭아래 사직공원 옆 필운여관에 자리를 잡았다. 두 달 이상을 이곳에 머물며 내무부장관의 승인도장을 받아야 한다.

필운여관은 광화문 중앙청사에 있는 내무부와 10분 거리에 위치하고 있었다. 이 여관은 거의 지방공무원들의 합동 작업 공간으로 사용되고 있었다. 지방공무원들은 내무부 '재정과' 직원들을 '의원님'이라고 호칭했다.

우리 강원도 담당 의원은 손 의원이었다. 손 의원은 시간이 나는 대로 틈틈이 필운여관에 들러 강원도 예산편성 내용을 심의했다.

내 임무는 강원도 담당 의원님의 동정을 수시로 체크하여 계장님께 보고하는 일이었다. 필운여관에 머물며 내무부 재정과에 수시로 전화해 물어볼 수 있는 파트너가 필요했다. 바로 나와 직급이 같은 7급 서무 직원이었다. '서무'는 이제 지방에서 갓 올라온 직원으로서 궂은일을 도맡아 하는 직원이었다. 의원님의 동정을 좀 편하게 물어 보려면 그 직원과 잘 사귀어야만 했다.

전화를 걸었다. 737-xxxx

"강원도 예산계 최광철입니다."

"죄송합니다만 손 의원님 지금 뭐하시죠?"

"네, 지금 회의 중 입니다."

계장에게 그대로 보고했다.

삼십 분 단위로 전화를 걸어댔다.

"죄송합니다만 지금 손 의원님 지금 뭐하십니까?"

"네, 화장실 가셨습니다."

또 그대로 보고했다.

잠시 후 손 의원님이 여관으로 막 출발했다는 전화가 왔고 우리는 비상이 걸렸다. 강원도가 사용하고 있는 방은 212호실. 강원도 예산 담당관을 포함해 5명 전원이 여관 현관에 내려와 양 옆으로 줄 지어섰다. 손 의원님이 현관에 들어서자 우리 모두는 코가 땅에 닿을 정도로 인사했다.

방에는 긴 접이식 밥상을 두 개 연결하여 놓았다. 얇은 미농지에 묵지를 대고 볼펜으로 눌러 쓴 B4크기의 용지를 옆으로 묶어 놓은 예산서를 넘기기 위해서는 그만한 크기의 책상이 필요했다.

의원은 검정 사인펜을 집어 들었다. 예산 목록을 한 줄씩 읽고 난 후, 체크(V)를 해 나가다가 가끔은 삼각형(△)을 그렸다. 삼각형 표시는 예산삭감을 의미했다. 의원이 판단하시기에 부적합하다는 것이다.

손 의원은 귀신이었다. 삭감하면 안 되는 항목은 꼭 삼각형 표시를 하였다. 예산담당관은 "이건 좀 꼭 예산을 계상해 달라."며 의원의 손을 잡고 통사정하기도 했다.

가끔은 삼각형 위 꼭짓점에서 삼각형 중간을 가로질러 내려와 꼬리를 비틀면 한문으로 생(生)자가 그려졌다. 예산담당관의 사정을 받아들여 그 항목이 다시 살아났다는 표시였다.

도 예산담당관은 반드시 승인을 받아 가야 할 예산이 있었다. 그건 도지사의 다음 해 역점사업과 판공비 그리고 필운여관에 올라 올 때 다른 부서로부터 특별히 부탁받은 예산이었다.

예산담당관은 도지사의 판공비를 얼마나 많이 편성하느냐에 따라 능력이 평가되기도 했다. 손 의원은 올해 강원도지사 판공비를 많이 편성해 주었으니 절대 다른 시·도에 얘기하지 말라고 했다.

전국 지방에서 올라온 직원들이 하루의 스트레스를 해소할 수 있는 여관 앞 다섯 평 남짓 넓이의 '코코 맥주집'에서 벽돌깨기 게임을 하고 있다 보면 전국 시도별 판공비가 비교 집계되었다.

결과적으로 모든 시도가 동일한 증가율로 예산이 짜여졌다. 우리 강원도가 가장 많은 줄 알았는데 그게 아니었다. 마치 농락당한 기분이 들었다.

※ ※

달포 정도 필운여관 생활을 하고 있던 어느 날 밤, 강원도 인사계에서 전화가 왔다. 혹시 내일 아침에 내무부 전입시험을 보러 갈 수 있느냐는 것이었다. 필운여관에서 가까운 지방행정연구원에서 시험이 있을 예정이라는 것이다. 시험은 '지방행정'과 '지역개발' 과목으로서 논술형 시험을 치르고 나서 면접을 보면 된다는 것이었다.

왜 하필 내가 시험을 보게 되었을까? 우선 전입시험 응시 대상이 7급 공개경쟁 채용자여야 하고, 임용된 지 3년 이내라는 자격 조건이 나에게 기회가 주어졌다는 것이다.

허나 갑작스레 준비도 안하고 시험을 보라하니 참 당황스러웠다.

가끔 월간지인 '지방행정지'를 읽어보긴 했지만 시험을 볼 수 있을 정도는 아니었다. 그렇지만 이런 기회가 쉽게 주어지지 않을 거라는 생각에 시험을 보기로 했다.

다음 날 아침에 시험장에 나가보니 전국에서 오십 여명의 응시자들이 모여 있었고 그 중에서 열 명을 합격시킨 다는 것이었다. 나는 생각나는 대로 평소에 일선에서 경험한 대로 별 부담 없이 논술 시험지를 채웠다.

내무부 전입시험에 꼭 합격해야 한다는 부담이 없어서 인지 그럭저럭 글귀가 이어졌다. 며칠 후 행운의 합격통지를 받았고, 1989년 3월 7일에 강원도에서 내무부로 전출을 가게 됐다. 10년간 정든 강원도청을 떠나게 되었다.

※ ※

서울 광화문 정부중앙청사. 이 청사에는 내무부, 외교부를 비롯하여 몇 개의 중앙행정기관이 사용하고 있었다. 철골 19층 높이로 1970년도에 지어졌는데 미관상 별로 아름답지 못한 건물이었다.

광화문대로 건너 미 대사관과 마주보고, 청와대와 남북으로 일직선상에 서 있었다. 또 중앙청이 바로 옆에 있는데 일제 강점기에 조선총독부였던 건물을 광복 이후 중앙청으로 사용하고 있었다. 김영삼 정부 때 이 건물을 헐어내고 그 자리에 경복궁 흥례문을 복원했다.

공무원으로서 중앙행정기관에 근무하는 게 큰 보람이기도 하겠지만 그보다는 서울생활에 적응하는 게 더 문제였다. 시골생활을 하다가 서울에 오면 가장 걱정되는 게 집을 구하는 문제였다. 서울에 집값이 워낙 높아 시골집을 팔아봤자 턱도 없이 모자라기 때문이다. 시골집과 같은 평수의 집을 얻으면 월세 보증금도 충당하기 어려웠다.

다행히 우리는 춘천집 전세 아파트를 빼서 서울 은평구 녹번동에 반지하 열 평 짜리 방 두 칸을 전세로 얻을 수 있었다. 저렴한 이천오백만 원짜리 다가구 주택이었다.

지하 방이라서 하루 종일 형광등을 켜 놓았고. 눅눅하지만 월세가 아닌 전세였다. 주인 내외분도 자상했다. 한 여름 밤. 갑작스런 폭우로 빗물이 계단 아래로 흘러 내려 방안으로 들이 닥쳐 급히 피난했던 일도 있었고, 다섯 살 딸이 파란곰팡이로 인하여 비염이 심해 훌쩍 거리는 게 마음 아팠다.

가까이 북한산 등산코스가 있어 주말 아침에 잠깐 틈을 내어 가족끼리 오붓하게 산에 오르곤 했다. 집에서 녹번동 전철역까지는 걸어서 20분 거리에 있었다. 어느 덧 큰 아들 녀석은 은평초등학교에 입학했다.

아내도 서울 생활에 잘 적응해 나가는 것 같았다. 어쩔 수 없이 순응하고 있었다. 서울 생활은 남편과 우리가족의 좀 더 나은 미래를 위해 선택한 길인데 아내인들 어찌할 방법이 없었을 게다. 아내는 불편하고 속상한 일이 한 두 가지가 아닐 텐데 참고 또 참는 모습이 역력했다.

좁고 불편한 주거환경과 박봉으로 근근이 생계를 꾸려나갔다. 그러면서도 아내는 매월 주택청약저축을 불입하고 있었는데 어느 날 아파트에 당첨된 것이었다.

경기도 부천 중동무지개 마을 24평형 아파트 신규분양이었다. 무주택자로서 청약저축가입자를 대상으로 분양한 것이었다. 정부중앙청사와 부천시는 거리가 좀 멀었다.

출퇴근 시간이 왕복 3시간 정도 소요되었다. 부천역에서 아침 출근 전철을 타는데 승객이 콩나물시루에 들어서 있는 것 같았다. 전철 푸시맨들이 출발 전 빽빽하게 들어 차 바깥으로 튀어 나오는 승객들을 양손으로 등을 떠미는 일을 하고 있었다.

전철 안에는 한여름 찜통더위 속에 남녀들이 정교하게 밀착돼 뒤엉켜 꿈틀거렸다. 전철내부는 온갖 향기로 정신이 몽롱했다. 중간 역에 타고 내릴 때 출입문 쪽에 서있던 승객들도 문밖으로 다시 밀려나갔다가 들어오기를 반복했다.

퇴근시간이 늦어 주로 심야버스를 이용했다. 정부중앙청사 옆 세종문화회관 앞에는 부천가는 심야버스가 새벽까지 있었다. 나는 주로 버스 맨 앞자리에 앉았다. 자정이 훨씬 넘어 부천에 도착하는데 졸다가 종점까지 가기라도 하면 택시잡기도 매우 힘들고 집까지 거꾸로 다시 오려면 요금이 7천원이나 됐다.

아내는 한 밤중 도착 때 맞춰 아파트 앞 정류장에서 기다리다가 버스가 도착했는데도 내가 내리지 않고 앞자리에 가만히 앉아 있으면 껑충껑충 뛰면서 버스 유리창을 동전으로 톡-톡 두들겨 댔다. 우리는 10년간 부천에서 살았다.

✽ ✽

나는 내무부로 발령받아 첫 부서로 지방자치기획단에 소속되었다. 이 부서는 지방자치제도를 연구하고 1991년 지방자치제의 본격 시행에 대비하여 법령을 제정하고 세부 지침을 만드는 부서였다.

서울 광화문 정부중앙청사에 와서 근무하리라곤 꿈에도 생각지 못했다. 나는 기획단장을 포함해 일곱 명의 상급자를 보조하는 업무를 담당했다.

상급자가 수립한 계획서를 교정보고, 복사하고, 필기구 준비하고, 회의장 정리하고, 퇴근 후 사무실 환경정리하고, 재떨이 비우고, 보안점검하고, 불 끄고 퇴근하는 일이었다. 이런 일은 강원도에서도 그동안 늘 해 오던 일이었다.

당시 내무부에 올라와 몇 년 근무하면 시장·군수로 곧바로 영전해 내려가는 시절이었다. 모두들 청운의 꿈을 안고 고생을 낙으로 삼아 일하는 분위기였다.

상급자 일곱 명 중 다섯 명이 유명대학을 나와 행정고시를 패스한 사무관이었고, 나머지 두 명은 내무부에서 혹독한 실무과정을 거쳐 사무관으로 승진한 이른바 야전병 출신이었다.

나는 정말 보잘 것 없었다. 정규학력 초등학교 출신이 어쩌다 운이 좋아 7급 공채에 합격해 얼떨결에 내무부에 전입했으니 마치 신병 교육대에 갓 들어온 느낌이었다.

아침 일찍 사무실에 도착해 내무부와 관련된 조간신문 기사를 복사해 배포하고, 상급자의 케비넷을 열어 서류를 꺼내 책상 위에 가지런히 올려놓는 일부터 시작되었다.

보통 아침 7시 출근, 밤 11시 퇴근이었다.

저녁 9시 TV뉴스와 각 일간신문의 초판 재판 내무부 관련기사를 확인한다. 관련기사가 비판적일 경우 언론사를 찾아가 이를 해명하고 기사내용을 조정하느라 진땀을 빼곤 했다.

툭하면 오후 늦게 중요 지시사항이 시달되었고, 조치결과를 다음 날 아침에 보고하려고 날밤을 새는 경우가 허다했다. 난 상급자가 모두 퇴근해야 나도 갈 수 있었다.

당시 청와대는 내무부를 통해 국정을 통합하고 있었다고 해도 과언이 아니었다. 내무부는 전국을 일사불란하게 관리하고 있었고, 다른 중앙행정기관들도 내무부의 눈치를 살폈다.

시·도지사, 전국 시장·군수·구청장의 임명권을 실질적으로 내무부에서 행세했으니 그 기세는 가히 짐작할 만했다. 게다가 서울 경기 일부를 제외하고는 대부분의 자치단체가 '지방교부세'라는 중앙지원금으로 근근이 살림살이를 하고 있는데 이것도 내무부 '교부세과'라는 부서에서 배정하고 있었다.

또 지방공무원 감찰 권한까지 갖고 있었다. 내무행정은 마치 군사행정과 유사한 문화였다. 네모난 고딕 형이고, 근무 분위기는 딱딱했다. 조직 구성원들은 충성심으로 가득 찼고, 상급자의 지시는 수단과 방법을 가리지 않고 즉각 수행했다.

그러나 내무부에 전입한 지 3년이 지난 1991년 지방의회가 구성되었고, 이 후 1995년 6월에는 지방자치단체장 직선제가 실시되었다. 지방자치제도의 본격적인 시행과 함께 내무부 주도의 중앙집권적 시스템도 분산이 시작되고, 그 권한도 지방으로 이동되기 시작됐다.

무소불위 내무부의 위상도 점차 그 힘을 잃어가고, 급기야 정권이 바뀔 때마다 내무부의 존폐가 거론되면서 내무부의 명칭이 바뀌고, 다른 부처와 통폐합 과정을 겪어야만 했다. 내무부, 행정자치부, 행정안전부, 안전행정부로 문패가 바뀌었다. 내가 몸담은 직장, 그렇게도 자긍심을 갖고 일하던 곳, 그 화려한 모습이 변해가는 걸 지켜보면서 속상했다.

인사가 만사란 말이 있다. 좋은 인재를 잘 뽑아서 적재적소에 배치하면 모든 일이 잘 풀리고 순리대로 돌아가게 된다는 것이다.

　내무부도 인사를 한 번 단행하고 나면 뒷말이 많았다. 소위 5대 핵심 부서인 인사, 행정, 감사, 기획, 재정 부서였다. 각 부서별로 너 댓 개의 실·과가 있었는데, 거기서도 직제순서상 선임 과·계에서 근무하길 희망했다.

　직원들은 연중 상·하반기에 근무성적 평가를 받게 되는데 부서장을 가장 가까이서 보좌하는 팀이 직제순서상 선임 과·계에서 맡고 있었다. 맏며느리 역할을 하고 있는 격이다.

　가까이서 보좌한다는 의미는 부서 내 궂은일도 도맡아 하지만 부서장의 매일 일정을 비롯해서 때론 부서장의 사소한 용무까지도 도와주는 일을 하고 있었다.

　또한 상·하반기 개인별 근무성적평가는 대부분 가장 가까이서 보좌하는 직원이 작성하여 결재를 밟게 된다. 승진기회에 유리하게 작용할 수밖에 없다.

　따라서 부서별 선임과·계는 인사 발령할 때 중요한 고려사항이었다. 보통 영남, 호남, 충청, 경기, 강원도로 구분되고, 여기에 출신 학교별로 분류된다. 인사방침은 늘 능력과 지역 안배를 고려한다지만 인사발령 후에 분석한 결과를 보면 의구심이 참 많이 들었다. 당시 인사권자가 어느 지역, 어느 학교 출신이냐에 따라 직원들의 사기에 많은 영향을 미쳤다.

중 · 고등학교 검정고시와 학사학위를 취득하다

나는 7급 행정주사보로 내무부에 전입했다. 당시 내무부에 초등학교 졸업자는 나뿐이었다. 동료와 상급자들은 거의 대학 졸업, 행정고시 출신이었다.

고학력 엘리트들과 한 사무실에서 일하고 함께 커피를 마신다는 게 나에겐 너무 과분하고 행복했다. 그러나 가끔 공무원 신상 변동자료를 정리할 때가 있는데 나의 '학력' 란을 기재하면서 좀 속상했다.

때가 되자 1991년 7급 '행정주사보'에서 6급 '행정주사'로 한 직급 승진하면서 충남 천안시에 있는 내무부 산하기관인 중앙민방위학교로 발령이 났다. 여기는 태조산 기슭에 자리 잡은 고요하고 아름다운 곳으로서 전국 민방위대장들의 교육훈련 기관이었다.

업무는 오전 9시에 시작해 오후 6시에 칼같이 종료되었고, 테니스장, 탁구장, 골프연습장 같은 운동시설도 잘 갖추어져 있었다. 뒷산엔 오소리가 자주 눈에 띄었고, 계절 따라 철쭉과 산나물, 밤, 도토리가 많았다. 내무부에 이런 천국과 같은 산하기관이 있다는 걸 잘 몰랐다.

나는 이 기회를 활용해 중 · 고등학교 검정고시를 보기로 했다. 광화문 정부중앙청사에 근무하면서 공부한다는 것은 결코 쉽지 않기 때문이었다. 원주에 내려 와 초등학교 졸업증명서를 발급 받았다. 선생님은 초등학교 졸업증명서를 어디에 쓰려고 하느냐고 물었다. 중학교 검정고시를 보려면 필요하다고 했다. 선생님은 고개를 갸우뚱했다. 아마도 둔둔초등학교 졸업생 중에서 검정고시를 위해 졸업증명서를 발급하는 게 드문 모양이었다.

나는 중앙민방위학교 기숙사와 구내식당을 이용했다. 서울 녹번동 집에는 공휴일에나 올라왔다. 공부를 시작한지 1년만인 1992년 8월 31일, 나이 37살 때 서울시 교육청에서 시행하는 중학교 졸업자격 검정고시에 합격했다. 그리고 그 다음 해 5월 18일, 고등학교 졸업 검정고시에도 합격했다.

9급 공채와 7급 공채 시험을 치른 경험이 있어 검정고시 11과목 중에서 국어, 영어, 수학, 일반사회, 국사 과목은 쉬웠다.

내무부에서는 한 직급 승진하면 외부기관으로 1~2년 동안 내 보내는 관행이 있었다. 직원들은 이를 썩 달갑지 않게 생각하고 있으나 나에겐 중앙민방위학교에 2년간 나와 있는 동안 학위를 딸 수 있는 절호의 기회를 갖게 되었다.

이로써 고등학교 졸업이라는 정규학력을 갖게 되었고, 1993년 말에 인사발령에 따라 광화문 정부중앙청사 내무부로 복귀했다.

이제 중·고등학교 졸업장을 받고나니 대학에 대한 관심이 생겼다. 그렇다고 야간대학에 다니기는 힘든 상황이었다. 직장분위기가 그리 녹녹치 않았다. 입학해 났다가 가끔 결강이라도 하게 되면 보통 스트레스가 아닐 것 같았다.

대학학위도 혼자 공부해서 취득할 수 있는 방법을 찾았다. 바로 독학학위제도였다. 독학학위는 대학에 다니지 않으므로 근무에 지장을 주지 않았다. 게다가 독학학위제도는 7급 공무원 공개경쟁시험 합격자에게는 시험 4단계 중에서 1, 2단계는 면제혜택이 주어졌다. 3~4단계만이수하면 대학교졸업 학위를 받을 수 있었다. 시험은 매년 한 단계씩 응시할 수 있었는데 모두 12과목의 주·객관식 시험에 합격해야 한다.

그러나 학위취득기간이 참 길었다. 일 년에 한 두 과목씩 밖에 합격하질 못했다. 역시 학습이 꾸준하지 않았고 집중력도 부족했다. 해를 거듭해 시작한지 7년이나 넘긴 2001년 12월 12일에 가서야 최종시험에 합격했다. 나이 47살 이었다.

독학학위 수여식은 그 해 말 서울 강남 교육문화예술회관에서 열렸다. 아내와 함께 참석했다. 아내에게 늘 미안하고, 감사했다. 엄니한테는 마음 아파하실 것 같아 알리지 않았다. 그 때부터 공무원 신상명세서를 작성할 때 최종학력 란에 대학교졸업, 행정학 전공, 학위는 행정학사라고 써 넣었다.

그 이후 종로에 있는 외국어학원 새벽반에 4년간 다녔다. 2006년 2월 9일 일본어능력시험(JLPT) 1급에 합격했다. 학생들은 보통 2~3년 정도면 1급을 딸 수 있다고 하는데 나는 너무 오래 걸렸다. 나이 52살 이었다. 그 다음 해 일본유학의 기회가 주어졌는데 지방예산계장이라는 중요 부서에 발령을 받게 되어 유학을 포기했다.

지금도 '학벌보다는 실력' 이라는 생각에는 변함이 없지만, 늦게나마 정규학력을 갖출 수 있게 되어 다행이었다. 변함없는 아내의 격려는 나의 긴 여정에 있어 항상 나침판이었다.

지병, 몸에 스미다

서울대학병원에서 진단을 내린 '춘계성 결막염'은 나의 오랜 지병이었다. 열 살 쯤 발병되어 거의 평생을 같이 지냈다. 이는 체질에 따른 병으로서 특별한 치료방법이 없다는 것이 나를 더욱 좌절케 했다. 봄에는 꽃가루를 피하고, 환절기엔 온도 변화에 주의하며, 평소 과로하지 말고, 눈의 피로감을 줄이라는 처방은 실천에 옮기기 어려웠다.

분명히 좀 과로하면 밤에 눈꺼풀에 신호가 왔다. 눈이 녹고 새싹이 돋아 만물이 꿈틀거리는 봄이 가까이 오면 유난히 눈에 피로가 몰려왔다. 감기 기운이 있으면 더욱 가려운 증세가 심했다. 하여간 이상한 병이었다. 가려우면 참을 수 없었다. 너무 가려워 팔딱팔딱 뛸 정도였다. 양 손가락으로 동시에 눈을 비벼대곤 했다. 가려움이 통증으로 변하고 눈두덩이가 퉁퉁 부어오르면 그제야 힘들어 지쳐 잠이 들었다. 아침엔 눈꼽이 말라붙어 제대로 눈을 뜰 수가 없었다.

주위 사람들은 나한테 눈병이 전염될까봐 가까이 하기를 꺼려했다. 나도 사람들을 기피할 수밖에 없었다. 괴로운 나의 모습을 남에게 보이고 싶지 않았다.

책을 오래 읽을 수 없었다. 더구나 밤엔 아무것도 할 수 없을 정도였다. 책을 보려면 늘 초저녁에 잠들고 새벽에 책을 읽었다.

다행히도 세월이 지나고 결혼을 하고 나서 조금씩 눈병은 완화되어 갔다. 나이 들고 체질이 변하면서 환경에 대한 저항력이 생겨서 일까? 사춘기를 벗어나고 영양분을 잘 섭취하고 신의 은총을 받아서 일까?

하지만 증세가 조금 누그러졌을 뿐이지 여전히 가려움 증상은 순간 순간 발동을 걸고 있었다. 약방에서 '산스타' 와 '데카메론' 이라는 안약을 지속적으로 하루에 다섯 번 정도, 한 두 방울씩 투여했다. 특히 근무시간에 눈이 빨갛게 충혈 되면 사람들 만날 때 불편했는데 안약을 투여하면 충혈이 잠시 가시곤 했다.

어느 날 광화문 내무부에서 복도를 지나는데 갑자기 형광등이 모두 뿌옇게 보이는 것이었다. 한 발도 제대로 걸을 수 없을 정도로 안개가 자욱하게 끼어 있었다. 웬 안개가 실내에 끼어 있을까 의아해 했다. 안개가 아니었다. 나의 시력에 문제가 생긴 것이었다. 나는 즉시 동료들의 부축을 받으며 종로에 있는 공안과를 찾아갔다.

진단결과 눈에 안압이 너무 높아졌다는 것이다. 당장 치료를 하지 않으면 실명할 우려가 있다는 것이었다. 안압이 갑자기 높아진 이유는 오랜 기간 강한 성분을 지닌 안약을 상습적으로 투여하여 생긴 부작용이라는 것이었다. 난 즉시 입원하여 치료를 받고 통원치료를 계속했다. 그리고 이후 일체 안약 투여를 끊었다. 안약투여를 중단하고 나서 한두 달 동안은 마치 흡연 욕구처럼 안약을 넣고 싶은 충동이 솟구쳤다. 죽을힘을 다해 충동을 참은 결과 증상이 몰라보게 호전되었다.

이제 나이 오십이 넘어 내 눈병의 이력을 되돌아본다. 눈병, 이 녀석은 열 살 때 시작해 얼추 스물다섯 살까지 가장 심했고, 그 이후 조금씩 활동이 둔해지기 시작했다. 포물선을 그려본다면 초기에는 급경사를 그리다가 점차 완만한 경사도를 그리며 아래로 그어졌다. 녀석은 성장과정에서 참으로 나를 많이 괴롭혔다. 나의 행동에 많은 제동을 걸었다. 내 의욕을 마음껏 펼치는데 한계점을 찍었다. 눈은 실시간 나의 몸 상태를 그대로 알려주는 바로미터였다. 그러나 녀석도 이젠 그 기세가 꺾인 모양이다. 내 몸속에 녹아들어 나 자신이 되어 버렸다. 괴로웠지만 그 녀석을 증오하며 함께 살던 시절이 그립기도 하다.

느타리버섯과 금품수수 사건

내무부 지역경제과에 근무할 때였다. 다음년도 사업계획을 수립하기 위해 전국에서 30명의 담당자들이 광화문에 모여 일주일간 합동집

무를 하게 되었다.

첫 날 경상도 실무자가 느타리버섯 바구니 네 개를 들고 사무실에 들어 왔다. 소속 직원들과 과장님께 한 개씩 주려고 가져온 거라며 나보고 좀 전달해 달라는 것이었다.

직원들은 각자 퇴근할 때 가져가면 되지만 과장은 지하철을 타고 다니기 때문에 손수 들고 가시게 할 수 없었다. 나는 퇴근 무렵 지하철을 타고 강남아파트로 가져갔다. 마침 사모님이 집에 있었다.

그날 밤 집에 돌아와 막 자리에 앉자마자 과장으로부터 전화가 왔다. 나는 전화기를 들자마자 뒤로 벌렁 자빠질 뻔 했다.

과장이 "당장 버섯을 가져가라."고 호통을 치는 것이었다. 전화 소리가 쩌렁쩌렁 밖으로 새나오자 옆에 있던 아내도 근심에 찬 얼굴 표정이었다.

당시 과장은 업무를 철저히 하시기로 정평이 나 있었고 누구도 감히 말을 건네기가 어려울 만큼 성격이 무서운 과장으로 소문 나 있었다.

나는 과장에게 더듬거리며 설명했다.

"그게 아니고요. 조그만 지역 홍보용 특산물이라고 해서…." 라고 우물거리자 더욱 목소리를 높이며 야단을 쳤다. 당장 와서 가져가라는 것이었다.

밤이 늦었지만 가지 않을 수 없는 상황이었다. 은평구 녹번동에서 강남까지 지하철로 한 시간 정도 걸리는데 도착하기까지 열 시간 보다 더 길었다.

어떻게 과장 얼굴을 봐야 할지, 무슨 말을 해야 할 지 도무지 생각이
나지 않았다. 아파트에 도착해 벨을 누르니 사모님이 문을 열어 주었
다. 거실 입구에는 분홍보자기로 싼 버섯바구니가 눈에 들어왔다. 과장
은 거실 한가운데 위엄 있게 앉아 있었다. 난 게걸음으로 슬금슬금 거실
을 향해 발걸음을 들여놓고 있는데 '거기 앉아' 라고 하시면서 손가락으
로 저만치를 가리켰다. 난 놀라 그 자리에 털썩 주저앉을 뻔 했다.

"이 사람아! 직원이 말이야, 일만 열심히 하면 되지 뭘 보자기에 싸
가지고 왔다 갔다 하는 거야!"라고 소리를 치셨다. 난 무릎을 꿇고 머
리를 숙인 채 아무 말도 하지 못했다. 정말 수치스러웠다. 옆에서 사모
님이 "성의로 가져온 걸 가지고 너무 뭐라 하지 마세요." 라며 거들었
다. 그 때 난 울 뻔 했다. 난 다시 분홍 보따리를 들고 현관을 나왔다.

그 때 과장이 엘리베이터까지 따라 나오시더니 갑자기 봉투 한 개를
건네주시는 것이었다. "집에 들어갈 때 애들한테 과일이라도 사가지
고 가라."는 것이었다. 나는 얼굴이 다시 화끈 달아올랐고 머리에 통
증을 느꼈다. 봉투를 그냥 땅바닥에 내 팽개치고 싶은 심정이었다.

자정 쯤 집에 돌아왔다. 이미 온 몸에 기운이 모두 빠져나가 버렸다.

아내는 자지 않고 날 기다리고 있었다. 아내는 내게 아무것도 묻지
않았다. 하지만 다 알고 있었을 게다.

난 지금도 느타리버섯만 보면 가슴이 두근거린다. 그래서 지금도

느타리버섯은 먹지 않는다. 난 정말 바보다.

❀❀

1998년 12월 말. 정부중앙청사 별관에서 회의를 마치고 구름다리를 건너 본관으로 돌아오는 길에 강원도 박 주사로부터 전화가 왔다. 밖에서 차 한 잔을 하자는 것이었다. 박 주사는 이런 저런 고향소식을 전한 뒤 서류봉투를 건네며 얼마 안 되지만 연말 강원도 향우회 모임 때 식사비용으로 쓰라는 것이었다.

매년 연말이 되면 정부중앙청사에 근무하는 공무원들은 전국 각시·도별로 한 자리에 모여 향우회 모임을 갖고 있었다. 실은 강원도도 매년 시·군별로 돌아가며 경비 일부를 협찬해 오고 있었다. 서류봉투에는 2백만 원이 들어 있었다.

사무실에 들어와 책상에 막 앉자마자 건장한 두 사람이 내 앞에 나타나 "잠시 할 얘기가 있으니 바깥으로 나가자."는 것이었다.

연말 공직기강 합동감찰반이었다. 감찰반은 몇 시간 전부터 이미 박 주사의 행적을 추적하고 있었다. 나는 너무 당황했고 앞이 캄캄했다. 총리실 감찰실에서 반장의 질문에 순순히 응했다.

만일 이 사실이 언론이나 외부에 확산되면 나와 조직에 큰 불명예를 가져오는 심각한 문제였다. 나는 사무실로 돌아와 즉시 상급자에게 보고했고, 즉시 내부에서 여러 경로를 통해 조율한 결과 이 사건을 조용하게 처리하기로 방침을 정했다는 얘기를 들었다. 그동안 드러나지 않은 공공연한 관행이었고 또 당시 강원도 향우회 총무역할을 하고 있었다고 하더라도 명백한 금품수수에 해당하는 비리였다.

나는 물론 우리 직장의 명예에 큰 손상을 입게 될 상황이었다. 어떤 반대급부 성격으로 주고받은 돈은 아니었지만 잘못은 분명했다.

향우회 경비 뿐만은 아니고 고향에서 친구들이 오거나, 고향 시장·군수가 서울에 모처럼 올라오면 서울생활 하느라 고생한다며 공공연히 촌지 봉투를 내 놓고 가는 시절이었지만 세상은 청렴한 공직사회로의 변화를 요구하고 있었다.

나는 한동안 죄책감에 괴로웠다. 사표를 준비하기도 했고, 외진 곳에서 울기도 했다. 얼굴을 들고 다닐 수가 없었다. 6개월이 지나서야 징계위원회가 열렸고, 감봉 3개월의 징계를 받았다. 나는 공직생활을 하다가 한 번 규율을 크게 어긴 사람이다. 공직자의 청렴에 대해 많은 생각을 하게 되었다. 이후 이 사건을 계기로 해서 내무부는 고향으로부터 연말 망년회비 협찬이 없어졌다.

특별교부세, TOP 뉴스

'특별교부세'는 지방에서 재해를 당했거나 중요하고 시급한 예산이 필요할 때 중앙정부로부터 지원받는 예산이다.

다시말해 즉 시 · 군 · 구별로 재해 · 재난이 발생했거나, 국가적인 행사, 시급한 현안사업이 있어 재정이 필요할 경우에 지원한다. 그런데 이 '현안사업'이 문제다. 지방에 현안사업이 없는 곳이 어디 있으랴. 온갖 지역개발사업들이 다 현안이라면 현안이다.

그런데 현안사업에 특별교부세를 지원을 한다고 하니 지방에서는 눈독 들일 수밖에 없고, 또 내무부의 입장에서 보면 한정된 예산이기 때문에 지원여부를 놓고 줄다리기를 할 수 밖에 없다.

내무부에서는 전국의 많은 현안사업 중에서 어디에 예산을 먼저 지원해야 하는 지 선택해야 하는데 아무래도 정치력이 강하거나 맘에 드는 지역에 좀 더 가지 않겠는가. 또 장관한테 특별히 부탁을 해서 지원받을 수도 있지 않겠는가?

시 · 도지사와 시장 · 군수 · 구청장들은 내무부에 올라와 '현안사업'을 하는데 필요한 예산을 지원해 달라며 어려움을 호소한다. 또 내무부장관을 잘 아는 정치인에게 부탁을 하는 외부압력형도 있다. 그러니 생색내기 예산으로 비춰지고, 지방통제의 수단으로 사용된다는 의혹을 사기에 충분하다.

그러나 점차 지방자치가 정착되고 행정이 선진화되면서 국가재정 운영의 투명성 문제가 지속적으로 제기되었다. 예산을 어디에다 어떻게 쓰고 있는지 자세히 밝히라는 것이었다.

특별교부세도 마찬가지였다. 그러나 내무부는 시·군·구별로 지원 내용을 공개할 수 없다는 입장이었다. 그 이유는 특별교부세를 지원받는 것이 자치단체장 자신의 정치적 힘이라고 홍보하는데 문제가 있다는 것이었다. 또 자치단체간의 불필요한 경쟁과 오해를 불러일으킬 수 있다는 것이었다. 좀 설득력이 부족하긴 했지만 논리는 그랬다.

특별교부세는 시급한 사업에 지원되는 '현안사업'이 늘 문제점으로 지적돼 왔다. 사실 현안사업은 자치단체장과 지역 국회의원의 노력 여하에 따라 지원액이 다소 달라질 수 있다. 예산은 본질적으로 투쟁의 산물이고 정치적 속성을 갖고 있기 때문일 게다.

사실 국회의원이나 자치단체장은 특별교부세 '현안사업' 예산을 많이 받아와 자신의 정치적 역량을 과시하고 다음 선거에 유리하게 작용하게 하려는 계산이 없지 않다.

1995년 말 모 일간신문 1면 헤드라인에 '특별교부세는 내무부장관 쌈짓돈'이라고 대문짝만하게 보도됐다. 그만 난리가 났다.

쌈짓돈이란 게 옛 할머니가 쌈지에 꼬깃꼬깃 넣어 두었던 돈을 손주 녀석에게 꺼내주며 달래던 그 돈이 아니었던가. 신문기사에 전국 시·군·구별로 과거 3년간 지원내용이 상세히 공개됐다. 처음으로 공개된 것이었다. 내무부장관이 특별교부세로 지방을 컨트롤하기 위해 제멋대로 쓰고 있다는 뜻이 담겨 있었다. 어떻게 이런 구체적인 기사가 나갈 수 있을까?

실은 사흘 전 김 모 국회의원이 지난 3년간 특별교부세 지원내용을 내무부에 요구해 왔다. 당연히 예년과 마찬가지로 시·군·구별 내역은 제출하기 곤란하다며 이유를 들어 정중히 거절했다.

김 의원은 "지원내용이 궁금하다. 참고만 할 테니 걱정하지 말라, 내 양심을 걸고 절대 언론에 공개하지 않을 테니 믿고 자료를 달라."는 것이었다. 평소 김 의원은 문인으로서 여러 면에서 존경받는 인물이었다.

나는 김 의원의 뜻을 상급자에 보고하고, 자료를 줘야하는지를 놓고 회의를 했다. 걱정이 많았다. 결국 믿고 자료를 주자는 쪽으로 의견이 모아졌다.

노란 큰 봉투에 자료를 넣어 여의도 의원회관을 찾아가 제출했다. 김 의원은 내가 보는 자리에서 자료를 꺼내 쭈-욱 훑어 보았다. 이제 다 보았으니 그 서류를 다시 돌려 달라고 했다.

그러자 김 의원은 본인이 직접 노란 봉투에 풀칠을 한 후 밀봉을 해 서랍에 넣고는 다시 열어보지 않을 테니 걱정 말고 가라고 하였다. 좀 느낌이 찜찜했지만 실랑이를 할 상황은 아니었다.

그리고 사흘 후 일간신문에 대서특필 된 것이다. 참 황당했다. 김 의원이 언론에 자료를 유포한 게 분명했다. 다른 경로로는 이 자료가 유출될 수 없었다.

난 그 날 아침 곧바로 김 의원을 찾아갔다. 마침 김 의원은 자리에 없었고 여성보좌관이 있었다.

"내무부에서 왔는데요, 의원님을 좀 뵈러 왔습니다."

"지금 안계신데요. 본관에 가셨어요."

"아, 그래요. 보좌관님, 오늘 아침 신문 보셨지요? 의원님께서 공개 안한다고 해서 자료를 드렸는데 그럴 수가 있습니까?"

여성 보좌관은 아무 말이 없었다.

나는 앞으로 닥칠 일에 걱정이 많았다. 다른 의원님들이 이 사실을 놓고 또 얼마나 많은 자료 요구를 할지. 그리고는 각자 분석을 해서 시·군·구 지역별로 편차가 나는 부분에 대해 일일이 해명을 요구할 텐데 어떻게 해야 할 지 막막했다. 언론은 연이어 비판보도를 이어 갈 게 뻔한데 걱정이 태산 같았다.

나는 의원회관을 나와 국회 본관으로 터덜터덜 걸어가고 있는데 과장한테서 전화가 왔다. 김 의원이 고함지르며 내무부 간부들에게 호통을 치고 있다는 것이었다. 내무부 교부세과 직원이 의원실에 들어와 여성보좌관에게 폭언을 하고 행패를 부렸다는 것이었다.

과장은 그런 일이 있었느냐고 나에게 물었다. 난 행패부린 사실이 없고 이래저래 했다는 얘기를 했다. 그러자 과장이 나보고 김 의원실에 얼른 가서 여성보좌관에게 정중히 사과하고 오라는 것이었다. '사과는 무슨 사과' 하는 생각이 순식간에 들었다. 김 의원은 만약 사과가 받아들여지지 않을 경우 국회 본회의에서 정식으로 문제 삼을 작정이라는 것이었다. 난 너무 억울했다. "지금 나는 사과 문제가 아니라 김 의원으로 부터 자료 유포 경위를 묻고 그의 사과를 받아내야 한다."고 주장했다. 과장은 나에게 그러면 안 된다고 잘라 말했다. 국회 일정이 파행되고 장관이 수모를 겪고, 우리도 결과적으로 좋지 않다는 것이었다.

나는 울분을 삭히며 다시 별관 김 의원실로 발길을 돌렸다. "보좌관님, 제가 표현이 심했다면 이해해 주세요. 아침에 좀 열을 받아서…." 라고 사과를 했다. 눈치를 보니 본인도 의원님한테 일러바친 게 좀 미안했던지 움찔하는 모습이었다.

나는 다시 본관에 돌아와 김 의원을 만났다. 김 의원의 따귀라도 한 대 때리고 싶은 심정이었지만 꾹 참았다. 본 회의장 옆 휴게실에서 커피 한잔을 나눴다. 그 자리엔 간부들도 여러 명이 함께 자리했다. 김 의원과 대학동창인 내무부 모 계장도 같이 자리해 대화 분위기를 좋게 유도하고 있었다.

이후부터 특별교부세 전국 시ㆍ군ㆍ구 지원내역은 공개되었다. 결과적으로 지역별로 그다지 걱정스런 편차는 발생하지 않았고, 편차에 대한 잘못된 의혹은 점차 해소되었다. 특별교부세가 일부 정치적으로 영향력 있는 지역에 좀 더 많이 지원되는 것은 사실이지만, 예산의 속성이 정치적이고 또 누가 부탁을 해서 지원 되었든 간에 그 돈이 부정하게 쓰이지 않고 지역현안사업에 전액 투입된 것이 확인됨에 따라 그리 큰 사회적 이슈는 되지 않았다.

이후 특별교부세는 자신 있게 전부 공개 되었다. 종전보다 투명하게 운영되어 더 이상 숨길 게 없었다. 김 의원은 참 얄밉고도 고맙다.

세금횡령 사실, 상급자에게 보고했습니까?

새벽 출근길에 전화가 왔다.

조간신문 1면에 '최 장관 세금비리 사건 은폐'라는 톱기사가 떴다는 것이었다. 허둥지둥 지하철 출근하며 신문보도 내용을 봤다. 부천지역에서 법무사가 세금영수증을 변조하여 수억의 세금을 횡령했는데 장관은 이 내용을 알고 있으면서 묵인했다는 것이었다.

아니 기자들이 어떤 근거로 장관이 사실을 은폐했다는 걸까. 기자들이 어떤 증빙자료를 갖고 있는 걸까. 나는 내무부 감사관실에서 감사업무를 담당하고 있었는데 내 업무와 직접 관련된 일이었다. 내가 사무실에 도착 하자마자 나한테 기자들이 들이 닥쳤다.

"부천세금 횡령사건 알고 있죠?"

"잘 모르겠는데요."

"모르다니요. 지금 실무를 맡고 있잖아요?"

"예, 그렇습니다만."

"진짜 부천 세금비리사건을 모른다는 말씀인가요?"

"예, 자세히 모르고 있습니다."

그러자 기자는 속주머니에서 몇 장의 서류를 던지 듯 내 앞에 꺼내 놓으며 말했다.

"이렇게 부천에서 내무부에 보고됐는데 모른다면 말이 됩니까?"

서류를 보니 분명 며칠 전에 부천시에서 나에게 보낸 팩스였다.

'부천세금비리 관련 상황보고'라는 제목의 팩스 사본이었다. 아니 어떻게 이 사본을 기자가 갖고 있을까. 부천시 실무자가 기자에게 준 걸까. 아니면 기자가 밤중에 내 사무실에 들어와 가져간 걸까. 도저히 알 수가 없었다. 서류가 어떻게 유출됐건 간에 그건 둘째 치고 장관이 이 사실을 은폐했다는 건 또 뭘까. 또 어떤 증거를 갖고 있는 걸까?

다시 기자가 내게 물었다.

"부천에서 보고 받았습니까, 못 받았습니까?"

"네, 자료 받았습니다."

"아깐 모른다고 말했잖아요."

나는 달리 사실을 부정할 방법이 없었다.

"이 사건을 지휘부에 보고했습니까."

"……"

지휘부라면 결국 장관에게 보고했느냐 하는 것이었다. 옆에 있던 과장이 서둘러 기자의 말문을 막았다.

"조금 있다가 감사관 집무실에서 실무자 의견을 듣기로 하겠습니다. 그때 자세히 얘기를 함께 듣도록 하시죠."

그렇게 기자를 돌려 보냈다.

오전 10시, 감사관 집무실에 모였다. 의외로 차관이 감사관실로 내려와 주재하는 형식이 됐다.

차관이 내게 물었다.

"최 주사, 부천사건에 대해 상급자에게 보고했어요? 안 했어요?"

"……."

기자 열 댓 명이 수첩에 뭔가를 적으며 나를 주시하고 있었다.

"괜찮아요. 사실대로 얘기하세요."

마침 직속상관인 감사관과 눈이 마주쳤다.

감사관은 긴장된 눈빛이 가득했다. 얼굴이 창백한 채 안쓰러워 보였다.

"사실대로 얘기 하라니까."

차관이 나를 채근했다.

"네에……."

순간 모두 숨을 멈춘 듯 조용했다. 보고 안했다면 터무니없다고 할 테고 보고했다면 지휘부가 책임을 면치 못할 것이다.

난 순간 눈을 크게 뜨고, 큰 소리로 말했다.

"보고 안 했습니다."

"그게 말이 됩니까?"

기자 한 명이 내 말이 떨어지기가 무섭게 가로챘다.

"그렇게 중요한 사건을 상급자에게 보고도 안 했다니 거짓말 아닙니까?"

"사실입니다. 보고 안했습니다."

나는 재차 말했다.

"이유가 뭡니까? 왜 안했습니까?"

기자가 내게 따져 물었다.

"왜냐하면, 요즘 며칠 째 전국 몇 몇 곳에서 세금비리 의혹이 제기되고 있는데 아직 확실한 증거가 드러나지 않고 있습니다. 그래서 보다 명확한 사실이 밝혀지면 지휘부에 보고하려고 아직 보고를 못한 상태입니다."

"아니 그렇다면 그 중간 진행상황이라도 지휘부에 보고를 해야 하지 않습니까?"

차관은 기자의 질문에 끼어들어 서둘러 실무자의 해명을 끝냈다.

곧 이 사실이 최 장관까지 보고되었고 장관이 오전 11시에 기자브리핑을 직접 하시겠다고 했다. 최 장관은 대통령의 최측근 정부 실세 중의 실세로 언론에 회자되고 있어 정치권으로부터 뉴스의 초점의 대상이 되고 있었다. 이 사안이 최 장관의 정치적 입지를 크게 뒤흔들 소지가 있기 때문에 장관이 적극 대응에 나선 것이다.

오전 11시. 이미 대형 카메라 수십 대가 포진한 채 기자들이 자리잡고 있었다. 최 장관은 오늘 아침에 있었던 실무자의 해명을 그대로 인용해 브리핑을 했다. 그리고 나서 기자들의 질문과 답변이 시작됐다.

"장관님이 보시기에 이렇게 중요한 사건을 지휘부에 보고도 하지 않았다는 게 말이 됩니까?"

"실무자가 보고 안 했다고 하지 않습니까?"

"그게 말이 안 되지 않습니까?"

"허어. 김 기자. 믿어주세요. 사실을 정확히 파악하느라 보고를 못 했다 하지 않습니까."

"사실을 정확하게 파악하려면 많은 기간이 소요될 텐데 그 때까지 지휘부에서 이 사실을 모르고 있다면 그게 말이 됩니까?"

"정 그렇다면 실무선이라도 책임을 물어야 하지 않겠습니까?"

최 장관의 답변은 간단했다.

"책임지울 일이 있으면 책임을 지워야지요. 허어 참."

최 장관은 기골이 장대하고, 툭 튀어나온 광대뼈, 두툼한 장수의 입술에다 참매 닮은 눈매를 치켜 뜰 때면 감히 그 누구도 범접할 수 없는 인물이었다.

기자 브리핑이 끝나고 그 날 저녁 장관은 언론사와 만찬을 가졌다. 분위기가 좀 괜찮았다는 뒷얘기를 들었다.

이후 나는 잊을만하면 가끔 질문을 받는다.

"그 때 정말 그 거 윗선에 보고 안 했어요?"

"그 거 사실이에요?"

"⋯⋯."

내무부 공무원의 겉과 속

참 부지런하다.

출근시간은 8시 이전이며 퇴근시간은 따로 없다. 거의 매일 10시 이후에 퇴근한다. 대중교통으로 편도 한 시간 이상 걸리는 동료들도 많다. 빨리 퇴근하라고 장·차관이 각 사무실을 돌며 점검을 해도 안 한다. 퇴근시간이 지나서 점검하러 올 때도 있는데 이때는 잠깐 자리를 비웠다가 밤늦게 다시 우르르 자리로 들어온다. 사실 당일 밤에 처리해야 할 일들이 많다. 어떤 상급자는 시급히 처리해야 할 과제를 뒤늦게 지시해놓고 빨리 퇴근 안한다고 나무란다. 잠시도 망중한을 즐기지 않는다.

경쟁심리가 강하다.

자신의 우수성을 인정받으려고 치열하게 노력한다. 상급자의 업무 지시에 대해 신속하고 빈틈없이 수행한다. 내용을 보면 그리 시급하거나 중요한 것도 아닌데 내용을 잘 포장하고 문서를 디자인한다. 열심히 일하는 모습을 보여주기 위해 안간힘을 다 쏟는 느낌마저 든다. 가정에 중요한 일이 있어도 그건 후순위이며, 주어진 연가를 제대로 쓰는 직원은 별로 없다.

고향을 챙긴다.

내무부는 국가직 공채자도 근무하지만 대부분 지방직 공채자로서 각 시 · 도에서 근무하다가 전입시험을 치르고 들어온다. 지방자치단체에서 근무한 경험이 있고 그 곳에 뿌리가 있으며 언젠가 다시 연고가 있는 고향으로 영전해 내려간다고 생각한다. 고향에서는 그 지역 출신을 앞세워 지역의 현안업무를 관계 중앙부처와 협의한다. 고향의 재정지원, 발전계획, 인사, 감사정보에 밀접하게 관여한다. 중앙과 지방의 소통을 원활히 하는데 가교역할을 한다. 고향의 주요 간부가 상경하면 시종 안내를 자처한다. 그 때 고향사람들끼리 모여 식사를 같이 하곤 한다.

상급자에 충성한다.

직계 상급자에게 온 몸을 다 바쳐 충성한다. 어느 조직과 비교해 내무부는 유난히 극성스럽다. 상급자의 지시는 곧 지상의 명령이다. 상급자의 위상에 흠이 가지 않도록 잘 보필해야 하며 유관기관에 협의를 하러 가거나 국회에 참석할 땐 방대한 자료를 철저하게 준비해야 한다. 또 미리 정보를 입수하여 사전에 대비할 수 있도록 한다. 상급자에 대한 예절을 중시하며 수행자는 상급자의 그림자도 밟지 않는다.

사고의 폭이 넓고 지방을 대변한다.

다른 부처에 비해 보는 시각이 전국적이다. 내무부 업무의 범주가 종합적이라서 생각의 영역도 매우 넓다. 국가적 사안에 대해 다른 부처에 비해 이해의 폭이 넓다. 쫀쫀하지 않고 큰 대의를 생각하는 경향이 짙다. 한 때 통수권자의 의중을 가장 가까이서 헤아리고 집행하던 시절이 있어서인지 의리와 배짱이 강하다. 지방자치제가 본격 시행되어 권한이 축소되고 사기가 많이 떨어졌음에도 지방에 대한 애정과 만형으로서의 역할을 도맡아 하려한다. 중앙과 지방간에 이해가 대립될 때 내무부는 기꺼이 지방의 편에 선다. 중앙의 권한 집중에 반대하고 지방의 살림살이에 대해 중앙재정과 대립한다.

내무부의 발전에 대한 장기적인 안목이 약하다.

국가의 중추기관인 내무부에 근무한다는 자긍심은 갖고 있다. 하지만 정작 몇 년 후에 다시 고향으로 복귀할 거라고 생각해서인지 내무부 자체기관에 대한 발전적인 고민은 약하다. 내무부가 나아가야 할 미래에 대한 큰 청사진을 그리기 보다는 당장 눈에 보이는 현안사항을 멋지게 윗선에 보고하느라 급급하다. 내무부와 지방이 서로 신뢰하고, 긴밀하게 협의하고, 협동해야 할 일이 산적해 있는데 상급자들은 곧 다가올 지방 인사교류 때 부지사, 기획관리실장 자리에 온 신경을 쓰는 모습이 역력하다. 내무부의 역할과 장래를 진지하게 걱정하지 않는다. 특히 지방과 승진교류가 빈번한 고위직 상급자일수록 더욱 그렇다.

네모지다.

각진 형태에 익숙하다. 네모지지 않으면 뭔가 흐트러지고 부산한 느낌이 들기 때문에 필기구는 물론 회의 테이블 배치와 함께 앉을 때도 네모지다. 원형 모양은 권위에 손상을 주는 것 같다. 문서를 편집할 때도 한 줄 한 줄 끝까지 꽉 채운다. 보고서 종이 한 장을 어떤 식으로라도 맨 아랫줄까지 채우며 1장 이상 분량은 보고서가 아니다. 반 장짜리 보고서는 성의가 부족하거나 내용이 미흡해 보인다. 이런 반쪽짜리 문서는 거의 본적이 없다.

고시출신이 우대된다.

상급자는 젊은 고시출신 하급자에게 업무지시를 많이 한다. 정보화기기를 비교적 잘 다루므로 새로운 정보를 손쉽게 가져오고 사무처리속도가 빠르다. 그러나 지방 근무경험이 적어 지역문제를 잘 모르고 탁상에서 설계한다. 한편 비고시 출신은 같은 직급의 고시출신에 비해 나이가 많은 편이다. 근무기간이 길어 노하우가 많고 풍부한 지방일선 경험을 바탕으로 일을 처리하므로 현장 적응력이 강하다. 눈치가 빠른 편이나 고시출신에 비해 정보화에 약하고, 급변하는 행정환경 변화에 적응이 느리다. 고시출신이 인사에 절대 우위에 있어 불만이 많다.

지역갈등이 심하다.

특히 영남과 호남은 지역색깔을 잘 드러낸다. 툭하면 상대지역을 비난한다. 자기들끼리 자주 모이고, 누구는 누구 때문에 인사혜택을 받았고, 그 사람 성격이 어떻다느니 얘기한다. 사실과 다른 것을 말하고, 별 것도 아닌 것을 부풀려 전파하기도 한다. 수도권인 서울, 경기, 인천은 비교적 중립적이고 물에 물탄 것 같다. 충청·강원도는 가만히 멍하고 있다가 당하고 나중에야 불만을 토로하는 편이다.

칸막이가 견고하다.

부서 내부업무의 이해관계가 충돌할 경우 해결하는데 몇 날 며칠이 걸린다. 주로 업무분장과 규정의 해석을 놓고 의견이 달라 티격태격한다. 특히 직제개편에 따라 옆 사무실 위치와 넓이를 조정할 땐 한 뼘 넓이를 더 차지하고자 밤샘 보초를 선다.

하물며 정부부처 간에 이해 대립은 더욱 첨예하게 대립한다. 서로 자기네 부처의 손익을 놓고 갑론을박한다. 특히 조직의 확대와 재정분

담, 사업시행 권한과 법규 적용상의 해석 문제가 많다. 좀처럼 해결 실마리를 찾기 힘들다. 정부부처 간에 칸막이가 견고하다. 결과적으로 추구하는 정책목표는 같은데 각자 부처의 입장은 절대 굽히지 않는다. 승리와 패배로 인식되기 때문이다. 마치 전쟁 터에 나선 것 같다.

정부의 부처 간 조정능력이 미약하다. 어느 장·차관이 실세냐에 따라 결정이 좌우되는 경우도 있다. 내무부는 정부 각 부처의 인사, 조직관리 기능이 있고, 재경부는 예산 편성 조정권한이 있어 갈등을 유리하게 해결하는 경우가 많다.

지나치게 형식을 고집한다.

보고서를 멋지게 만드는데 많은 노력을 기울인다. 아무리 복잡한 내용이라도 한 장의 보고서 안에 다 집어넣어야 한다. A4용지 좌우 여백과 줄 수를 맞추어 시각적으로 보기 좋게 한다. 상급자는 실무자가 작성해 온 문서를 수정한다. 연필로 줄을 긋고 그 자리에 다시 고쳐 쓴다. 고친대로 수정해 오면 또 한참 고민하다 다시 고친다. 여러 차례 반복한다. 매끄럽지 못한 글귀를 다소 부드럽게 하는 게 대부분이다. 어떤 계장은 실무자가 문서를 갖고 오면 아예 가위부터 집어 든다. 제목만 남기고 본문은 모두 잘라버리고 본인이 다시 문서를 편집한다. 수정 편집하는 시간 내내 실무자는 옆에 서 있는 경우도 있다. 고치고 또 고치다보면 마지막에는 당초대로 고쳐져 되돌아오기도 한다.

권위의식이 높다.

중앙부처인 상급기관에 근무하고 있다는 자부심이 강하다. 지방자치단체에 대해 지도 감독의 위치에 서서 거들먹거리는 이들도 꽤 있다. 지방자치단체와 동반자이며 서로 대등한 협조기관이라는 인식이 부족한 공무원들이 많으며 국고보조사업을 지원하면서 마치 자기 것을 주는 것처럼 지나치게 생색을 내는 경우도 있다.

지방재정 소고

우리나라는 1961년 지방의회가 해산된 후 30년이 지난 1991년에 지방의회가 다시 구성되기 전까지 지방자치는 실시되지 않았다. 그렇지만 이 기간 동안에도 지방자치단체는 존재했고 행정을 유지하기 위한 재정활동도 계속되었다. 지방자치가 실시되지 않은 상황이었으니 지방재정 활동은 매우 제한적이었다. 시 · 군은 도에서, 도는 내무부가 지방의회 역할을 대신했다. 따라서 중앙정부에 의해 임명된 도지사, 시장 · 군수는 지방재정 운영에 있어 지역주민의 선호보다 자신의 임명권자의 눈치를 살폈다. 즉 지방재정운영은 중앙정부의 정책방향에 따라 좌우될 수밖에 없었다.

현대사회는 자신들의 대표를 선출해 그들로 하여금 자신들의 요구를 반영하게 하는 간접 민주주의 방식을 취하고 있다. 즉 주민들은 선거를 통하여 자신들의 요구를 대변해 주는 의원을 뽑아 지방의회를 구성하고 자치단체의 장을 선출한다. 이렇게 선출된 지방의원과 단체장은 중앙정부의 의지보다도 지방주민들의 선호를 먼저 생각하게 된다.

지방자치는 흔히 일정한 구역을 기초로 지역주민들이 자신의 부담으로 자신의 일을 스스로 처리하는 과정이라고 정의한다. 또한 지방자치의 이념을 실현하기 위해서는 자신들의 희생과 재정 부담이 필요한 것이다.

지방의회가 부활되고 민선자치단체장 시대가 되어 주민들의 선호가 투표과정을 통해 표출되기 시작했다. 이 같은 정치적 과정은 주민들의 행정수요를 크게 증가시키고 재정부족으로 귀결되었다.

지방자치는 자주적인 지방재정을 기초로 한다. 즉 자치활동에 필요한 재원을 스스로 조달하는 자치재정을 기본조건으로 한다. 지방자치는 자치단체가 독립적인 재원을 갖고 그 독자적 판단에 의하여 지출활동을 할 수 있어야 한다. 건실한 재정기반은 지방자치의 선행요건이라고 할 수 있다.

그러나 우리나라의 지방자치의 현실은 그렇지 않다. 지방자치의 성숙과 함께 재정수요가 폭증하고 있는데 반해 자치단체는 그 재원을 조달할 능력이 부족하여 중앙정부에 크게 의존하고 있다. 지방재정수요의 급증 요인은 행정기능의 변화와 확대, 복지수준의 향상, 주민서비스 수준의 고급화 등이 주요 요인이다.

국세와 지방세의 세수규모를 비교해 보면 각각 80% : 20%의 비중을 보이고 있다. 이와 같이 국세 중심의 조세체계로 인해 지방세입이 빈약하게 됨에 따라 중앙정부의 지원에 의한 지방재정의 유지가 불가피하다. 그 결과 지방자치단체의 세출에 대한 중앙정부의 재정적 간섭과 통제가 강화되었다.

가장 중요한 요인은 세원(稅源)이 지나치게 지역적으로 편재(偏在)되어 있다는 것이다. 국세를 지방으로 이양한다든지 새로운 세원을 발굴

한다고 하더라도 대도시를 제외한 그 밖의 자치단체는 큰 도움이 되지 않고 오히려 지역적 차이를 더욱 심화시킨다는 것이다. 다시 말해 국세는 중앙이, 지방세는 지방에서 거둬들이는 세금을 말하는데 법인세, 부가가치세 같이 세수가 큰 것은 국세로, 재산세, 담배소비세 같이 액수가 작은 것은 지방세다. 또한 지방세 수입도 지역별로 상당한 차이가 있다. 서울, 경기와 같은 대도시는 풍부한데 비해 강원도, 경상도, 전라도 지역은 상당히 빈약하다.

그래서 자치단체 사이의 재정력 격차를 조정하기 위하여 중앙정부가 자치단체에 재정을 지원하고 있는데 이게 바로 재정조정제도이다. 다시 말해 자치단체는 자체수입으로 필요한 경비를 충당하는 것이 이상적이지만 현실은 그렇지 못하고, 지역 간의 재정 불균형 또는 세원의 편재 때문에 조세체계의 개편만으로는 지역간 재정격차를 완화시키기 보다는 더욱 심화시킬 수도 있기 때문에 대도시나 일부 지역에 편재된 세원은 국세로 징수한 후 다시 재정이 취약한 자치단체에 지원하고 있는 것이다.

우리나라 지방자치단체의 살림수준을 보면 17개 특별 광역시 도 중에서 10개 단체가 재정자립도 50% 이하이다. 서울 89%, 경기 72%에 비해 전남 22%, 전북 26%, 강원은 27%에 불과하다. 재정자립도는 당해 자치단체의 전체 재원 중에서 자체재원이 차지하는 비중을 말하는데 자치단체가 재정운영에 있어 스스로 의사결정을 할 수 있는 재원의 범위이다. 재정자립도가 낮은 자치단체는 교부세와 국고지원금으로 지방살림을 꾸려 나가고 있다는 것이다.

재정자립도가 50%에도 못 미치는 10개 자치단체 광주, 세종, 강원, 충북, 충남, 전북, 전남, 경북, 경남, 제주는 달리 말하면 기초생활수급단체이고, 70%이하인 부산, 대구, 인천, 대전은 차상위계층 단체라고 말할 수 있다. 불과 서울, 경기만이 자립형 자치단체라고 말할 수 있다. 이러한 궁핍은 대물림되고 있다. 전체 세입의 8할을 중앙정부가 가져가는 조세구조 하에서 안정적인 지방자체세입을 확보하기는 불가능하다. 매년 지방교부세를 통해 자치단체의 부족한 부분을 일부 채워주고 있지만 실질적인 지방자치를 실현하기 위해서는 자체재원을 확보해 주어야 한다. 중앙정부는 지방공무원들이 문지방이 닳도록 중앙부처를 들락거리는 심정을 헤아려야 한다.

나는 원주시와 화천군의 부단체장으로 근무했다. 화천은 전국에서 가장 산골이며 인구가 2만 4천명에 불과하고, 원주는 전국에서 가장 발전 속도가 빠른 지역으로서 강원도에서 인구가 가장 많은 32만 7천명이다. 상당히 대조적이다. 그러나 공통점은 재정운영에 있어 중앙정부에 절대적으로 의존하고 있다는 것이다. 재정자립도를 보면 화천군은 9%, 원주시는 23%이다. 살림살이를 중앙부처에 의존해 살다보니 눈치를 잘 살펴야 한다. 마치 갑과 을의 입장이다. 밉보이면 여러 가지 불이익이 따를까 중앙부처를 대할 때는 말 한마디 행동거지 하나

하나에 신중해야 한다.

최근 몇 년간 급격히 늘어난 사회복지예산의 일정부분을 자치단체에서 부담하느라 몹시 힘겹다. 복지정책을 두텁게 하는 것에 대해 이론을 제기하는 국민들은 아마 없을 것이다. 급속한 경제발전과정에서 많은 소외계층이 속출하고 부익부 빈익빈 현상이 심화되었다. 이들 저소득계층에 대한 정책적 배려와 돌봄은 국가적 의무이다.

분석에 따르면 지난 2005년부터 2012년 사이에 복지예산 비율이 중앙정부가 4% 증가하는 동안 자치단체는 25%가 급증했다. 그 원인은 기초연금, 영·유아보육료와 같은 보편적 복지사업의 재원이 국비와 지방비 분담방식으로 구성되어 있기 때문이다. 그러다 보니 특별한 추가 세원이 없는 상황에서 그 증가분만큼 자치단체 자체사업을 줄일 수밖에 없게 되었다.

아무리 좋은 국가정책이라도 재정적 뒷받침이 마련되지 않으면 그 목적을 달성할 수 없다. 다른 예산을 줄여서 복지비를 부담하면 될 거라고 쉽게 판단하면 안 된다. 이미 기존의 예산은 그 쓰임새가 있고 거기에 달린 식솔들이 있다.

그러므로 새로운 국가정책을 펴기 위해서는 중장기적인 재정확보대책을 먼저 확실하게 세운 후에 시책을 펴야 한다. 기존사업의 점진적인 구조조정과 일몰제 적용과 같은 방식을 통해 재정을 확보해야 한다. 중앙정부가 복지혜택의 범위를 확대한다는 정책을 전격적으로 발표하고 필요한 재정은 국가와 지방이 분담한다는 계획을 발표하면 지방은 어떤 방법으로 소요예산을 충당하겠는가. 기존사업의 목표와 성과가 종료된 것은 폐지되어야 하지만 그렇지 않은 경우에는 실업자가 생기고, 계속 추진해 오던 사업이 지연되거나 중단될 수밖에 없다.

자신의 임기 내에 계획을 마련하고 가시적 성과를 거두려고 대못을 꽉 박아 놓는 조급함은 결국 무리한 실행을 가져와 좋은 성과를 거둘 수 없다. 많은 재정이 수반되는 정책일수록 종합적인 계획을 세워 장기적이고 점진적으로 이 삼 십년 후까지 정책을 실천해 나가겠다는 큰 그림을 그려야 한다. 현 정부와 다음 정부가 그 책임과 성과를 공유하는 게 바람직하다. 현 세대와 다음 세대가 그 과실과 비용을 함께 누리고 분담하는 게 합리적이다.

지방예산 가운데 지방교부세가 차지하는 비중은 매우 크다. '교부세' 라는 것은 지방자치단체가 기본적인 공공행정을 수행할 수 있도록 중앙정부가 최소한의 표준적인 경비를 지원하는 예산이다.

즉 중앙정부는 자치단체가 공공기관 유지, 도로보수, 방범등 교체, 상·하수도, 생활폐기물 처리, 재해예방, 소방 같은 최소한의 기본적인 공공행정을 수행할 수 있도록 예산을 지원해 주는 것이다.

자치단체에서 지방세입 만으로는 충당할 수 없어 국세의 일부를 지방으로 넘겨주는 것이다. 교부세는 안전행정부에서 시·도, 시·군·구별로 지원하는데, 그 지역의 인구와 면적, 공공시설과 같은 통계 수치를 적용하여 지원액을 산출한다.

서울·경기도와 같은 일부 지역은 교부세를 지원받지 않는다. 자체 세입이 많아 중앙정부로부터 지원받지 않아도 기본적인 공공서비스행정을 수행하는데 부족함이 없기 때문이다. 교부세에 의존해 살아가는 여타 자치단체의 입장에서 보면 참 부러운 일이다.

그동안 교부세제도 운영에 있어 꾸준히 문제가 제기되어 왔다. 교부세 산정방식을 보다 합리적으로 개선하고, 재원규모를 대폭 확충해야 한다는 것이었다. 인구와 면적 같은 단순지표를 적용해 자치단체별 표준적인 행정수요를 산출하는 것은 최적의 산출 방법이 될 수 없다. 급변하는 지방재정 수요를 유연하게 반영하기 어렵다. 지역의 잠재적 발전 가능성에 대한 재정수요를 적절히 반영해야 한다는 것이다.

국가도 한정된 세입으로 무작정 세출을 늘릴 수는 없을 것이다. 국방, 외교, 과학기술과 같은 국가경쟁력을 높이는데 그 수요가 계속 증대되고 있을 텐데 무작정 지방에 지원하는 예산을 확대할 수도 없을 것이다.

따라서 그 대안으로 국고보조금의 지방이양 방안이 오래전부터 제기되어 왔다. 어차피 국고보조금도 지방자치단체로 내려 보내 주는 것인데 왜 지방에서는 국고보조금의 지방이양을 요구하고 있는 것일까. 그런데 왜 중앙정부에서는 지방이양을 하지 않고 있을까. 중앙정부에서 직접 예산을 집행하는 것이 보다 효율적이라고 판단하는 것일까,

자치단체를 신뢰하지 못해 지방으로 내려 보내지 않고 있을 것일까. 아니면 중앙부처 자신의 권한이 축소되는 것을 우려하기 때문일까.

그동안 자치단체와 재정전문가들은 국고보조금 사업을 지방으로 대폭 이양하고, 조각조각 용도를 정해 지원하는 방식을 바꾸어 포괄적으로 지원하는 게 좋겠다고 목청을 높였지만 결과가 크게 미흡하다. 중앙정부는 매년 개선한다고는 하는데 매가리 없는 보조사업만 조금씩 지방에 이양할 뿐 정작 필요하고 실속 있는 국고보조사업은 손에서 놓지 않는다.

또 정부가 바뀔 때마다 지방재정을 확충한다며 국고보조금을 포괄적으로 지방에 이전한다고 호들갑을 떤다. 그러나 실제는 사전 협의 절차나 세부 운영지침, 평가 인센티브 같은 장치를 통해 간섭하고 통제하고 있다. 소위 균특회계, 광역계정 같은 것도 속을 들여다보면 지방의 자율성은 미약했다. 예산을 포괄적으로 지방에 이전했다고 볼 수 없다. 현 정부의 '지역행복생활권사업' 추진시스템도 어떤 행태로 추진될 것인지 지켜보아야 할 일이다.

사실 누가 자신의 권한을 놓고 싶어 하겠냐마는 이젠 마음을 비우는 게 좋겠다. 아직 지방이 능숙하지 못해 다소 시행착오를 겪을 지라도 금방 익숙해 질 것이다. 오히려 현지상황을 잘 아는 지역주민들의 창의적 아이디어와 열정으로 몇 배 사업효과를 낼 것이다. 중앙부처는 국정 목표에 부합되도록 가이드라인을 제시하고, 사업집행 권한은 지방에 재량을 줘야 한다. 중앙정부가 탁상에서 구체적인 지침을 정하면 곤란하다.

중앙정부는 국고보조금을 지원하고 나서 나중에 사업평가를 통해 확실히 책임을 물으면 된다. 다음년도 국고보조예산 지원을 삭감한다든지, 언론에 공표하여 주민들의 심판을 받게 할 수도 있다. 중앙행정기관은 그러한 환류 평가 기능을 확실히 하면 보다 양질의 권한 행사를 할 수 도 있을 텐데 아직도 사업을 직접 시행하려는 집착을 버리지 못하고 있고, 또 자치단체에 보조금을 지원하고 나서 사업시행과정에서 구체적으로 이래라저래라 관여하고 있는 경우가 많다.

중앙정부는 직접 보조 사업을 하지 않으면 그 목적을 달성할 수 없는 최소한의 사업을 제외하고 나머지는 모두 지방에 이양하는 것이 좋겠다. 또 중앙부처별로 포괄예산이라는 명목으로 사업비를 뭉텅이로 편성한 후 쌈짓돈 방식으로 예산을 운용하고 있다는 비판을 겸허히 수렴해야 한다.

또한 중앙정부에서 공모방식을 통해 국비를 지원하고 있는 사업에 대해서도 개선할 점이 있다. 전국 시·군·구를 재정력을 반영한 경쟁을 시켜서는 안 된다. 총 사업비 중에서 지방비를 더 많이 부담하는 자치단체에 평가 시 가점을 준다면 재정이 어려운 자치단체 입장에서는 그림의 떡이다. 부익부 빈익빈 현상을 초래하게 된다.

전국 공모방식은 투명하고, 객관성 있고, 특혜를 주었다는 오해에서 벗어날 수도 있다고 생각할지 모른다. 그러나 공모사업이 갑작스럽게 추진되거나 선정과정이 부실한 경우가 많다. 지방에서는 사업구상과 계획을 신중하게 수립하여 응모할 시간적 여유가 없다. 공문을 접수하고 불과 며칠 이내에 응모마감이 되는 것도 있다.

중앙부처는 공모사업을 객관적으로 처리한다며 전문가 심의위원회를 구성한다. 심의위원들이 사업 현장에 가보는 경우도 있지만 서류로 대체하는 경우도 많다. 심의회에 참여했던 어떤 위원의 말에 의하면 "심의할 분량이 방대하고, 시간은 부족하고, 집행기관의 의도적인 요구가 많아 황당하고, 난감했다."는 후담이다. 공모사업의 당락은 유명 용역사의 아름다운 디자인과 프레젠테이션이 상당한 위력을 발휘한다. 중앙부처는 최소한 1년 전에 공모사업을 기획·공시하여야 한다.

공모사업 심의 평가서에 '자치단체장의 사업의지'와 같은 주관적인 지표가 흔하다. 이런 지표는 객관성과 공정성 있는 평가를 저해하는 평가요소들이다. 이런 것은 나중에 평가 결과를 놓고 정치적인 배려 또는 의도적인 불이익이라는 오해를 받기에 충분하다.

이제 중앙부처는 지방자치단체를 지도 감독하는 부담을 좀 덜어야 한다. 그 잉여 정열을 치열한 글로벌 환경에서 국가경쟁력을 높일 수 있는 분야에 보다 집중해야 한다. 국가 간 비교우위에 있는 요소를 찾아 적극 육성해야 한다. 우수한 선진행정문화를 우리나라 지역실정에 맞도록 설계하고, 시범사업을 거쳐 정착·확산시키는 일에 매진하여야 한다. 중앙부처 공무원들은 전문가들과 함께 세계를 뛰어 다니며 부딪치며 보고 느끼고 배워야 한다. 국가경쟁력을 높일 수 있는 큰 방향을 정립하여 제시하는데 심혈을 기우려야 한다.

중앙부처는 규제를 과감히 풀고, 지방의 자율성을 높여야 한다. 특히 환경, 토지이용, 관광개발 분야는 규제가 대추나무에 연줄 걸리듯 뒤엉켜 있는데다 부처간 협의가 선행되어야 하는 일들이 너무 많고 복잡하다.

농림, 산업, 사회복지 분야는 깨알같은 단위사업을 일일이 중앙부처가 손아귀에 쥐고 관리하느라 중앙과 지방이 서로 힘들다.

중앙부처는 지방예산 낭비 사례들을 종종 홍보한다. 그 단골메뉴가 연말 보도블럭 교체와 지역축제다. 국가의 재정지원을 늘려 달라는 지방의 요구를 한 방에 차단할 수 있는 구실로서 참 좋은 소재이다. 돈이 남아서 연말에 멀쩡한 보도블럭을 교체하고, 흥청망청 볼품없는 축제를 남발하면서 무슨 명분으로 재정지원을 더 해 달라고 하느냐는 것이다. 물론 이와 같은 예산낭비 사례는 근절되어야 한다.

그러나 이런 것은 전국 자치단체의 일반적인 행태가 아니다. 소수의 사례다. 이젠 시장·군수들도 예산을 함부로 막 쓸 수 없다. 의회와 시민단체, 주민들이 눈에 불을 켜고 시시콜콜 감시하고 있다. 주민들이 잘 모를 것 같지만 시장·군수가 하는 일을 소상히 잘 알고 있다. 잘못하면 선거 때 표로 평가받을 것이다.

화천의 경우 인구는 적지만 면적은 서울의 두 배다. 휴전선과 인접한 접경지역이고 북한강 최상류에 위치하고 있어 군사보호구역과 상수원보호구역으로 꽁꽁 묶여 극도로 개발이 제한되어 있다. 산간오지 화천주민들의 지역발전을 위한 몸부림은 처절하다. 청정화천 지역임을 내세워 지역주민과 공무원들이 똘똘 뭉쳐 세계적인 산천어축제를 만들어 냈고, 그 해 그 지역에서 생산된 농산물이 축제 때 전부 판매될 정도다. 축제로 지역경제를 살리고, 명품도시로 변모해 가고 있는 것이다.

전국 대부분의 시군에서 축제를 열고 있다. 축제라는 이름을 붙였지만 조잡하고 볼품없는 행사도 많다. 다른 지역에서 하니까 우리지역에서도 해 보자는 식의 축제도 없지 않다. 이것이 자치단체의 예산낭비, 자치단체장이 인기를 얻기 위한 전시성행사로 비춰져 지방재정을 방만하게 운영하고 있다고 중앙정부로부터 강한 질책을 받고 있는 대표적인 사례다.

하지만 축제를 단순히 예산운용의 효과성과 단체장의 선심성에 초점을 맞추어 우수축제 불량축제로 구분되어지는 것은 적절치 않다. 새해가 되면 한 해의 행운을 기원하고, 추수가 끝나면 제천선신께 감사하며, 풍속과 지역전통을 기리는 축제야 말로 지방자치와 지역공동체 활동의 기본 속성이며 건실한 주민자치를 뿌리내리게 한다.

마을단위 축제행사를 단순히 낭비성 사업으로 분류하여 페널티를 주는 것은 재고되어야 한다. 이보다는 평가를 통해 마을단위로 주민 스스로의 힘으로 축제가 좀 더 알차게 진행될 수 있도록 노하우를 제공해 나가는 게 바람직하다.

지역문화가 꽃피지 않으면 어떠한 농산어촌지역 개발사업도 그 성과를 거두기 어렵다. 지난 몇 년 간 엄청난 국가재정을 쏟아 부었지만 젊은이들은 시골 고향을 등지고 대도시로 떠났다.

농산어촌을 살리기 위한 대책 중에서 가장 중요한 것은 젊은 리더가 시골에 정착할 수 있도록 하는 것이라고 생각한다. 마을의 속사정을 면밀히 들여다보면 그 마을에 리더 역할을 누가 어떻게 하느냐에 따라 주민이 평안하고, 마을이 예쁘게 발전하고, 화목하고, 어려움에 처한 주민들에게 따스한 손길이 미치는지를 알 수 있다. 마을 주민들을 잘 어루만지고, 포용력 있는 인성을 가진 젊은 리더를 많이 육성하는 시책추진에 국가나 지방재정이 듬뿍 투입되면 좋겠다.

자치단체는 재정운영에 있어 건전성과 책임성을 높여야 한다. 먼저 지방예산 편성에 있어 사업의 우선순위를 잘 정해야 한다. 우선순위는 사업의 시급성, 중요성, 효과성에 두어야 한다. 주민의 대표기관인 지방의회 의원들은 각자 출신지역에 더 많은 예산을 확보하려고 노력한다. 제 몫을 주장한다. 이는 대의정치에 정당한 모습이다.

그러나 각자의 몫을 채우다 보면 소규모 분산투자가 되기 십상이다. 선택적 집중투자를 통해 투자 효율성을 높여야 한다. 집행부와 의회가 얼마나 머리를 맞대고 신중하게 합의점을 찾아내는가에 달려있다고 하겠다.

자치단체의 중장기 재정운용계획이 제대로 수립되어야 한다. 사업을 추진함에 있어 예측가능성이 있어야 주민들도 신뢰하게 된다. 그런데 자치단체는 중앙으로부터 의존재원 규모가 커서 자주적으로 재정운용계획을 수립하기 어렵다. 자치단체에서 자체적으로 계획을 수립하더라도 중앙정부의 지원액이 변경되면 이미 세워 놓은 계획은 다시 바꿔어야 한다. 중앙정부 의존재원 비중이 높은 우리나라 자치단체의 중기지방재정계획은 실효성이 미약하다.

정부는 지역분권과 지역균형발전을 추구하고 있는데 결국 재정에 관한 문제로 귀결된다. 국가와 지방간 재정에 관한 협의는 전국의 자치단체가 제각각 중앙정부를 상대하는 것은 불가능하다. 계란으로 바위를 깨려는 격이다.

일본의 예와 같이 지방 4단체, 즉 시·도지사 협의회, 시장·군수·구청장 협의회, 시·도의회의장 협의회, 시·군·구의회의장 협의회의 역할이 강조된다. 지방 4단체에서 지방의 목소리를 종합해서 중앙정부에 전달 해야 한다.

복지예산과 같은 새로운 국가적 시책에 대해 지방재정이 분담해야 할 명분과 규모를 놓고 진지하게 중앙정부와 협상 테이블에 앉아야 한다. 일방적으로 중앙정부에서 요구하는 지방비 부담 수준을 거의 그대로 수용하는 현 시스템으로는 지방 살림의 어려움을 극복하기에 요원하다. 전국의 자치단체가 무질서하게 중앙정부를 찾아다니며 제도개선을 요구한들 받아들여질 리 없다. 지방 4단체장 협의체의 기능과 역할이 참 아쉽다.

깊은 산속 몇 가구 살고 있지 않은 동네에도 전기와 통신, 상수도, 진입도로 포장, 의료서비스, 경로당 같은 기본적인 기반시설과 행정서비스를 해주고 있다. 단순히 생각하면 계산적으로 엄청난 예산낭비다. 그 곳에는 생산성이 거의 없는 노인들이 살고 있는데 왜 국민의 세금을 그렇게 많이 투입하느냐 하는 것이다.

나도 내무부 지방재정부서에 근무하면서 때로 그런 생각을 했다. 시·군별로 체육관을 건립할 필요가 있을까. 각 지역별로 경로당, 문화회관, 박물관을 건립할 이유가 있을까. 규모가 큰 행사가 열릴 때 인근 지역의 체육관이나 경로당을 활용하면 될 텐데 하는 생각을 했다.

그런데 막상 지방 일선에 근무를 해 보니 중앙에서 생각했던 것과는 판이하게 달랐다. 인근 다른 지역, 다른 자치단체에 있는 공공시설을 사용한다는 게 지역문화와 전통, 지리적인 여건으로 사실상 곤란하다는 걸 알게 되었다.

시골 어르신들은 그 정든 터를 떠나지 못하고 있다. 세대수의 많고 적음에 불구하고 단 한 명이 살더라도 기초적인 생활안정은 보장해 주어야 한다. 그 분들이야말로 과거 암울했던 시절, 우리나라를 선진국

대열에 끌어 올리고 이젠 쇠약해져 이곳에 살고 있지 않는가.

함부로 지역개발과 예산의 효과성을 거론하면서 무리하게 지역 통폐합을 추진하거나, 토지수용으로 보상금을 줄 테니 다른 곳으로 이주하라는 식의 오만한 행정은 하지 말아야 한다.

우리 국민들은 참 정겹고 흥겹다. 지역 주민들이 신바람 나면 정말 예상치 못한 시너지 효과를 발휘한다. 평소 지나칠 정도로 무심하다가도 정과 흥이 합쳐지면 못해 낼 일이 없다. 물 불 안 가린다. 정에 겨워 어려운 이웃을 돕는 일, 공공의 이익을 도모하는 일, 흥겨워 한 판 거나하게 노는 일, 모두 아름다운 우리 주민들의 모습들이다.

요즘 자치단체에서는 지역의 각급 사회단체에 볼 면목이 없다. 얼마 안 되는 예산을 전년도와 비슷한 수준으로 교육 · 사회 · 문화 · 예술 · 체육단체에 찔끔찔끔 주면서 어떻게 열심히 봉사하라고 할 수 있겠는가.

현 정부의 창조문화, 창조경제도 지역 밑바닥 정서를 아우르며 함께 해야 성공할 수 있다. 중앙부처, 자치단체 모두 정부안에 존재하는 기관이다. 국민들은 시골 농산어촌이나 시 · 군 · 구 지역 안에 있는 구성원들이다. 중앙부처 공무원들은 지역주민들과 더욱 가까운 곳에 다가와 목소리에 귀 기우리고 마음을 헤아려 보라. 자치단체가 궁핍하면 주민도 국가도 쪼들리고, 감사하는 마음을 갖지 못하게 되고, 사회와 정치에 반감을 갖게 된다. 주민들은 아주 작은 것에서 감동한다.

통치권자가 아무리 청렴, 숭고함, 열정을 갖고 깃발 들고 외치면 뭐 하겠는가. 그 보람이 나타나려면 맨 아래 농산어촌 마을에서 흥겨운 문화가 용솟음치고, 상호 돕는 정겨운 문화가 활기를 찾아야 가능하다. 아마도 정겨움과 흥겨움은 우리 한국인만이 지닌 특유한 유전인자가 아니던가. 그것이 국가경제발전의 원동력이라고 생각한다.

지방재정운용의 미흡한 점에 대해 중앙정부의 부정적시각을 표출하기 보다는 자치단체의 자율성을 보다 폭넓게 부여하고 사후평가관리 시스템을 효과적으로 가동할 수 있도록 도와주는 게 필요하다.

지방재정운용의 낭비사례와 비효율적인 운영에 대하여 정치적으로 이슈화시키는 우매한 행동은 더욱 경계해야 할 일이다.

강원도로 귀향

20년 만에 강원도로 내려오다.

내가 처음 중앙부처로 자리를 옮길 때 '내무부'였는데 '행정자치부', '행정안전부'에서 다시 '안전행정부'로 부처 이름이 바뀌었다. 정권이 바뀔 때마다 내무부의 위상을 놓고 흔들기를 거듭했다.

지난 시절 무소불위의 권력을 휘두른데 대한 인과응보일까, 중앙권력의 지방이동 차원일까, 아니면 지방자치시대에 내무부의 역할이 축소된 것일까, 아무튼 내무부는 짧은 기간 동안에 많은 우여곡절과 변화를 가져왔다. 그 와중에 직원들의 사기는 땅에 떨어지고 조직 기능도 축소되었다.

대부분의 행정기관도 그렇겠지만 안전행정부도 연말이 되면 인사이동을 한다. 연말엔 은퇴자가 생기고, 1년간 장기교육을 입교하고,

희망보직으로의 자리를 옮긴다.

이 시기에 안전행정부와 시·도는 인사교류를 한다. 과거 내무부 시절만 해도 지방으로 승진하면서 쉽게 자리를 차고 내려 왔지만 이젠 낙하산 인사는 꿈도 꿀 수 없다. 같은 직급으로 1:1 수평교류 원칙이다. 지방에서 한 명이 안전행정부로 올라와야 한 명이 내려 갈 수 있다.

중앙과 지방의 인사교류는 상호소통과 이해를 넓히고 업무협조를 원활하게 하는 긍정적인 효과가 있어 필요하다는 점에 대해서는 공감하지만 좀처럼 쉽지 않다. 지방에서 좀처럼 안전행정부에 올라가려 하지 않는다. 중앙부처 근무 이점이 많이 사라졌기 때문이다.

낯설고, 힘들고, 집 구하기 어렵고, 애들 교육시키기 힘든데 누가 올라가려 하겠는가. 젊은 행정고시 출신 정도라야 겨우 이동하려 한다. 중앙부처에 올라가 몇 년 고생하면 시·도에 실·국장급 이상의 간부로 다시 내려 올 수 있기 때문이다. 그런데 실무자들은 거의 교류가 중단되다시피 했다. 오히려 지방에 근무하는 편이 낫기 때문이다.

나는 2008년도 행정안전부 재정총괄팀장으로 근무하다가 강원도로 내려왔다. 마침 강원도 김 서기관이 행정안전부로 오기를 희망하면서 행정안전부와 강원도 간에 힘겨운 인사교류 협의가 시작되었다.

강원도에서 올라올 사람이 정해졌으므로 행정안전부에서는 강원도 출신중에서 누구를 내려 보내느냐 하는 논의가 진행되었다. 나는 마침 그 때 강원도에 출장 온 기회를 이용해 도지사와 면담했다. "이젠 강원도에 내려와 일하고 싶습니다. 기회를 주시면 고맙겠습니다." 라고 부탁했고, 도지사는 "어디 한 번 보자."라고 말미를 남겨 놓았다.

사실 행정안전부 내부에는 나와 같은 직급인 '서기관' 들이 여러 명 있었고, 강원도로 내려가기를 희망하고 있으므로 내부에서 누구를 선택하느냐 하는 것도 만만치 않은 문제였다. 그러나 강원도와의 인사교류를 함에 있어 행정안전부 내부의 의견 조율도 중요하지만 사람을 받으려는 강원도의 의사가 보다 더 중요하다. 어찌 보면 내가 선수를 치고 있었다.

나는 직속 상급자에게 강원도 인사교류 진행상황을 소상히 보고하고 도움을 요청했다. 그러자 직속 상사인 지방재정본부장은 장 · 차관께 나에 대한 조언을 적극 해 주었다. 한 달 정도 시간이 흐름에 따라 강원도는 김 모 서기관과 행정안전부는 나로 교류대상자가 굳어져 가는 분위기였다. 그러나 아직 해결해야 할 일들이 많은데 이미 결정되어 버린 듯 "잘 됐어, 축하해."라는 인사를 듣기도 했다.

그러나 '인사는 뚜껑이 열려봐야 안다.' 는 말처럼 발령 날 때까지 결코 마음을 놓을 수 없었다. 역시 우려했던 것이 현실로 나타났다.

조직관리 부서에서 이의를 제기하고 나선 것이다. 강원도에서는 한 사람이 올라오고 행정안전부에서는 두 사람이 내려가야 한다는 것이었다. 내부 인사 적체 해소를 위해서였다. 며칠이 지나도 조율이 되질 않고 열 달 같은 열흘이 지나갔다.

결국 강원도 연말 정기인사는 나를 제외하고 일괄 발령이 나고 말았다. 다 되어가던 강원도 전출이 무산위기에 처했다. 직속상관인 본부장도 이젠 지친 표정이었고 나도 더 이상 부탁드릴 염치가 없었다.

난 인사교류를 총괄하는 총무과장을 찾아갔다. 총무과장은 여성으로서 능력과 처신이 좋아 위아래 신망이 매우 두터웠다. 나는 총무과장을 동행하고 제1차관을 직접 찾아갔다. 그리고는 나는 간곡히 부탁했다.

"차관님, 이번 강원도와 인사교류는 그간 강원도와 어려운 협의 과정을 거쳐 마무리 단계까지 왔습니다. 이번에 꼭 성사될 수 있도록 차관님 좀 도와주십시오."

차관은 우리를 보자 안색이 안 좋아 보였다. 당황하는 모습이 역력했다.

"알았어요, 여러 가지 고려해야 할 게 있어요."

"총무과장, 어서 나가세요."

나중에 안 사실인데 사무실로 돌아오자마자 곧바로 차관이 총무과장을 다시 불렀다고 한다.

"아니 인사교류를 추진하면서 당사자를 데리고 오는 게 말이 됩니까? 총무과장, 정신이 있어요, 없어요?"라며 뒤지게 혼났다는 후문이다.

이미 12월 말 일자 연말 인사이동은 종료됐지만 나는 미련의 끈을 놓지 않았다. 이렇게 허무하게 끝낼 수 없었다. 얼마나 어렵게 주어진 기회인데 양 기관간의 명분 약한 논리로 성사되지 않는다면 이것은 협상이 부족한 탓이고 양 기관 간에 앙금만 남게 될 것이다. 또 나에게 다시 이런 기회가 오기 힘들 것 같았다.

아직 완전히 끝난 건 아니었다. 마무리 안 된 몇 자리가 있어 인사이동의 여지가 조금은 남아 있었다. 하루가 일 년 같았다. 정말 초조한 시간이 흐르고 있었다. 어떻게든 빨리 결론이 났으면 좋겠다는 생각뿐이었다.

사흘 후 희소식이 왔다. 차관이 승낙을 했다는 것이다. 강원도와 협의를 마쳤다며 화천 부군수로 보내기로 했다는 것이다. 휴~ 참 길고 긴 시간이었다. 지난 20년간의 한양 생활이 주마등처럼 스쳐 지나갔다. 서른네 살에 서울에 와 쉰 네 살에 귀향을 하는 것이다. 이 곳 광화문 정부중앙청사에서 내 젊음을 모두 불사르고 떠나는 것이다. 지나간 세월이 파노라마처럼 뇌리에 스쳐 지나갔다. 맨 손으로 서울에 올라왔다가 그저 빈손으로 떠난다. 가슴이 텅 비고 공중에 붕 뜬 기분이었다.

화천군 부군수에 부임하다

행정안전부 지방재정총괄팀장으로 근무하다가 강원도 화천군 부군수로 자리를 이동하면 영전이었다. 직급은 4급 서기관으로 변함이 없지만 실무자의 역할에서 관리자의 위치로 바뀌는 것이다.

행정안전부에 근무하면 대 여섯 명의 팀원들과 일하지만 화천군에서는 부군수라는 직위로 오백여 명의 공무원들을 통솔해야 한다.

2008년 1월 1일 화천 산천어축제를 나흘 앞두고 부군수 발령을 받았다. 며칠 전 대설이 내려 화천군 전 직원들이 주민들과 제설작업을 하고 있었다. 나는 잠깐 틈을 내 취임식을 했지만 눈을 치우느라 바쁜데 취임식을 하자니 좀 미안했다.

그 해는 유난히도 추웠다. 강원도 최북단 화천군은 휴전선과 접해있는 최북단 산골이여서 다른 데 비해 훨씬 추웠다. 이렇게 추우니 강이 꽁꽁 얼어 산천어 낚시 축제를 할 수 있지 않을까!

화천군민은 서울의 한 아파트단지 주민 숫자에도 못 미치는 2만 2천명이 주로 농업에 종사하고 있다. 군인들이 주민들 숫자보다 더 많은 지역이다. 화천군은 북한강 상류 춘천댐과 화천댐으로 생긴 호수에 둘러싸여 '물의 나라'라고 부르지만 산이 80%가 넘는다. 그야말로 깊은 산속 조그만 호수 같다.

'화천' 하면 가장 먼저 정갑철 군수를 떠올린다. 민선을 내리 3선을 하고 뉘 집에 숟가락이 몇 개 있는지 조차도 알고 있는, 그러니까 그야말로 군민의 아버지 같은 분이다. 끊임없이 새로운 아이디어를 생각해 내고, 척박한 산골의 불리함을 오히려 역으로 반전시켜 나가는 기질의 소유자로 잘 알려져 있다.

나는 안전행정부에서 지방재정총괄팀장으로 실무적인 일을 했었지만 부군수라는 직책은 사뭇 달랐다. 화천군청 직원들이 일을 잘 할 수 있도록 관리하는 지휘자의 위치에 있는 것이다. 부군수라는 직함은 이곳 시골에서는 참 영예스런 자리였다. 동료 공무원들은 물론 마을 어르신들도 나에게 참 과분하게 대해 주었다. 나도 몸을 낮추려고 애썼다. 마음으로 다가갔다.

화천군에 근무하면서 내가 신문에 직접 기고한 글과 나와 관련된 기사들을 몇 편 소개한다.

〉〉 산천어의 소망

산천어는 20~30cm 크기의 우리나라 토종 민물고기로 몸의 양쪽에 갈색의 타원형 무늬가 있다. 수온이 20℃를 넘지 않고 용존 산소량이 9ppm을 넘는 강 상류의 맑은 물에서 사는데 대부분 동해로 흐르는 강에 분포한다.

화천에도 물이 맑고 차가워 산천어가 자라고 있지만 축제에 쓰여질 물고기는 대부분 동해로 흐르는 강이 있는 울진 양양 등지에서

기른 후 이곳 화천으로 오게 된다.

물고기는 예로부터 신화와 종교, 꿈 해몽에 까지 많은 상징성을 갖고 있다. 종교적으로 보면 물고기는 1세기 로마 카타콤의 프레스코 벽화에서 발견된 후 그리스도의 상징이 되었다. 로마가 교회에 박해를 가하고 있을 때 사람들은 지하공동묘지인 카타콤에 숨어 지내며 그리스도인이라는 신분을 은밀히 밝히기 위하여 물고기를 나타내는 그림을 그려 보임으로서 자신의 신분을 알리는 일종의 암호이며, 물고기는 헬라어로서 '익투스'라고 하는데 그리스도인의 상징과 신앙고백의 상징으로 사용하기도 했다.

또한 사찰에서는 물고기 모양으로 목어와 목탁을 만들며, 처마에 풍경을 만들어 울리게 하고 있다. 목어 모양을 간단히 줄여서 만들어 놓은 것이 바로 목탁인데 이는 물고기 모양으로서 목탁의 손잡이는 물고기의 꼬리가 양쪽으로 붙은 형태이며 목탁에 있는 두 구멍은 물고기의 아가미를 나타낸다.

물고기는 잠을 잘 때에도 눈을 뜨고 자기 때문에 물고기처럼 한순간도 게으름을 피우지 말고 항상 부지런히 수행, 배움에 전념하라는 뜻에서 목어를 만들며 풍경을 울리고 있다.

그뿐 아니라 물고기 꿈에 대한 얘기도 있다. 정신분석학의 창시자로 불리는 프로이드는 꿈을 해석함에 있어 상징성을 주목하였는데 물고기는 새로운 탄생의 상징성을 갖고 있으며, 일반적으로 꿈속에 물고기가 나타나면 재물을 얻을 기회가 온다고 한다. 사업과 관련하여 물질적 결과물, 수익의 의미가 있다고 하겠다.

산과 물이 91%를 차지하고 있으며 상수원, 군사시설보호구역 등의 각종 규제로 이렇다 할 기업하나 없는 이곳 화천에 기껏해야 군 장병들의 외출, 외박을 기대하거나 비탈진 텃밭을 일구며 살던 척박한 고을에 언제부터인가 산천어 물고기가 화천의 주인 인 냥 행세를 하게 되었다. 그도 그럴 것이 인구 2만 2천명이 고작인데 매년 1월 한 달 동안에만 무려 40배가 넘는 백만 명의 관광객이 산천어를 만나러 온다면 주인 행세를 할만도 하다.

요즘 화천에는 산천어 축제를 앞두고 각양각색의 산천어 소망등(燈)을 각 가정과 직장, 거리에 달고 있다. 지역 어르신들의 일거리 마련 차원에서 년 초부터 손수 제작한 것이다. 할아버지들이 철사를 구부려 틀을 짜고 할머니들은 한지를 조각조각 오려 풀칠을 해 철사

틀에 붙인 후 채색을 하고 유약을 발라 완성한 것이다. 다소 시골스럽고 작품성은 떨어지지만 깃들인 정성은 세계적인 명품 못지않다.

산천어 소망등(燈)은 읍내 5㎞ 구간에 걸쳐 지역 주민들과 함께

아름다운 밤거리를 수놓게 되는데 오는 12월 5일 일제히 점등을 하게 된다.

산천어의 소망은 무엇일까? 내년에도 각 가정에 그리스도의 사랑이 충만하고, 풍경소리와 함께 배움에 정진하며, 나아가 국가의 안녕과 번영이 깃들기를 간절히 바라고 있을 것이다.

〈강원도민일보〉 오피니언 기고(2009.11.16)

〉〉 일거삼득

요즘 갈대 베기가 한창이다. 올해 화천군에서 희망프로젝트사업의 일환으로 '하상갈대 녹색사료화사업'을 추진하고 있기 때문이다. 하천변에 그냥 버려졌던 갈대를 조사료로 만들어 겨울철에 소 사료로 공급하기 위해서 갈대를 베는 것이다. 관내 하천 31개소에서 1천여 톤의 조사료를 생산할 계획이다.

축산농가에서는 마른 볏짚 대신 영양가 있는 생초를 먹일 수 있어 좋고, 시중가격의 반값으로 구입할 수 있으며, 수입 사료가 아닌 신토불이 사료를 먹일 수 있어 일거삼득이다.

일부 어르신께서는 요즘은 경로당이나 게이트볼 장에서 같이 놀아 줄 친구를 찾기 어렵다고 불평하신다. 갈대를 베는 것이 그리 쉬운 일은 아니지만, 이렇게 동네 사람들이 한자리에 모여 일할 수 있고, 땀을 닦으며 막걸리 한 잔를 같이 나눌 수 있어 즐거운 시간이라고 입을 모은다.

동네 마을회관에서도 웃음꽃이 핀다. 부녀자들이 삼삼오오 모여 산천어 모양의 등(燈)을 만들고 있다. 철사를 구부려 틀을 짜고 한지를 덮은 후 채색을 하는 작업이다. 산천어 축제에 4년 연속 100만이 넘는 관광객이 다녀갔지만 마땅한 기념품이 없어 고민하던 중에 읍내 거리에 달린 산천어 등(燈)을 사겠다는 관광객이 많아 이를 착안하여 대량생산을 시작하여 도시 디자인도 하고 나머지는 기념품으로 판매하려는 계획이다. 산천어 모양이 짝눈이 되거나, 허리가 휘고, 배가 불쑥 튀어나오는 등 비록 시골스럽고 작품성을 떨어지지만 일하는 분위기는 사뭇 진지하고 화기애애해 보였다.

과거 마을단위의 대동계나 새마을사업, 취로사업, 반상회를 통해 지역 주민들이 한자리에 모여 마을 발전에 대해 공동 관심사를 허심탄회하게 얘기하며 상부상조할 수 있는 장이 있었다. 그러나 급속한 산업화와 도시화, 정보화 사회 과정을 거치면서 이웃과 어울리는 기회가 극히 적어졌다.

모처럼 모여 지역발전 방안에 대해 토론회, 공청회 같은 걸 한다해도 사전정보가 부족하고 대화와 설득방법에 대한 학습과정이 미흡한데다 일부 선동적인 분위기에 휩쓸려 합리적인 결론에 이르기 어렵고, 이러한 분위기에서 결정된 합의점은 나중에 치유하느라 더 많은 비용을 지불해야 하곤 했다.

요즘 소통에 대한 얘기를 많이 듣는다. 상식적으로 소통이 잘 된다는 것은 각계 각층의 다양한 의견들이 자유스러운 분위기에서 서로 허심탄회하게 대화를 나누고 상대방을 이해할 수 있게 되는 것이라고 말 할 수 있다.

여기 최북단 화천지역에서 기초생활 수급에 의존해 살아가는 고령의 어르신들이 요즘 갈대도 베고 등공예도 만드는 모처럼의 일거리를 갖게 되어 생기 있는 삶의 모습을 볼 수 있고, 연실 굽신굽신하며 고맙다는 말씀을 들을 때마다 민심의 이해, 소통의 기본자세, 정책의 유연성이 얼마나 중요한가를 다시 생각하게 된다.

희망근로 프로젝트는 유휴 영세근로자의 생활안정을 도모하면서 아울러 공익적 사업효과도 함께 거둘 수 있도록 한 시책이다. 그러나 투자효과를 그다지 기대하긴 어렵다. 오히려 미미한 일거리라도 손에 쥐고 애향심과 가족 사랑을 함께 노래할 수 있는 문화의 장이 마련된 것에 더 큰 의미를 두고 싶다.

청량한 강원도에 '산소(O2)길과 자전거 3000리 명품길'을 만들고 있다. 여기에 촌락마다 꼬불꼬불, 아기자기하고 테마가 어우러진 자전거길을 만들어 서로 연결해 가는 것도 지역 간 아름다운 소통의 길이 될 것이다.

〈강원도민일보〉 오피니언 기고(2009.6.24)

>> 원시림 흙길

"원시림 흙길을 자전거 타고 즐기세요." 강원 화천군 북한강 최
상류에 있는 용화산의 원시림을 지나는 터널방식 자전거 흙길 1km
가 만들어졌다.

이 길은 화천군이 화천댐 인근 간동면 구만리에서 춘천시의 경계
지점에 이르는 자전거 도로 100리 길(42.2km) 조성 사업의 하나로
추진하는 구간 가운데 일부 코스다. 원시림 흙길의 폭은 1~3m로
자전거를 타다 보면 길옆으로 북한강에서 서식하는 각종 조류를 조
망할 수 있는 만큼 자연 그대로를 보존하는데 중점을 뒀다.

특히 그동안 사람들의 발길이 거의 없었던 원시림을 개발하는 것이어서 중장비나 시멘트가 사용되지 않았다. 주민들이 직접 호미로 작업해 길 전체가 흙으로 덮여 있으며 바위가 많은 곳에는 모래주머니로 채워졌다. 또 자연 그대로를 보존하기 위해 길 한가운데 뽑지 않은 나무가 길을 가로막아 허리를 숙여서 지나야 할 정도로 세심한 부분까지 신경을 썼다. 마치 스페인의 순례길인 '카미노 데 산티아고'를 옮겨놓은 듯한 착각을 들게 할 정도였다.

봄과 여름에는 길옆으로 산나물이 가득하고 가을이면 산 다래와 머루 등도 곳곳에 널려 있다. 또 원시림 흙길을 나오면 1km에 이르는 폭 2.5m짜리 플라스틱 상자로 만든 부교(浮橋) 형식의 강상(江上) 도로와 연결돼 색다른 정취도 만끽할 수 있다. 원시림을 자전거로 달려본 김부식(49.화천) 씨는 "원시림이 원형 그대로 보존돼 있어 색다른 느낌을 받았다."며 "달리면서 옆으로 보이는 북한강변의 운치는 쌓인 피로를 한꺼번에 날릴 수 있을 것 같다."라고 소감을 밝혔다. 화천군은 오는 18일 원시림 터널 흙길을 달리는 행사를 연다.

최광철 부군수는 "행정안전부의 우수사례로 선정된 부교와 연결되는 원시림 흙길은 자연훼손을 최소화하면서 개발했다."라며 "자연 그대로의 오솔길을 복원한 만큼 특색있는 관광명소는 물론 최고의 자전거 도로로 각광받을 것으로 기대한다."라고 말했다.

<연합뉴스>(2009. 10. 7)기사

퇴근시간이 다가오는데 양 계장은 큰 걸음으로 군청 정문을 들어오고 있었다. 뭔가 기분이 좋아 보였다. 오늘도 실적이 꽤 있었나 보다. 하기야 요즘 농촌지역 인구늘리기가 어디 그리 쉬운가?

그럼에도 불구하고 요즘 부쩍 실적을 올리고 있으니 아마 신바람이 난 것 같다. 주민수가 늘어나려면 이사를 와야 하는데 우리나라 최북단 화천 산골에 누가 쉽사리 이사를 오겠는가.

사람이 거주하려면 무엇보다도 소득이 보장되어야 하고, 문화를 향유할 수 있어야 하며, 자녀들 교육여건이 좋아야 한다. 그런데 화천군은 그리 넉넉지 못하다. 최근 몇 년간 인구가 계속 감소해 2만 명 선이 무너질 위기에 처했다.

그래서 인구증가를 위한 단기처방을 기획했다. 우선 화천군에 살고 있으면서 주민등록 전입을 하지 않고 있는 장기 공사장, 자영업, 공공기관과 영외거주 군인들을 화천으로 전입시키는 것이었다.

그 중 가장 많은 비중을 차지하는 것이 군인이었다. 사병들을 제외한 하사관 이상의 직업군인들은 근무처로 주소를 이전하는 것이 법적 의무이므로 군부대 지휘관을 통해 수차례 당부했다.

그러나 좀처럼 실적을 올리지 못했다. 거기에는 이유가 있었다. 적극 협조하겠다고 해 놓고 막상 전입대상자들에게 전달되는 과정에서 흐물흐물해지는 것이었다. 대답은 철석같이 해 놓고 실천은 되지 않았다.

묘수를 생각해 냈다. 군청담당자가 주민등록 전입대상자를 파악하고, 전입 신고서를 면사무소에서 직접 작성하여 개인별로 찾아가는 것이었다. 부대에 찾아가고 자택도 방문하는 것이다. 이 때 부대 책임자를 함께 동행했다. 그리고 서명만 하면 되도록 일체의 서식을 미리 작성해 가는 것이다.

전입신고서 한 장 작성하는 게 뭐 그리 어려워 전입을 하지 않을까? 그러나 그 결과는 분명 달랐다. 양 계장은 그 날도 백여 명의 전입신고서에 날인을 받아왔다.

2009년 이후 강원도 다른 시·군 지역은 대부분 인구가 줄었는데 화천군은 급상승했다. 3년 사이 2천명 이상 크게 증가했다. 인구가 늘어나면 여러 가지 이점이 있으나 가장 중요한 것은 중앙으로부터 받는 지방교부세 지원액이 늘어난다는 것이다. 화천군은 자체세수가 별로 없어 거의 중앙에 의존하며 살림살이를 하고 있는데 그중에서도 지방교부세에 절대 의존하고 있다.

매년 교부세 지원액 결정은 여러 가지 산출요소와 결합하여 지원액을 산출하는 관계로 인구 증가에 따라 늘어나는 액수를 일률적으로 정하기는 어렵지만 대체로 주민 1인당 오십만 원 이상 늘어난다. 그러니 2천명이면 10억원 이상이 매년 늘어난다는 계산이다.

적은 액수가 아니었다. 인구증가는 지방 재정확충에도 효과가 있지

만 뭐니 뭐니 해도 화천군의 전반적인 지역발전의 견인차 역할을 하게
되었다.

금연하고 트윗하고

나의 흡연은 육군훈련소에서 시작됐으니 이후 35년 동안 담배를 피
운 셈이다. 다행히 나는 기관지가 약해 연기를 폐 속 깊은 곳까지 들이
키지는 못했다. 한 대 피우고 나면 1시간 정도는 몽롱함을 느꼈다. 참
을 만 했다. 참을 만해서 오랫동안 흡연이 지속될 수 있었던 것 같다.
니코틴 중독보다는 습관성 중독이었다.

어느 날 부군수 사무실 한 귀퉁이를 흡연실로 만들겠다며 설계를 한
다는 것이었다. 부군수가 종종 복도 흡연실에 나와 담배를 피우니 직
원들이 불편해 한다는 이유였다. 나는 거절했다. 동료들과 같이 흡연
하며 얘기도 나눌수 있고 괜찮다는 생각이 들었다.

동료들과 함께 담배를 피우려고 시도했다. 먼저 현재 복도 밖 흡연
실에 누가 있는지 확인한 후 흡연실에 들어갔다. 아니나 다를까. 순식
간에 뿔뿔이 흩어졌다. 나는 그 자리에 있던 동료들 모두 모이라고 지
시했다. 그리고는 다 함께 피웠다. 자세를 조금 옆으로 돌린 채 흡연을
하는 동료도 있었다. 점차 내가 흡연실에 들어와도 흩어지지 않고 오히

려 슬슬 더 모여 들었다. 평소 군청 돌아가는 얘기도 들을 수 있었다.

그러던 어느 날 평소 골초인 최 실장이 팔뚝에 금연패치를 붙였다는 소식에 나도 한 개를 얻어 붙었다. 그 날 오후 나는 어지럽고 머리가 띵~해서 아무 업무도 할 수 없었다.

보건소에 알아보니 흡연량에 비해 너무 큰 것을 붙여 니코틴 성분이 내 몸속으로 과다 투입된 것이었다. 즉시 보건소에서 보내준 작은 패치를 붙인 채 이제부터 금연한다고 공언했다.

이후 지금까지 금연 중이다. 지난날을 되돌아보면 흡연의 괴로움과 금연하려는 괴로움 중에서 후자가 더 괴로웠다. 나 자신과의 약속을 항상 지키지 못했다. 나는 모질지 못했다.

금연 이후 나는 틈틈이 트위터에 100회분 금연 시리즈를 올렸는데 그 중 몇 개를 소개한다. 이 트위터는 한 때 신문과 방송으로 보도되기도 했다.

@ 피우다 남은 것만 피운 후에 끊으려다가는 평생 끊을 수가 없습니다.

@ 흡연이 직접 원인이 되어 심혈관 질환으로 갑자기 쓰러져 위급하게 수술을 받으신 분이 퇴원하는 길에 또 어떤 생각을 하면서 담뱃불을 켜시나요? 이 세상에서 가장 지독한 마약은 담배인 것 같습니다. ㅋ

@ 밖에서 돌아오자 아내는 반가이 웃옷을 받다가 인상을 찌푸렸습니다. 아내는 점점 내 살갗에서 멀어져 갔으며, 돌아누워 자는 습관이 생겼습니다.

@ 담배를 피워 지방세를 늘려 지방재정 확충에 이바지하겠다는 갸륵한 마음으로 흡연하시는 분이 계신다고 합니다. 제발, 의료서비스 비용에 지방재정이 휘청거릴지도 모릅니다. ㅠ

@ 새 담배. 끊어질 듯 얇은 머리띠 살포시 풀러 하얀 속살을 꺼내 손가락 끝에 낀 채, 휴-우 한시름 잊었습니다. 참 묘한 마약입니다.

@ 공휴일 출근했는데 담배 살 곳도 없고, 한 개피 얻어 피울 동료도 없었습니다. 점점 갈증은 심해졌습니다. 꽁초를 찾기 위해 쓰레기통을 뒤지고 있는데, 바로 옆 담벼락 위에서 고양이가 나를 내려다보고 있었습니다. 정말 쪽팔렸습니다.

@ 왼손엔 담배를 들고, 오른손은 사랑스런 여친의 손을 잡고 있는데 마침 전화벨이 울렸어요. 트친님께서는 어느 쪽 손으로 전화를 받으시나요? 흡연은 사랑하는 님을 놓칠 수도 있습니다.

@ 흡연자의 얼굴색을 보면 대체로 피부가 거칠고, 검푸른 색조를 띄며, 찌든 인상을 하고 있는 경우가 많습니다. 주된 이유는 타르, 일산화탄소, 니코틴 등 독한 성분이 온몸을 순환하며 생리현상을 파괴하고 있기 때문입니다.

@ 가까운 보건소에서 금연 클리닉을 받으면 많은 도움이 됩니다.

패치, 껌 등 금연보조제를 무료로 제공받을 수 있고, 상담을 통해 훨씬 자신감을 가질 수 있습니다.

@ 우리나라는 폐암증가율이 급속히 증가하고 있고, 또 청소년 흡연 증가율이 세계 1위라고 합니다. 그런데 지하철, 대학로, 신촌거리에서 금연홍보는 찾아 보기 힘듭니다. 여기저기 선정적 노출광고는 청소년의 흡연욕구를 오히려 촉발할 수 있습니다.

@ 치과에 신경치료를 하러 1주일에 한 번 씩 다니는데, 2개월 정도는 걸린답니다. 갈 때마다 "담배를 피우시면 안돼요."라고 주의를 받습니다. 근데 치료를 받을 때마다 치과원장님 손끝에서 니코틴 냄새가 코를 찌릅니다.

@ 아파트 고층, 툭하면 한 밤중에 매캐하고, 골 때리는 냄새가 단잠을 깨웁니다. 샤워실 환풍기를 통해 담배연기가 침입한 것입니다. 그런데 몇 층에서 점화되었는지 알 수 없으니 어쩌면 좋겠습니까?

@ 바깥에서 돌아오면 깡충깡충 뛰어 오르며 반가워하는 우리 집 '예순이' 근데 흡연하고 나서 안아주기라도 하면 고개를 설레설레 흔들며 발버둥칩니다. 흡연자는 개한테 마저 사랑받지 못하는 처지가 됩니다.

@ 산속에 야영텐트를 치고 나서 주변에 담뱃재를 뿌려 놓으면 온갖 벌레들이 접근하지 않습니다. 담배는 지구상의 모든 생물체와 친할 수 없는 독성물질입니다

@ 임산부가 흡연을 하면 혈액에 들어간 독성물질이 태반을 통하여 태아에 영향을 줍니다. 연구결과, 비흡연 여성의 불임률이 4.6%인데, 흡연여성은 54%로 훨 높고. 또 유산율도 15.4%에서 37.3%로 2배 이상 높다고 합니다.

@ 신자는 성지를 돌며, 석탑을 돌며 가족의 행복과 건강을 기원하지요. 근데 흡연자는 모래항아리를 돌면서 무슨 기도를 할까요?

@ 오늘 1월 1일. 신년 금연 결심, 이제 카운트다운이 시작되었습니다. 자신과의 약속이 이루어지길 바랍니다. 이제 피곤과 소화불량, 악취, 혼돈의 굴레에서 벗어납시다.

인생 2막을 구상하다

새벽 4시 반, 요즘은 일찍 잠에서 깬다. 이런 저런 생각이 많아서 일까? 나이가 들면 새벽잠이 없다는데 그게 맞는가 보다. 매년 말이면 의례히 닥치는 인사이동에 대해 올해도 작년 그 때와 마찬가지다.

솔직히 말해 업무에 대한 의욕이 잠시 주춤하는 시기이다. 보통 1년 내지 2년이면 다른 시·군이나 도청으로 자리를 옮기는 데 나는 좀 궁디가 무거운 가 보다.

화천에 부임한 지 벌써 3년이 됐지만 아직도 화천에 대해 나름대로 많은 호기심과 미련이 남아 있다. 척박한 산골이지만 새로운 아이디어를 접목하여 발전시킬 수 있는 무한한 가능성이 있는 지역이다.

그러나 3년이면 너무 오래 있는 셈이다. 미래에 다가 올 여러 가지 정황을 고려해서 이번에 자리를 옮기는 게 좋을 거라는 고언을 해 주는 이들이 많다. 혹시 거기에 좀 더 눌러 앉아 있다가 민선 군수라도 출마해 볼 작정인가보다 하고 의구심을 받을 수도 있다. 하기야 현재 군수님이 3선 연임을 해 다음 기회에는 출마할 수 없으니 그런 생각을 할 수도 있을 게다.

하지만 단지 부군수를 좀 오래 했다는 이유로 주민들의 지지를 얻을 수 있을까? 물론 나는 화천에 재임하는 기간에 최선을 다했고 나름 많은 가시적인 성과를 냈다고 생각한다. 그래서 가볍게 지나치는 상념 속에 무심코 출마생각을 해 보지 않았다면 거짓말일 게다. 나도 모르게 그런 생각이 떠올랐다가는 피~식 웃고 만다.

이만하면 내 역할은 끝났다고 본다. 나는 행정가이고 직업공무원으로서 사명을 다했다. 혹시 정치적 미련이 있어 미적거리다가는 아름다운 마무리에 흠이 생길지도 모른다는 생각이 들었다.

이제 화천을 떠나야겠다는 결심을 했지만 공무원이 자리를 옮긴다는 게 어디 그리 말 같이 쉽던가.

지난 33년을 되돌아보면 인사이동이라고 하는 것이 뜻대로 이뤄진 적이 별로 없다. 순조롭게 진행되던 인사내용이 갑자기 뒤바뀌기 일

수였다. 어찌 보면 인간사 '새옹지마' 라고 하지 않던가? 인생에 있어 길흉화복은 항상 바뀌어 미리 헤아릴 수가 없다는 뜻 일게다.

사실 그렇다. 나의 능력에 부합되고 기여해야 할 부서에 배치될 것이라고 긍정적으로 생각한다. 인사이동은 지난날의 나에 대한 평가이며, 미래에 나에게 주어진 과제일 것이다. 그래서인지 이번 연말인사는 예년에 비해 덤덤하다 못해 오히려 마음이 평안하다고 해도 과언이 아니다.

주섬주섬 주변을 정리 해 본다. 평소 안하던 묵상에 잠겨 보기도 한다. 보다 더 겸허해 져야 하고, 베풀어야 하고, 끊임없이 자신을 연마해야 하고, 항상 제천선신께 감사하며 살아야겠다고 생각해 본다.

올 겨울 한파가 엊그제부터 몰아 닥쳤다. 이 서재는 난방이 잘 안 돼서 좀 춥다. 게다가 책상이 창가에 붙어있어 그런지 어깨가 시리다. 저 건너 화천강 물 속 깊이 비춰진 가로등 불빛이 유난히 을씨년스러워 보인다.

며칠 전 부터 '알랭 드 보통' 이 쓴 '불안' 이라는 책을 정독하고 있다. 현재의 내 심정을 상당히 간파하고 있는 듯 했다.

이 세상에서 힘들게 노력을 하고 부산을 떠는 것은 무엇 때문인가? 야망과 탐욕을 품고, 부를 추구하고, 권력과 명성을 얻으려는 목적은 무엇인가에 대해 '알랭 드 보통' 은 '아담 스미스' 의 말을 인용했다.

'다른 사람들이 주목을 하고, 관심을 쏟고, 공감어린 표정으로 사근사근하게 맞장구를 치면서 알은 체를 해 주는 것이 우리가 거기서 얻을 수 있는 모든 것이라고 말할 수 있다. 부자가 자신의 부를 즐거워하는 것은 부를 통해 자연스럽게 세상의 관심을 끌어 모은다고 생각하기 때문이다. 반면 가난한 사람은 가난을 부끄러워한다. 가난 때문에 사람들의 시야에서 사라졌다고 느끼기 때문이다.

아무도 우리에게 주목하지 않는다는 것은 곧 인간 본성에서 나오는 가장 열렬한 욕구의 충족을 기대할 수 없다는 뜻이다. 가난한 사람은 들락거려도 아무도 주의하지 않는다. 군중 속에 있어도 자신의 오두막 안에 처박혀 있을 때나 다름없이 미미한 존재일 뿐이다. 반면 지위와 이름이 있는 사람은 온 세상이 주목한다. 사람들은 그의 행동에 관심을 갖는다. 행동 하나도 그냥 지나치지 않는다.'

나도 '아담 스미스'의 말처럼 권력과 명성에 집착하고 있나 보다. 연말 인사이동의 시기가 다가왔다. 이제는 어지간히 공직 경륜도 있고. 여유 만만해 질 때도 됐건만 그렇지 않다. 아무튼 실력과 능력, 그 상품가치에 따라 가격이 정해 질 테지. 어디로 발령이 나든 그것이 바로 나의 값어치로 받아들이면 될 것이 아닌가. 그러나 인사이동 시기가 다가오고 이제 나의 거취를 결정해야 할 때가 되니 신경이 좀 예민해 진다. 애써 덤덤해지려 하지만 나의 의지와는 관계없이 불안하다.

나도 역시 속물근성이 있나 보다. 나도 다른 사람들이 주목을 하고, 관심을 쏟고, 공감어린 표정으로 사근사근하게 맞장구를 치면서 아는 체를 해 주는 그런 자리를 의식하고 있는 것이다.

결국 올 것이 왔다. 강원 도청에서 나의 의사를 물어왔다. 화천에서 수고 많이 했다며 도청으로 전입해 들어오라는 것이었다. 그런데 과장급으로 들어오라는 것이었다. 그럼 나중에 우선해서 국장급으로 승진시켜 주겠다는 것이었다. 작년 이맘때와 똑같은 제의를 하고 있는 것이었다. 나는 군수님과 협의 끝에 재차 과장급은 곤란하고 국장급으로 들어가야 한다는 의견을 제시했다.

며칠이 지나 강원도에서 국장급 교육입교라는 수정의견이 제시되었고 나는 그걸 수용했다. 도청 국장급들이 들어가는 1년 장기 교육과정에 함께 입교하는 것이다. 이 과정을 마치고 돌아오면 강원도에서 국장급으로 발령을 낼 수 있다는 것이다.

곧바로 도청에 국장급으로 발령을 내는 것은 그동안의 인사 관행상 곤란하다는 것을 나도 이해하고 있었다. 내 생각에는 최선책이었다. 화천에서 영예롭게 떠날 수 있는 기회였다.

정든 화천을 떠나게 되었다. 강원도가 내 고향이지만 또 그 안에서 고향을 물으면 원주다. 광화문 정부중앙청사에 근무할 때 종종 고향이 어디냐고 질문을 받는다. 그 때마다 강원도가 고향이라고 답했다. 그러면 그걸로 오케이다. 그런데 강원도에 내려오니 고향이 어디냐고 또 묻는다. 그걸 물어서 네 편 내 편 나눠서 뭐 하려고 그러는지 모르겠다. 하여튼 고향은 강원도이고 원주이고 소초면이고 둔둔리 치마베루 부락이다.

그러나 타향인 화천에서 내 고향이 아니라는 생각은 추호도 없었다. 나에게 대하는 살가운 정은 나를 화천 출신 사람으로 푹 빠지게 했다. 그저 천년만년 화천에서 살 거라는 생각을 했다. 돌 하나 풀 한 포기 남의 것이 아니었다. 먼 미래를 생각하고 행정을 펼쳤다. 함께 일한 공무원과 주민들도 마음이 같았으리라. 이제 내 마음을 살포시 덮을 수밖에 없다. 공무원이라고 하는 직업이 어디 자기의 소신과 형편대로 한 자리에 오래 있을 수 있던가?

경기도 수원에 있는 지방행정연수원에 입교했다. 나를 포함해 전국 시·도에서 30명이 모였다. 오전 두 시간은 전국에서 내로라하는 유명강사들의 특강을 들었다. 삶의 지혜와 고위공직자로서의 자세 그리고 은퇴 이후의 생활에 대한 소중한 강연이었다. 오후에는 어학과 취미생활, 체력단련 시간이 주어졌다.

과거에는 공직자들이 1년간의 장기교육을 기피한다는 얘기를 들었는데 요즘은 오히려 장기교육을 선호한다고 한다. 교육내용이 상당히 유익하고 지나치게 학습 부담을 주지 않기 때문이었다.

❀❀

어제 내린 비가 밤새 찬바람을 몰고 왔다. 강원 산간지방에 폭설이 내렸다는 소식을 들었다. 오늘 아침엔 좀 두꺼운 스웨터를 꺼내 입었다. 이 곳 수원은 춘천에 비하면 좀 따뜻한 곳이라 하는데 오늘은 꽤 춥다. 오늘은 썰렁한 교실에 혼자 남아 마냥 쌓아 놓았던 책도 뒤적이고, 블로그 포스팅도 했다.

연수원 담길 따라 뒤엉킨 개나리 가지 숲에는 어디선가 한꺼번에 참새 떼가 몰려와 한참 동안 재잘거렸다. 모두들 꼬리를 살레 살레 흔들고 요리조리 깡총거리다 금방 어디론가 날아가 버렸다. 쟤들도 날이 추워지고 눈 소식 들리니 한 겨울 살아갈 일도 걱정되고, 마음이 좀 조급해지나 보다.

연수를 시작한 지 엊그제 같은데 벌써 일 년이 다 돼가고 있다. 참 빨리 지나간 것 같다. 며칠 전부터 한 해를 보내는 크리스마스 캐롤이 울려 퍼졌다. 이번 연말에는 함박눈이 펑펑 앞이 안 보일 정도로 내리는 날 밤, 한강이 내려다보이는 남산 기슭에서 온통 네온사인에 휘감겨 휘청거리는 시내를 내려다보며 와인과 진한 커피 한 잔 마시고 싶다.

이제 강원도로 돌아가야 한다. 돌아보면 일 년 동안은 참 소중한 기회였다. 공직자로서의 직무함양은 물론 저명 강사의 특강을 매일 듣고, 외국어도 배우고 또 운동도 꾸준히 했다. 그리고 남은 공직을 보람 있게 잘 마무리해야겠다고 다짐도 했다. 100세 시대에 은퇴 후 어떻게 멋있게 살 것인가에 대한 것도 깊이 생각하는 계기가 되었다. 좀 씁쓸하고 허무한 생각이 들지만 이제 남의 일이 아닌 현실이 되었다.

춘천에 돌아가면 선반 위 먼지 덮인 탁구 라켓을 좀 닦아야겠다. 자전거에 기름칠도 하고 살펴봐야겠다. 도청에 들어가면 동호회원들과 탁구대회도 참가하고, 함께 자전거 타고 멀리 여행도 가고 싶다. 그리고 좀 더 겸손하고, 새로운 희망을 갖고 도전하며 더 열심히 살아야겠다고 다짐도 해 본다.

오늘 퇴근길에 용산전자상가에 들러 큰맘 먹고 노트북 한 대 샀다. 연수원에서 일 년 동안 생활하다 보니 노트북이 있었으면 좋겠다는 생각이 들었다. 하기야 요즘 스마트 폰으로 웬만한 컴퓨터 기능은 다 가능하지만 USB를 사용하거나 동영상을 편집하는 건 불편하다.

구형 노트북이긴 하지만 다루기 편하게 좀 작은 걸로 구입했다. 집에 들어와 딸한테 일일이 물어서 노트북을 설치했다. 하드에 기본적인 프로그램을 깔고 또 공유기도 설치했다. 나 혼자서는 도저히 설치할 수 없었다. 매뉴얼을 봐도 뭐가 뭔지 도통 모르겠다. 이젠 먼 길을 떠날 때 이걸 가져가면 쉽게 사진을 블로그에 올릴 수 있겠다. 비록 두 손가락으로 자판을 또닥거리지만 맘이 설렌다.

이 노트북을 들고 자랑하며 그냥 바깥을 나돌아 다니고 싶다. 어릴

적 명절 날 엄마가 사주신 새 옷 입은 기분이다. 좀 더 일찍 샀으면 좋았을 걸 하는 생각이 든다.

워낙 컴맹이라 문서 한 장 워딩 하는데도 오랜 시간이 걸리곤 했는데, 이제 늦게나마 컴퓨터를 배워 인터넷 세상을 헤집고 다니기도 하니 참 다행이다. 근데 늦게 배운 도둑질이 밤새는 줄 모른다는 말도 있고, 또 성경에 이런 말도 있지 않은가, '먼저 된 자가 나중 되고, 나중 된 자가 먼저 된다.'는 말씀 말이다.

앞으로 이 노트북과 더욱 재밌게 놀아야겠다. 시내 한적한 카페에서 커피 한 잔을 시켜 놓고 인터넷을 연결해 블로그를 관리해야겠다. 집에서 하는 것과 사뭇 다른 분위기일 것 같다.

그동안 애들과 소통의 매개가 거의 스마트폰이 유일했는데, 이제 노트북을 익히느라 우리 애들과 좀 더 많은 대화가 필요하겠다. 애들한테 구박 받으면서도 배울 건 배워야겠다. 구박을 받으면서도 왠지 기분은 괜찮다.

❀❀

트위터를 시작 한 지는 3년 정도 됐다. 화천군에 근무할 때 홍보팀장한테 처음 배웠다. 홍보팀장은 트위터를 통해 군정홍보를 효과적으로 잘 하고 있었다. 나도 이제 트위터 팔로우가 3만 명이 넘어섰다. 팔로우의 숫자가 뭐 그리 중요할까마는 소통의 양과 폭을 가늠할 때는 좀 의미가 있을 수도 있겠다.

나는 트위터에 적힌 자기소개와 트윗을 읽고 상대를 팔로잉 한다. 일상생활 속에서 느낀 것들을 진솔하게 말하는 트친들을 주로 선택한다. 어떤 사회적 이슈에 대해 트친들은 어떤 생각들을 하고 있을까 헤아릴 수 있어 좋다. 가끔 트윗이 너무 극단적으로 편향되었거나 과민반응을 하는 트위터가 있는데 이게 트위터의 기본속성이라고 생각하고 무시하거나 편승하지 않는다. 세상사 다양함 속에서 일체감을 찾아나가는 것이 조화와 소통이라고 하니까 말이다.

솔직히 나이 들어 웬 SNS 같은 걸 하느라 돋보기를 쓰고 쭈그리고 앉아 뻣뻣한 손가락을 움직이려니 참 힘들다. 그래도 지금 이 시대는 SNS를 빼놓고 살아가기 어려운 세상이 됐다. 스마트 폰에는 엄청난 기능들이 있다고 하는데 막상 메뉴얼을 보고 따라 하기란 어렵다. 가끔씩 이것저것 모르는 걸 적어 두었다가 젊은 동료들에게 한꺼번에 물어보기도 하고, 일주일에 하루 정도 만나는 아들 녀석에게 정중하게 물어보기도 한다.

얼마 전에는 아내와 봄나물을 뜯으러 갔다가 그곳에서 스마트폰으로 냉이, 고들빼기 같은 걸 현장에서 촬영해서 지구촌으로 트윗하는 걸 아내가 보고 참 신기해했다.

이젠 전 세계 구석구석에서 일어나는 일들을 실시간으로 어디서나 알 수 있는 세상이 되었다. 정말 편리하면서도 한편 복잡하고 힘든 세상에 살고 있는 것 같다. 아내도 이젠 전화, 문자 이외에 스마트폰 기능을 즐겨 다룬다.

강원도 기획관, 문화관광체육국장

수원에 있는 지방행정연수원 장기교육 1년을 마쳤다. '고위정책과정'이라는 프로그램이었는데 전국 시·도 국장급 30명이 함께 연수를 받았다. 매우 유익한 과정이었다. 강의 듣고, 어학 익히고, 논문 쓰고 발표하고, 취미와 체력단련까지 쉴 틈이 별로 없었다.

나는 수료식에서 성적우수자로 수상을 받았는데 좀 쑥스러웠다. 다른 동료들도 똑같이 열심히 했고, 뚜렷하게 내가 잘 한 것도 없다는 생각이 들었다. 하여튼 교수들의 종합평가 결과였다.

연수를 마치고 곧바로 강원도 '기획관'으로 발령을 받았다. 기획관은 강원도정의 나아 갈 방향을 기획하고 분석·평가하는 부서다. 강원도 조직 중에 선임부서이며 맏며느리 역할을 하는 일이 많은 자리였다. 비교적 부지런하고 영특한 인재들이 이 부서에 많이 근무하고 있어 일이 신속하고 활발하게 진행되었다. 나는 이런 중요한 자리에 근무하게 돼서 부담스러웠지만 기분 좋았다.

연초 한 해를 설계하면서 조직 단합 차원에서 지사를 포함해 전 실·국장 이상 간부들의 태백산 등반을 기획했다. 등반 첫날은 한 해 계획 발표시간을 갖고 다음 날 아침산행을 하는 일정이었다. 업무계획 발표는

종래의 방식과는 달리 심플하게 작성하고 토의시간을 많이 할애했다. 중간에 색소폰 연주도 곁들였다. 부드럽고 감성적인 분위기 속에서 격의 없이 많은 대화를 나눴다.

다음 날 새벽은 눈보라가 휘몰아쳤다. 그냥 서 있기조차 힘들 정도로 바람이 강했다. 밟아 다져진 눈길 양옆에는 1m 이상 눈이 쌓여 있었다. 우리 간부들은 등산 출발 전 일제히 파이팅을 외쳤다.

강원도에 한 해 풀어야 할 많은 중요한 현안들이 많았다. 평창 동계올림픽 준비, 동해안 경제자유구역 지정, 동서고속철도, 여주~원주 간 전철, 레고랜드 유치, 디엠지 60주년기념 행사, 오색로프웨이 설치, 양양·원주공항 활성화, 의료원경영 정상화 등 굵직굵직한 과제들이다. 태백산 천제단에 오르며 각자 마음을 새롭게 가다듬었으리라.

오래 전부터 강원도는 중앙정부로부터 푸대접을 받고 있다며 늘 불

만을 토로해 왔다. 강원도 출신 중앙부처 고관도 별로 없고, 국비예산 지원도 적다는 것이다.

중앙의 입장에서 보면 강원도는 인구와 경제규모가 작아 좀 무시해도 부담이 덜 할 것이라고 생각하는가 보다. 전국의 불과 3%에 해당하는 강원도 지분으로 목 놓아 외쳐봤자 울림이 약하다.

정치적으로 봐도 그렇다. 도지사는 민주당 출신이다. 그런데 현 정권은 새누리당이다. 도지사는 야당이고 국회의원 아홉 명은 모두 여당이다. 제각기 강원도의 발전과 도민들의 삶의 질 향상을 위해 최선을 다 한다고 동분서주하고 있다. 그러나 참 묘한 역학관계가 연출될 때가 있다.

일이 잘 진행되고 있는 것은 서로 자신의 공으로 돌리고, 일이 지지부진한 것은 남의 탓으로 돌리기 십상이다. 한편 상대편이 잘하고 있는 사안에 대해 방해를 하는 느낌도 든다. 정치라는 게 그런 것일까?

기획관은 도정이 나아가야할 큰 방향을 그리는 위치에 있다. 비록 강원도는 정치 · 경제 · 사회 · 문화 모든 면에서 다른 시 · 도에 비해 상대적인 열세를 면치 못하고 있지만 이럴수록 도민들이 단합하여 지역적인 장점을 잘 살려나가면서 주요한 현안들을 해결해 나가면 강원도가 발전할 수 있다는 희망을 만들어 내는 부서다.

경제력의 규모가 크다고 해서 정치력이 강하다고 해서 그것이 지역주민들의 행복의 크기와 비례하는 것은 아니다. 오히려 그 반대일 수도 있다. 도민 행복의 방향을 제시하는 기획관으로 1년간 일해 본 경험을 참 소중하게 생각한다.

❀ ❀

2013년 1월, '기획관'에서 '문화관광체육국장'으로 자리를 옮겼다. 새 직함은 이름도 길지만 업무의 범위도 꽤 넓다. 강원도의 중요 현안사항이 많은 부서였다.

특히 지구촌 축제인 2018평창 동계올림픽을 '문화·평화·환경올림픽'으로 치러질 수 있도록 기초를 마련해야 하는 중요한 시기였다. 또 양양·원주 공항을 활성화하기 위한 중국과의 협의, 환경부로부터 오색로프웨이의 설치승인을 받는 문제와 골프장 건설에 따른 주민들과 환경단체와 소통하는 문제, 그리고 대관령국제음악제, 도립극단 설립, 강원FC지원, 폐광지역 관광개발, 지역축제의 발전, 엑스포 주제관 운영개선과 같은 굵직한 현안들이 산재해 있었다.

도의회가 열리면 의원들이 현안에 대해 구체적이고 집요하게 질문하기 때문에 현황을 파악하느라 꽤 힘들었다. 그러나 그 덕분에 업무 파악은 빨리 하게 되었다.

새 정부의 '문화융성' 국정기조 덕분에 문화예술인들의 사기나 활동여건이 조금씩 나아지고 있다. 지역경제도 문화예술을 빼 놓고는 애기할 수 없다.

산속 깊은 고을은 물론 저소득자에게도 문화예술과 쉽게 접할 수 있는 환경이 점자 갖추어지고 있다. 문화이용권이 제공되고 작은 영화관이 생겨난다. 폐교에 창작예술 단체가 입주하여 주민들과 함께 호흡하고 있다.

아직은 적은 예산이지만 다양한 문화예술단체에 프로그램 운영비가 지원되고 있다. 요즘 웬만한 직장에는 음악밴드가 조직되어 활동하고, 가정주부들도 낮에 잠깐 틈을 내 시민문화센터나 주민자치센터에서 문화예술 취미활동을 하고 있는데 참여희망자들이 너무 많은데 비해 활동공간과 지도자들이 부족한 실정이다.

머지않아 우리나라는 문화예술기반이 두터워지고 세계적인 문화강국으로 우뚝 서게 될 것이 분명하다. 굳이 K-팝이나 김장문화를 언급하지 않더라도 우리나라의 문화예술은 급속히 창조·확대되어 전파되고 있다.

지역축제는 그 지역의 문화를 종합적으로 연출하는 예술이라고 말할 수 있다. 화천 산천어 축제와 원주 다이내믹 축제가 좋은 예이다.

화천은 산악 지역에다 댐으로 생긴 호수로 둘러싸인 지역이다. 접경지역에다 상수원보호구역과 군사보호구역으로 개발이 꽁꽁 묶인 지역이다. 어찌 보면 이런 모습이 바로 그 지역의 특징이고 숙업이고 문화일 것이다. 이 문화를 창조경제화한 것이 바로 화천 산천어 축제다.

원주 다이내믹 댄싱 페스티벌도 그렇다. 이 축제는 애초에 보무당당한 군인들의 멋진 시가행진으로 시작했는데 점차 시민들의 참여가 늘어나고 창의적인 아이디어가 부가되면서 명실상부한 지역 축제로 자리 잡아 가고 있다.

이 페스티벌은 주목할 만한 것이 있다. 바로 댄싱이다. 율동과 춤을 맘껏 뽐낼 수 있는 장을 펴 놓고 누구나 한 바탕 놀아볼 수 있다는 것이다. 할머니부터 유치원생까지 댄싱 팀을 꾸려 거리행진에 나선다.

누가 시켜서 하면 그리 흥겨울까. 누가 상금을 준다고 하면 그리 열정적일까. 그런 건 아닌 것 같다. 우리 민족은 '흥'의 민족이라 할 만큼 꽹가리 하나면 가슴속에 들어 있던 흥이 박차고 나와 덩실덩실 춤을 춘다.

그동안 도시화와 핵가족화로 젊은이들이 농촌을 떠나면서 피폐해진 시골은 문화예술이 꽃피기 어려웠다. 우리 국민들은 끼를 발산할 수 있는 기회와 장소를 찾기 쉽지 않았다. 특히 지역 어르신들은 마음껏 흔들고 놀 수 있는 건전한 공간이 부족했다. 공간이라 해봤자 흔들리는 고속버스 안에서 좌우로 미끄러지며 술잔 쏟아가며 놀거나, 동네 환갑잔치에 가서 막장 파티에 눈치 살피며 놀아 볼 정도였다.

이제 마음껏 즐길 수 있는 그 공간을 시민들이 찾은 셈이다. 분위기를 살필 필요가 없어졌다. 멋지게 춤을 잘 추면 좋겠지만 나이 들어 굳은 허리 몸매에서 그리 멋진 춤사위가 나올 수는 없다. 그러니 그저 흥에 겨워 어울리는 한마당 페스티벌은 참가하는 그 자체가 감사하고 영예스러운 것이다. 댄싱페스티벌은 아마추어들이 많이 참가해서 좋다. 지역 촌로들이 흥겨워하는 모습에서 전도유망한 문화축제를 예감할 수 있다.

강원도는 전통적으로 관광 1번지다. 기암절벽의 설악산과 백두대간이 있고 맑은 동해안이 펼쳐져 있다. 과거엔 설악산 입구 민박 단지에 전국의 수학여행단이 들끓었다. 또 영호남 지역에서 신혼 여행지로 강원도를 많이 찾았다. 강원도 관광의 장점은 산과 바다 즉, 자연관광이었다.

그러나 세상은 빠르게 변화되었다. 해외여행 붐이 일면서 가까운 중국이나 베트남과 같은 곳에 쉽게 갈 수 있게 되었다. 동남아 지역에 유명한 자연관광지는 강원도의 자연관광지와는 사뭇 다른 볼거리가 많다. 이젠 강원도의 멋진 자연경관만으로는 관광을 얘기할 수 없게 되었다.

이젠 그 지역에 걸 맞는 스토리텔링이 있어야 한다. 꼭 아름다운 자연경관이 있어야 하는 것은 아니다. 음식 한 가지, 연극 한 편, 풀 한 포기라도 진한 스토리가 있으면 그 게 바로 관광자원이다.

벨기에 부루쉘에 있는 '오줌 누는 소년상'은 60cm의 작은 동상이다. 이 소년상은 벨기에가 주변강대국에 의해 모진 수난을 당하면서도

2013년 가을, 원주 다이내믹 댄싱 페스티벌 거리 공연 모습

이에 굴하지 않았다는 상징성을 갖고 있다고 한다. 가보면 크게 실망한다. 그 소년상은 별로 볼품도 없고 예술성도 약하다. 그럼에도 매년 수백만의 관광객이 다녀간다.

또 관광은 마케팅이 잘 이루어져야 한다. 메이저급 전국 언론사에 광고를 하면 더할 나위 없이 좋겠지만 많은 비용을 감당하기 어렵다. 요즘은 SNS를 통한 마케팅이 적은 비용으로 큰 효과를 내고 있다. 젊은이들을 주 대상으로 삼아 광고를 하려면 이 방법이 보다 효과적이다. 즉 블로그, 페이스북, 트위터를 활용하는 것이다.

앞으로 여행의 패턴은 단체관광에서 개별관광으로 급속도로 바뀌어 갈 것이다. 이들 개별관광객들은 주로 소셜네트워크 서비스라고 일컫는 SNS를 통해 관광정보를 얻는다는 것이다. 이들의 특성은 스스로 자료를 모으고, 여행 프로그램을 짜고, 현지에 가서 보고 느낀 감정을 인터넷으로 생중계하고, 돌아와 평가까지 한다는 것이다. 이 모든 것들이 SNS를 통해 진행된다.

글로벌 관광 추세에 맞춰 최소한 영어, 중국어, 일본어는 병기해야 한다. 홈페이지 구성도 마찬가지다. 먼저 국내 손님들만이라도 많이 오도록 하는 게 우선이겠지만 그건 반쪽짜리 성공이다. 지구촌 먼 나라에서도 기꺼이 찾아와야 성공을 거뒀다고 볼 수 있다.

한때 문화관광체육국장으로 재직한 것이 새삼 문화에 관한 안목을 높이고 삶의 방식을 새롭게 하는 계기가 되었다.

수구초심

원주 부시장에 부임하다

2013년 7월 1일. 원주시 부시장으로 발령을 받았다. 1977년 10월 26일 첫 공직을 이 곳 문막면 사무소에서 시작한 이래 어언 36년이 지났다. 고향 원주를 떠나 강원도와 안전행정부, 화천군에서 일하고 다시 고향으로 돌아왔다.

금의환향(錦衣還鄕)이란 말을 들었다. 출세해서 고향으로 돌아왔다는 뜻이다. 수구초심(首丘初心)일까. 여우가 죽을 때 구릉을 향해 머리를 둔다는 뜻으로 고향을 그리워하는 마음을 비유한 것이다. 입지전적(立志傳的)인 인물이란다. 어려운 환경을 이기고 뜻을 세워 노력하여 목적을 달성한 사람이란 뜻이다. 이런 표현들이 나에겐 별 감흥이 없다. 왠지 모르게 덤덤하다. 부시장은 민선 지방자치시대에 직업공무원으로서 선망의 자리이고, 아마도 지방공무원으로서 영전할 수 있는 마지막 자리라고 해도 과언이 아니다. 그런데 왜 덤덤할까? 그건 아마도 나에게 과분한 자리라는 느낌이 앞서기 때문인 것 같다.

갑자기 원주 부시장 인사요인이 생기고, 그 시기에 임용후보에 올라온 여러 대상자들 중에서 다른 분들의 불가피한 어떤 사정으로 인해 내가 선택되어진 것 같다.

원주시장님이 나에 대해 뭘 얼마나 알기에 부시장이라는 중책을 맡겼을까. 처음 만나는 나를 어떻게 검증 했을까. 나의 부족한 면은 얼마나 아실까? 사실 나는 부시장으로서 충분한 능력이 갖추어진 인물은 아니다. 나에겐 어쩌면 운이었다. 시장님이 나를 선택한 것은 아마도 모험인 셈이다.

출신학교인 둔둔초등학교 입구와 국도변과 시내 거리엔 축하 현수막이 내 걸렸다. 분에 넘치는 많은 축하를 받았다. 내가 다닌 중학교, 고등학교는 이곳에 없어 축하를 받지 못했다. 내가 다니던 횡성 읍내 시온학교는 이미 폐교됐고, 고등학교 과정인 서울 명일동에 있는 천호 전수학교는 다니다 3학년 때 중퇴를 했으니 모교가 없는 셈이다. 그래서 마음이 더 가볍다. 내가 의지 할 곳도, 나의 학연들도 적으니 한편 그만큼 홀가분하기도 하다.

취임식장인 시청 대회의실에 직원들이 자리를 꽉 메웠다. 새로 온 부시장이 어떻게 생겼는지, 어떤 취임사를 할지 궁금해서 모였겠지.

취임식장 단상에는 어머니와 아내의 자리를 마련했다. 나는 어머니를 부축해 단상 의자로 안내했다.

"고향 원주에서 여러분과 함께 일하게 돼서 정말 기쁩니다. 원주 부시장으로서의 직무를 성실하게 수행하겠습니다. 우리 천 사백여 원주시 공직자가 다함께 힘 모아 원주시민들이 행복하게 살 수 있도록 노력합시다. 창의적인 생각과 능동적인 자세를 갖고, 항상 시민의 입장에서 일을 처리하도록 합시다."

공식행사가 끝나고 직원들과 일일이 악수를 나눴다. 친구도 후배도 있었다. 아주 젊은 부시장이 왔다고 말들 한다. 외모가 동안이라 사 오 년은 아래로 본다.(내 착각). 앞으로 1년 정도 남았으니 실은 나도 나이 먹을 만큼 먹었다. 취임 첫 날 마음속으로 다짐했다. 앞으로 남은 1년을 10년 같이 일하겠다고……

급조밴드로 데뷔하다

레슨 첫 날. 손가락 끝이 빨개졌고 이튿날 바로 물집이 생겼다. 기타 줄이 닿을 땐 칼로 베는 듯 아프다. 왼손은 코드를 잡고, 오른손은 줄을 튕기는데 정말 헷갈린다. 내 손가락이 이렇게 우둔할 줄이야. 노래가사, 반주, 코드가 모두 제각각 따로 논다. 저글링 공 서 너 개를 동시에 다루는 느낌이다.

우선 코드 세 개만 잡을 줄 알면 되는 노래, '고요한 밤 거룩한 밤'만 되풀이 했다. 월 · 목요일 저녁 일곱 시. 퇴근 길 기타 메고 학원으로 향했다.

원주 부시장으로 온 지 두 달 됐는데 원주는 다른 지역에 비해 문화예술을 접할 수 있는 기회가 많고, 주민들의 참여도가 참 높다는 걸 알게 되었다.

학원 옆자리 꼬마가 제법 연주를 하고 있었다.

"와! 너 기타 잘 치는구나. 몇 살이니?"

"아홉 살이요."

"기타 배운지 얼마나 됐니?"

"4개월이요."

"와우, 대단하다. 4개월 밖에 안됐는데 어떻게 그렇게도 잘 치니?"

악기는 어릴 적부터 해야 한다고 들었는데 내가 너무 늦게 시작했나

보다. 학원선생님은 내게 일 년 정도 열심히 하면 칠공팔공 가요는 할 수 있다고 했다. 난 재작년 기타 배울 기회가 있었는데 몇 번 치다 팽개 쳤다. 그 때 계속했더라면 지금 쯤 꽤나 잘 할 수 있을 텐데 하는 후회 도 들었다. 이번엔 정말 계속할 수 있을까하는 마음이 들었다.

때마침 연말에 직장 연주회 계획이 있는데 시장님은 드럼, 난 기타 를 치고 몇 명이 함께 연주하는 게 어떠냐는 제안을 받았다. 그거 괜찮 은 모습이라고 생각해 선뜻 승낙을 했다.

그런데 4개월 만에 무대에 설 수 있을까? 마음이 조급해졌다. 어 쨌든 공연일정이 정해진 것이 오히려 열심히 할 수 있는 동기가 된 것 같다.

은퇴 후에 통기타 동호회에 가입해서 가끔 공연도 하고 또 재능기부 도 할 수 있었으면 좋겠지만 무엇보다도 이번엔 하다가 중단하지 않고 지속하는 것이 우선이었다.

기본코드를 익히느라 삼 개월을 보내고 나머지 한 달은 공연 날 연 주할 노래만 집중적으로 연습했다. 첫 곡은 '짠짜라', 두 번째 곡 '환 희', 세 번째 곡은 '연'이었다.

토·일요일 오후에 일곱 명의 단원들이 학원에 모여 화음을 맞추었 다. 가장 서툰 연주자는 나였다. 통기타에 전원을 꽂아 스피커에 연결 하니 소리가 엄청 커서 잘못 튕기면 바로 들통이 났다. 나는 연습도중 에 연실 굉음을 냈다.

드디어 2013년 종무식 날 공연이 시작되었고 우리는 네 번째 출연을 하게 되었다. 난 얼떨결에 데뷔 무대가 되었다. 공연이 끝나자 직원들은 나보고 몇 년 쳤느냐고 물었다. 4개월이라고 말하자 정말 잘 친다고 치켜세웠다. 나는

잘 안다. 그저 겨우 겨우 노래 박자만 따라갔고 실제는 옆에서 같이 연주한 일렉 기타와 베이스 기타 덕분이란 걸 잘 안다. 하여튼 나름 무난하게 공연이 끝났다. 시장과 부시장이 같이 종무식 공연무대에 올라 직원들과 즐거운 시간을 보내는 것도 나름대로 의미가 있었다. 그 자리에 참석한 직원들도 문화예술에 대한 관심과 악기를 한 가지씩 다뤄보고자 하는 동기가 되었으면 좋겠다는 생각이 들었다.

엄니와 소양로 동행

엄니는 올 해 여든 다섯이다. 병이란 병은 앓아보지 않은 병이 없을

정도로 병치레를 많이 하셨다. 고혈압으로 여러 차례 위기를 넘기셨다.

다섯 남매 키우느라 갖은 고생 다 하신 분이다. 요즘은 귀가 잘 들리지 않아 보청기를 낀다. 기억력은 나보다도 좋은 것 같다. 지난 일을 기억해 내는데 놀랄 정도로 자세하다. 관절염이 심해 멀리 걷지 못하셔서 십 미터쯤 걷다가는 아무데나 앉아 쉬어야 한다. 손은 마른 소나무 껍질 같고 목주름이 늘어져 출렁거린다.

얼마 전에 경로당에 유명한 강사가 와서 "자식들한테 서운한 감정이 있더라도 일체 입 밖에 내지 말고, 하고 싶은 말이 있어도 참고, 봐도 못 본 척 하라는 특강을 했다."고 한다. "그런데 우리 자식들은 그렇지 않다."고 애써 강조하셨다. 나는 무척 죄송스러웠다.

엄니가 어렵게 춘천에 한 번 오셨다. 원주에 살고 있는 형님과 동생들이 잘 모시고 있지만 둘째 아들인 내가 살고 있는 춘천에는 오랫동안 오시지 못했다.

사실 나는 춘천 소양로 4가에서 태어났고 엄니께서 바로 옆 소양강에 태를 버렸단다. 지금 소양교 아래 소양강 처녀상이 있는 바로 그곳이다. 그 후 세 살 때 원주로 이사를 했다. 모처럼 춘천에 오신 김에 옛날에 살던 곳으로 모시고 갔다. 그러니까 엄니가 그 곳을 떠난 지 육십 년이 훌쩍 넘은 셈이다. 살던 집은 소양강이 저만치 보이고 봉의산 자락 끄트머리 기와집이었단다. 길가에 차를 세우고 이 골목 저 골목을 헤집고 옛집을 찾아 다녔다.

어디서 그런 힘이 솟았을까. 조금 전까지만 해도 관절이 심해 엉금 엉금 걸었는데 갑자기 아줌마 큰 걸음으로 변했다. 고마고마한 뒷골목을 들락거리시다가 옛집 위치를 찾지 못했는지 사거리 채소상가 아저씨에게 물었다. "여기 옛날에 옷감 원단 팔던 집과 부흥여관이 어디 쯤 돼요?" 팔순이 다 돼 보이는 할아버지는 고개를 흔들며 모르신단다.

엄니는 다시 골목을 들어갔다 나갔다를 여러 번 반복하면서 기필코 찾아내고야 말겠다는 표정이었다.

드디어 해가 저물고 엄니는 뒷골목 시멘트 바닥에 털썩 앉아 긴 상념에 잠겼다. 고개를 옆으로 떨어뜨리고 눈빛은 초점이 없어보였다. 나는 가까이 서 있는 게 차라리 부산스러움을 주는 것 같았다. 한동안 가만히 아무 말도 걸지 않았다. 엄니도 아무 말이 없었다.

엄니 신혼시절 꽃 같은 나이에 이곳에서 둘째 아들을 낳으시고 파릇 청춘을 보내셨는데 오늘 이 곳에선 무슨 생각을 하고 있을까? 꽤 시간이 흘렀다. 나는 조용히 다가가 엄니 팔을 들어 올려 발걸음을 부축했다. 엄니는 힘이 빠져 걷기조차 힘겨워 했다. 나는 울음이 북받쳤다. 엄니한테 너무 죄송스러웠다. 좀 더 일찍 이곳에 모시고 오지 못한 걸 후회했다.

30년 만의 사랑고백 엽서

며칠 전 아내에게 얘기를 들었다. "화천 읍내 농협 다니는 그분 있잖아. 그 아저씨가 외국에 가셨다가 글쎄 현지에서 부인에게 사랑한다는 엽서를 써 보냈는데 아주머니께서는 그 엽서를 받는 순간 눈물을 흘렸대요. 그리고 멋진 액자에 그 엽서를 넣어 거실에 걸어 놓고는 그 집에 오는 사람 모두에게 자랑을 한 대요."라는 것이었다. 결국 나한테 하는 얘기로 들리기는 했지만 애써 대화 분위기를 길게 가져가고 싶지는 않았다.

그도 그럴 것이 요즘 세상이 많이 변해서 남들은 곰살 맞게 애정표현을 늘 하고 산다는데 우리는 결혼한 지 30년이 지나도록 '사랑한다.'고 말한 게 기억나지 않는다. 그런 말 한 적이 없으니까 당연하지. 사랑은 마음속으로만 깊이 하면 되지 뭘 바깥으로 표현하느냐는 옛 어른들의 유지를 받들어서 일까? 아니다. 솔직히 나이들 수록 아내에 대한 사랑이 더욱 깊어진다.

나도 용기를 내서 지난 달 외국에 가는 길에 현지에서 아내에게 엽서를 썼다. 옆에서 일행이 쳐다보고 있어 부랴부랴 글쓰기를 끝냈다. 닷새 후 집에 들어오면서 아내의 표정을 살폈다. 별 다른 기색을 보이지 않는 걸 보니 엽서가 아직 도착하지 않은 게 분명했다. 만일 그 엽서를 받아 보았다면 글쎄…, 음… 양손을 크게 벌려 내 목을 감싸 안았을까, 아니면 더 겸연쩍어 했을까. 이틀이 가고 사흘이 가도 그 엽서가 오질 않아 잊고 있었는데, 보름 정도 지났을 즈음 낮에 사무실로 전화가 왔다.

"자기야. 뭐 이상한 게 왔어?"

약간 코가 맹맹한 목소리였다.

"뭐가 왔다는 거야?"

"정말 자기가 보낸 거 맞아?"

"뭘? 하하하."

견에게

견이, 잘 있니? 아빠 엄마는 잘 지낸다.

중부지방에 밤 늦게부터 눈이 내린다는 예보가 있었는데 여긴 아직 내리지 않고 있구나. 어제 밤에 견이 내일 출근길 미끄럽다며 엄마는 걱정을 태산같이 했단다.

엊그제 배 아파 병원에 갔다 왔다더니 이젠 괜찮니? 신경성 소화불량이라고 했지. 지난해 말 한꺼번에 일을 많이 따왔다고 하더니 꽤 신경이 쓰이는가 보구나.

젼이가 그 회사에 입사한 지 벌써 일 년이 지났구나. 하는 일은 어렵지 않은지 모르겠다. 처음에 영상편집 기술로 입사했는데 그 분야가 아닌 기획부서에서 일을 하고 있으니 모든 게 새로울 테지.

오빠하곤 통화 자주하니? 오빠도 요즘 바쁘다고 하더라. 일본에 수출할 물량이 많아 휴일도 출근해서 일한단다. 가끔 현장지원을 나간다는데 겨울이라서 고생스럽겠지.

젼이가 오빠한테 전화 자주 해라. 오빠는 어릴 적부터 컴퓨터를 지나치게 좋아해서 늘 걱정했는데 그래도 이제 떳떳이 사회에 나와 직장생활을 하고 있으니 대견하기 그지 없단다.

사실 아빠가 공무원으로서 요즘 소위 잘나가는 직장에 다니고 있어 너희들도 공직에 들어와 일하면 좋겠다는 생각을 했지만 그게 어디 아빠 마음대로 되겠느냐. 하지만 아빠는 너희들이 다니는 직장을 더 소중하게 생각하고 있단다. 머지않아 너희들이 하고 있는 일들이 세상에서 각광받을 때가 올 거라고 믿고 있다.

젼아. 직장생활도 마찬가지로 희망과 도전이 가장 중요하다고 생각한다. 너의 능력으로 그 회사가 번창할 수 있도록 해 보아라. 만일 너의 회사가 희망이 없고 또 꿈을 갖고 도전해 볼 만한 가치가 없는 곳이라면 다른 직장을 택해야 한다.

하지만 회사도 어려운 여건을 극복하고 성장해야 그 가치를 지니게 되고 회사원들도 보람을 갖게 된단다. 처음부터 우수한 대그룹에서 근무하는 것 보다 작은 회사를 잘 키워 나가는 주역이 되는 게 더 낫다.

너도 직장생활 초년생으로서 느끼겠지만 직장은 분명 학교와 가정과는 다르단다. 직장 동료들과 하루 종일 마주보고 살 부비며 곁에서 일하는데 그 정겨움이야 이루 말할 수 없겠지. 그러니 항상 정겨움과 사랑으로 대하도록 해라. 한편 냉혹한 질서 속에서 생활하고 있다는 점도 명심해라. 정겨움과 사랑도 질서와 규칙, 예의 가운데 아름답고 오래 지속될 수 있단다.

직장생활을 하면서도 자신의 능력을 키워 나가야 한다. 인적 네트워크는 물론 취미와 특기를 꾸준히 살려 나가도록 해야 한다. 그렇게 한 경우와 안한 경우는 나중에 큰 격차가 생기게 마련이다.

지금은 여성대통령 시대이며 우수한 학생도 교사도 공직에서도 여성이 우위를 점하고 있다. 미모와 맵시를 겸비해라. 울퉁불퉁 지나친 성형수술과 아슬아슬한 옷매무새는 천해 보인다. 또한 여성리더는 지성과 함께 아름답고 겸손한 미덕을 지녀야 한다.

너보다 어려운 환경에 처해 있는 사람들을 틈틈이 보살피는 여유를 갖도록 해라. 자기 자신만 즐겁고 행복한 것은 타락이다. 주변 이웃과 화목하고 행복할 수 있도록 노력해야 한단다.

네 나이 어느새 서른이 가까워 오는구나. 결혼할 때가 됐어. 산비탈 썰매타고 바지가 온통 흙투성이가 돼 코훌쩍이며 집에 들어오던 때가 엊그제 같은데 벌써 결혼할 나이라니 믿기 어렵구나. 요즘은 다들 연

애결혼을 한다는데 넌 아직 남자친구가 없느냐. 있으면 얼른 데리고 와 선을 뵈도록 해라. 가급적 아빠 같은 사람은 후순위로 사귀거라. 엄마를 너무 고생시켰단다. 결혼문제는 엄마와 많이 대화 하거라. 최근 아빠한테 가끔 눈에 띄는 녀석이 있는데 언제 소개팅 한 번 해야겠다.

전아. 넌 어릴 적에 유난히 엄마 속을 많이 태웠단다. 초유를 먹지 않아 엄마가 젖몸살을 아주 심하게 앓았어. 유방에 가득 찬 초유를 짜주지 않으면 멍울이 생겨 심한 통증이 온다는 걸 아빠도 그 땐 잘 몰랐었지. 그리고 넌 울보였어. 자주 울었지. 게다가 목청소리는 얼마나 큰지 천장이 무너지는 줄 알았단다. 동네가 다 시끄러웠어.

중학교 때 어느 날 엄마한테 얘기도 안하고 친구 유나네 집에 가서 사흘 밤 자고 온 거 기억나지. 그 날 밤 파출소에 실종신고 내고 엄마랑 밤새 뒷골목 헤맨 거 넌 모를 거야.

이젠 네가 엄마한테 잘 해라. 가만히 보면 그래도 네가 엄마하고 통하는 게 많더구나. 아빠는 성격이 무뚝뚝해 엄마한테 따뜻하게 잘 대해 주지 못해서 인지 엄마가 너한테 많이 의지하고 있는 것 같더라. 이

2009년 여름. 가족나들이 (강원도 화천 세계 평화의 종 앞에서)

세상에서 네 엄마가 제일이다. 엄마만큼 속 깊고 이해심 많고 정답고 사랑스런 여성 있으면 어디 나와 보라고 해라. 분명 없을 게다.

에~구, 이 글 쓰는 중에 창밖에 눈이 내리는구나. 새벽 가로등이 굵은 눈발을 선명하게 비춰주고 있어. 엄마 아침에 일어나면 너 출근길 차 운전한다고 아마 걱정할거다.

아빠가 너한테 귀띔해 줄게. 네가 아침에 먼저 엄마한테 전화하거라. '엄마 요즘 허리 아프시다더니 좀 어때요? 거기 원주 새벽에 눈 왔다는데 미끄럼 조심하세요.' 라고.

차 한잔 하면서

일반적으로 공무원은 국가기관 또는 지방자치단체와 특별권력관계를 맺고 공무를 담당하는 자를 말한다. 공무원은 정치적으로는 국민의 대표자이며 수임자로서 국민에 봉사하고 국민에게 책임을 지며, 법적으로는 국가기관의 구성자이고 특별한 법적지위가 인정되고 있다.

또 한편으로는 직업인으로서 근로관계에 있다. 하지만 특수한 지위와 신분 때문에 근로자가 가지는 노동기본권은 제약을 받고 있다.

공무원 윤리헌장에 따르면 국가에 대한 헌신과 충성, 국민에 대한 정직과 봉사, 직무에 대한 창의와 책임, 직장에서의 경애와 신의, 생활에서의 청렴과 질서를 주요 덕목으로 채택하고 있다.

공무원은 법적, 윤리적으로 특별한 제약과 권한을 갖고 있으나 조직 내에서 본인의 사회성과 인관계에 따라 역량을 발휘하는데 상당한 차이가 있다.

공무원이 직장 구성원으로서 어떻게 처신하는 것이 바람직한가, 그리고 직급이 높아질수록 어떤 리더십을 발휘해야 하는가에 대해 나 자신의 잣대로 적어본다.

일 잘하는 실무자

주인의식을 갖고 있다.

때와 장소를 가리지 않고 호스트 역할을 기꺼이 한다. 낯선 오신 손님이 사무실에 들어왔을 때 선뜻 나서서 친절히 안내하며 공동생활에 있어 힘들고 어려운 일에 앞장선다.

앞당겨 일을 처리한다.

상사가 지시한 것은 처리 기한 이전에 그 결과를 보고한다. 늦어지면 그 이유를 소상히 보고하고 이해를 같이한다. 기한이 거의 다 돼서 상사가 챙길 때 까지 있지 않는다. 하버드대에서 뛰어난 학생들을 유심히 보았더니 노하우가 있었는데 그건 모든 스케줄을 10일 앞당겨서 한다는 것이다.

상사와 소통을 잘 한다.

업무를 처리하면서 진행 상황을 수시로 상사와 공유한다. 해결 방안과 애로사항에 대해 상의한다. 상사는 부하 직원에게 가르쳐 줌으로서 자긍심을 느끼고 신뢰한다. 비록 업무처리 방법을 알고 있을지라도 상사와 협의하는 게 좋다. 일을 혼자서 완벽하게 처리하고 나서 상사에게 그 결과를 보고하려 하지 않는다. 상사와 함께 일을 잘 처리했다는 의미를 담는 게 좋다.

결재 시 본인의 능력을 보여 준다.

결재를 받을 때 기본적인 사항은 상사가 알고 있을 거라고 생각해 거두절미하지 않는다. 지도, 사진, 동영상 같은 시각적인 보충자료를 챙겨간다. 복잡하고 분량이 많은 서류일수록 간단하고 명료하게 정리한다. 사전에 관련 기관·단체의 의견을 종합했다는 자료를 제시한다. 국내외 유사한 사례를 수집하고, 최근의 트렌드를 캡처한다. 서류는 디자인보다 임팩트한 키워드를 잘 선택해 부각시킨다.

결재 타이밍을 잘 잡는다.

긴 설명이 필요한 사안은 결재자의 여유시간을 찾는다. 바쁜 시간에 중요한 결재서류를 들이대는 것은 서로 무책임 할 수 있다. 이 사안은 조속히 처리해야 한다는 시간적 부담을 주지 않는다. 사전 준비가 부실하다는 의미로 비춰질 수 있다. 중간 처리상황을 전화나 SNS를 활용해 제 때에 보고한다. 시급한 사안인 경우 때를 놓치지 않는다.

상사의 자존심을 고려한다.

상사의 의견에 대해 그 자리에서 반론을 펴지 않고, 일단 긍정한 후 합당한 규정과 명분을 찾아 적절한 기회에 다시 상사를 설득한다.

회식장소에서는 다소 오버한다.

상사에게 소주 한 잔을 먼저 드리느냐, 내가 먼저 받느냐는 문제가 안 된다. 술잔을 주고받을 때 가벼운 덕담을 나누며 술 마시기가 어렵다면 분명히 말하고 요령껏 마신다. 술 취하는 것과 주정은 구분된다. 술 취해 좀 코믹한 행동은 금상첨화다. 감히 상사를 '형'이라고 부를 수 있다면 더욱 좋겠다. 이른바 술주정 같은 실수는 평생 간다. 경사스런 일과 좋은 취미 같은 공통적인 소재를 찾아 대화하고 업무적인 애기는 가급적 하지 않는다. 혼자 길게 이야기를 독점하지 않는다.

동료들과 화목하다.

같이 근무하는 동료와 상하급자는 참 소중한 존재다. 하루 종일 몇 년 동안 같은 공간에서 일한다는 것은 아마도 전생에 어마한 인연인 게 분명하다. 그 동료는 훗날 엄청난 자산이 되기도 하고 멍에가 되기도 한다. 화목하고 신뢰감을 갖도록 한다. 동료가 어려울 때나 즐거울 때 함께한다.

일을 회피하지 않는다.

새로운 일을 피하지 않고 선점한다. 부딪치며 깨지며 혼줄 나며 배운다. 그렇게 하지 않는 사람들과는 훗날 상당한 격차가 있다. 특히 어렵고 복잡하고 불투명한 사안일수록 피하지 않고 적극적으로 관여한다.

남들이 겁을 먹고 방관하고 귀찮아 할 때 뛰어들어 자신의 실력을 보인다. 어차피 나중에 함께 해결해야 할 문제라면 보다 선제적으로 나선다. 자신과 관련된 것 이외의 사안에 대해서도 구체적으로 파악한다.

항상 공부하고 노력한다.

자신의 업무에 대해서는 자신이 최고라는 걸 잊지 않는다. 온갖 자료를 조사 연구하여 많이 알고 있다. 자기계발도 꾸준히 한다. 부족한 부분을 채우거나 특기를 살리는 데도 시간과 돈을 기꺼이 투자한다. 높은 경쟁을 뚫고 우수한 인재가 공직에 들어온 후 삼 사년이 지나면 수준이 평균이하로 떨어지는 경우가 많다.

'순수견양(順手牽羊)' 이란 고사성어가 있다. 손에 잡히는 대로 양을 끌고 간다는 뜻이다. 막연히 기회가 오고 조건이 성숙하기를 기다리는 것이 아니다. 끊임없이 작은 기회를 만들어내고 그것을 놓치지 않으려고 노력하는 것이다. 무수한 도전을 하고 실패를 겪어내는 인내의 과정을 통해서 자신의 역량은 물론이고 주변 조건까지 만들 수 있다는 것이다.

완장을 차지 않는다.

공무를 처리함에 있어 공손하다. 국민들을 위해 존재한다는 직업의식이 확고하다. 국민이 나에게 일정기간 일을 믿고 맡긴 것이라는 걸 잊지 않는다. 완장차고 이래라 저래라 행세하지 않는다.

영리 사업자와의 관계는 신중히 처신한다.

골프가 우리사회에서 부자나 고위층들만의 운동으로 여겨지던 때가 있었다. 보통 네 명이 한 팀이 되어 골프를 치는데 그 중에 한 명은 사업자로서 그 날 골프경비를 부담하는 사례가 많았다. 골프는 돈내기와 뒤풀이가 이어지는 경우가 있는데 뒷맛이 개운치 않다. 요즘도 골프를 치느냐고 묻는 것 보다 '운동' 하느냐고 묻는다. 골프라는 용어가 그리 편하지 않았던 시절이 있었기 때문이다. 떳떳하게 각자 자기 경비를 부담하며 운동을 하는데 무슨 문제가 되겠는가. 그러나 평소 아무리 친한 관계일지라도 업무와 관련 있는 사업자와 내기골프를 치는 것은 오해의 소지가 크다. 신중히 처신해야 한다.

민원인의 입장에서 진지하게 해결방안을 찾는다.

어느 날 중년 내외분이 찾아왔다. 내용인 즉, "사무실에 들러 개발행위 변경허가 신청을 냈는데 실무자는 심의회를 개최해야 하므로 앞으로 한 달 정도 걸린다."는 답변을 들었다며 "만일 금주 중으로 허가가 나질 않으면 해외 수출 계약이 파기되어 재산피해는 물론이고 경영신뢰에 큰 손실을 입게 된다."는 것이었다. "사전에 알아 봤는데 즉시 허가가 가능한 일."이라며 상당히 걱정스럽고 난감한 표정이었다. 나는 외지에 출장 가 있는 담당계장에게 전화를 걸어 이 내용을 파악해보라는 지시를 했다. 다음 날 계장은 출장 현지에서 나에게 전화를 했다. 이 민원은 경미한 사항의 변경이라서 즉시 처리가 가능하다는 것이었다. 이 민원은 이틀 만에 처리가 종료되었다. 민원처리는 신중해야 한다. 공무원의 가벼운 실수는 민원인에게 다시 회생할 수 없는 큰 손해를 끼칠 수 있다.

민원은 기왕 해 주려거든 빨리 해 준다.

일이 조금 늦어지면 고마움이 반감된다. 일이 많이 늦어지면 다 해주고도 원망을 받기 때문에 기왕 해 주려거든 재깍 해준다. 마치 인심이라도 쓰듯이 생색을 내면 해 주고도 욕먹는다.

큰 구도를 잡고 나서 부분을 본다.

어떤 기획을 할 때는 먼저 큰 그림을 그리기 위한 구도를 잡는다. 생각을 한없이 확장시킨다. 그 다음에 세부적인 방안을 찾아 근접해 간다. 그릇의 크기에 따라 용량은 담겨진다. 처음엔 다소 이상적이고 비현실적인 구도가 그려질 수도 있다. 그러한 것들은 계획을 구체화 해 나가는 과정에서 여과되고 좁혀진다.

주민에게 공손하게 대한다.

며칠 전 치과수술을 받고 혹시 보험혜택이 주어지는 지 확인하느라 1588-××××에 전화를 걸었다. 나는 치료내용을 설명했다. 본인 맞으신가요. 주민등록 뒷자리 좀 알려주시겠습니까. 네에. 손님은 우리 회사 ××보험에 가입해 있으시네요. 그런데 이 보험은 특약에 가입하셔야 혜택을 드릴 수 있는데 가입이 되어 있지 않습니다. 손님 정말 죄송해서 어쩌지요. 상담원의 말투는 공손했다. 기계적이지 않았다. 보험혜택을 드릴 수 없어 정말 미안 해 하는 것 같았다. 모습은 보이지 않으나 진정으로 안타까운 표정을 짓는 것 같았다. 사실 나는 그 상담원의 속마음을 정확히 알 수 없다. 왜 진심으로 남의 일에 그토록 아쉬움을 표하는지 이유도 알 수 없다. 그저 전화대화 요령을 고도로 학습한 결과일지도 모른다. 그러나 내 입장을 잘 헤아려 주는 것 같았다. 규정상 혜택을 드릴 수 없어 너무 미안 해 하는 여운이 남았다.

공무를 집행하다 보면 종종 민원인의 요구를 거절할 수밖에 없는 경우가 있다. 대부분 법규정상 안 되는 것이다. 이 때 정말 송구스러운 마음과 자세로 다가가야 한다. 나는 공손하게 민원인에게 응대했다고 생각하는데 상대방이 서운하다고 생각하면 그건 공손하게 응대한 것이 아니다. 민원인의 거절당한 섭섭함을 위로하려면 몇 갑절 공손해야 한다.

일 잘하는 관리자

직원들에게 배운다.

간부들은 "요즘 젊은 직원들과는 도무지 소통이 잘 안 되고, 대화할 기회가 없다."고 한다. 사실 스킨십이 부족한 게 사실이다. 하기야 직원들은 상급자에게 물어 볼 필요 없이 포털사이트에 검색하면 신속하고 정확하게 답변해 주는데 뭐 하러 퉁명스런 어르신께 물어 볼까?

나이든 간부들은 그 옛날 자신이 사근사근 행동하며 윗분들을 잘 모시던 생각을 하면서 요즘의 젊은 세대들을 보면 다소 아쉽고 서운한 감정도 있을 것이다.

난 요즘 갓 들어온 신규 직원에게 잠깐 틈을 내 포토샵을 배우면서 놀랐다. 얼마나 영리하고 눈치 빠르고 예의 바른지 모르겠다. 묻지도 않은 것까지 찾아서 알기 쉽게 설명해 준다. 몇 번 만나서 이젠 서로 편해졌다. 무엇보다도 자기에게 물어보는데 대해 호감을 갖는 것 같았다. 이젠 만나면 먼저 큰소리로 인사하고 내 곁에 가까이 온다. 젊은이들에게 물어보고 배우자. 그리고 "감사해.", "고마워."라는 말을 잊지말자.

직원들에게 대화의 기회를 준다.

엊그제는 민원이 많은 과 직원들과 점심을 함께 했다. 두부요리를 잘하는 토속음식점이었다. 이 과는 민원인들이 많이 찾아오는 좀 고된 부서다. 부시장이 점심 한 번 같이하면 다소나마 위로가 될까? 식사 분위기는 좀 썰렁했다. 계장들은 한마디씩 하는데 직원들은 아무 말이 없었다.

직원들이 말문을 닫는 것은 비단 공직에서만은 아닌 것 같다. 사회 경험이 적고, 나서는 게 버릇없다고 생각해서 일까. 나는 일부러 젊은 총각들의 대화를 이끌어 냈다. 그러자 점차 내가 물어보지도 않았는데 스스로 얘기를 잘들 꺼냈다. 갓 들어온 여직원이 벌떡 일어나 "부시장님 담엔 저녁에 쏘주 한 번 사주세요."라고 넉살을 부렸다. 그 소리가 참 듣기 좋았다. 젊은이들에게 좀 더 가까이 다가가자. 상급자 보다 하급자들이 자신 있게 나서서 얘기하고 활동할 수 있는 분위기를 만들어 주자.

직원의 잘못을 지적할 때는 축구심판이 된다.

축구심판이 옐로우 카드를 빼어들 때 그의 표정을 보면 한결같이 웃는다. 해당 선수는 자신이 파울을 저지르지 않았다며 주심에게 다가가 강하게 어필한다. 그러나 주심은 빼어든 카드를 집어넣지 않는다. 억울하다고 주장하는 선수에게 끝까지 미소를 짓는다. "반칙이 경미했던 무거웠던 간에 잘못은 잘못이야. 이게 축구의 룰이야. 주심인 나는 이 규정을 적용하여 집행하고 있을 뿐이거든, 나를 너무 원망하지 말게나."하는 듯이 표정을 짓는다. 고의성이 짙은 강한 태클로 상대 선수를 쓰러뜨렸을 때 심판은 몹시 화가 날 것이다. 고함을 지르며 엄하게 훈계하고 싶을 것이다. 그러나 웃으며 레드카드를 빼어든다.

공무원도 이와 같아야 한다. 법령을 집행함에 있어 주민에게 엄격하되 공손하게 집행한다. 법령 위반자의 심정을 충분히 이해하고 정서를 함께해야 한다. 주민들이 알게 모르게 규정을 위반해서 페널티를 당하는데 공무원이 고압적이고 권위적으로 대하면 주민의 마음은 어떨까? 분명 원망을 사게 될 것이다. 어찌 보면 세상에서 법령을 어기지 않고 사는 사람이 정작 있을까?

응어리를 빨리 풀어 준다.

일하는 과정에서 직원이 착오나 고의로 잘못을 저질렀을 때 즉시 따끔하게 채찍을 댄다. 중언부언 재탕 삼탕 훈계성 멘트는 삼가한다. 그의 해명을 충분히 듣고 상황을 이해하고 공감한다. 가급적 빨리 응어리를 풀어 준다. "평소 참 성실하고 능력있는 친구가 이런 실수를 다 하다니 잠시 정신이 딴 데 몰입돼 있었구먼."

젊은 직원을 앞세운다.

크고 작은 행사 진행은 젊은 직원에게 부탁한다. 많은 사람들 앞에서 경험을 하면 매사에 자신이 생기고 적극적인 자세로 변한다. 진행을 하다가 때로 실수도 하고 꾸중을 들을 수도 있다. 그러면서 성장하는 것이다. 간부들은 뒤에서 힘차게 박수를 쳐 준다. 행사 마치고 조목조목 지적하여 개선할 것을 말하지 말고 큰 격려를 해 준다. 직원도 진행하면서 잘한 것과 잘못한 것은 알 만큼 안다. 간부가 행사장에서 마이크 잡고 근엄한 자세와 목소리 깔고 나서지 말자.

직원에게 짐 보따리를 맡기지 않는다.

상사가 직원과 함께 회의, 출장으로 외출을 할 때 서류가방이나 소지품을 직원에게 맡기고 맨손을 휘젓고 다니지 말라. 그 직원은 나중에 상사가 돼서 꼭 그렇게 행세한다. 상사가 직접 서류가방을 들고 직원과 함께 걷는 것은 정작 보기 좋다. 상사가 서류를 직접 들고 다닌다고 해서 품위에 손상을 입거나 어깨 결림 증상으로 고통을 겪지 않는다.

목에 힘을 뺀다.

노래를 부를 때 목에 힘이 들어가면 삑 소리가 나고 고음이 잘 나지 않는다. 운동을 할 때도 목과 어깨에 힘을 빼야 근육이 부드러워지고 자유롭게 움직일 수 있어 실력을 마음껏 발휘할 수 있다. 대화를 할 때도 목에 힘을 주게 되면, 턱이 앞으로 당겨지고, 목구멍이 좁아져 굵고 탁한 소리로 변한다. 또 눈매는 경직성을 띄게 되고, 볼 살은 八자 모양으로 내려온다. 카리스마를 느끼게 한다.

그러나 대화를 할 때 목에 힘을 빼면 긴장이 완화되고, 상대방에게 편안함을 주어 대화가 순조롭게 진행된다. 우리는 과거 역사드라마에서의 궁궐문화, 양반과 천민의 사회문화, 식민지 시대, 5.16혁명 이후 군사문화로 길들여져 왔다고 해도 과언이 아니다. 그 시대에 품격 있는 말솜씨는 대체로 목에 힘이 많이 들어가 있다.

일반적으로 대화를 할 때 목에 힘이 들어가는 쪽은 손윗사람이거나 상급자인 경우이다. 오래 전부터 공무원들도 주민들을 상대로 일을 처리 하면서 목에 힘이 들어간다고 해서 친절교육을 받고 있다. 전화 잘 받기, 민원인에게 공손하기 같은 것들이다.

공직내부에서도 아직 목에 힘을 주는 경우가 많다. 중앙부처와 지방자치단체 간, 광역과 기초 자치단체 간, 그리고 비교적 권한 있는 부서와 그렇지 않은 부서간의 관계이다.

공직자는 공무를 시행하는 과정에서 많은 문제와 갈등이 발생하며 이를 해결해 나간다. 그러한 과정에서 가장 중요한 것이 조율, 즉 소통을 하는 것인데 목에 힘이 들어가서는 좀처럼 해결의 실마리가 풀리지 않는다. 잘 돼가던 일이 갑자기 감정적으로 변해 뒤엉키기도 한다.

공무원이 목에 힘을 빼기 위해서는 우선 본분을 항상 기억해야 한다. 어떤 일을 하던 간에 그 일은 나의 특권이 아니라는 것. 내가 주민에게 어떤 혜택을 베푸는 것이 아니라는 것을 아는 것이다. 소속된 조직이, 법령이, 국민이 나에게 일정기간 일을 믿고 맡긴 것이라는 것을 항상 잊지 않는 것이다. 그러면 더욱 겸손해 진다. 주민들과 좀 더 가까워진다. 문제를 명확하게 파악할 수 있다. 목에 힘이 빠지면 창의성과 자율성이 싹트게 된다.

리더는 소통이 잘 되도록 역할을 한다.

어느 날 이 주무관은 출장 중인 나에게 메시지를 보내 왔다.

"국장님 한 번만 도와주세요."

사연인 즉, 현지출장을 앞두고 과장에게 출장 요구서를 올렸는데 결재를 안 한다는 것이었다. 나는 과장에게 전화를 걸어 상황을 설명 들었다. 과장 왈, 이번 계획을 사전에 상급자와 협의도 없이 혼자서 기획했다는 것이었다. 미리 과장과 협의했더라면 좀 더 알차게 계획을 세울 수 있었을 텐데 혼자서 결정을 하는 바람에 보다 더 나은 계획을 수립하지 못했다는 이유인 것이다. 그러면서 과장 얘기로는 이와 유사한 사례가 전에도 있었다는 것이다. 과장은 이번에 이 주무관의 버릇을 똑바로 고쳐야 하겠다고 작심을 한 것이다.

이 주무관은 강원도청에서 해외관광 마케팅을 담당하고 있었다. 여성공무원으로서 재직 중에 중국 유학을 해 중국어에 능통하고 중국문화에 밝았다. 이 주무관은 중국의 경제 성장과 함께 한국을 찾는 관광객이 급속도로 늘어나고 있어 SNS(웨이보, 트위터 중국어판)를 통해 강원도를 중국에 홍보하고자 계획을 수립하여 추진 중이었다.

한 달 전에 강원도로 유학 온 중국 유학생 25명을 홍보요원으로 위촉해 개인별로 위촉장도 주고 발대식도 성황리에 개최했다. 그리고는 첫 출장지로 영월 단종 문화재를 찾아가 현지상황을 생생하게 중국에 전파했다. 한 달 만에 20만 명이 넘는 팔로우가 생겼고 지사님으로부터 격려를 받기도 했다. 이 주무관은 신바람이 났고, 의욕도 더욱 왕성해졌다. 이후 한 달에 한 번 정도 SNS홍보단을 이끌고 강원도의 문화행사나 관광지를 찾아 홍보요원들과 함께 떠나는 일정을 짰다.

이번에는 해양 레일바이크를 타고 동해안 관광지를 둘러보는 것이었다. 중국인들은 바다를 보기가 쉽지 않아 강원도 동해안은 관광홍보에 큰 효과가 있다고 판단했을 것이다. 이 주무관은 이미 숙소를 비롯해서 세부일정에 따라 예약을 거의 완료한 상태였다.

이어 메시지가 왔다.

"국장님 제가 과장님한테 무릎 꿇고 빌었어요. 그런데도 결재를 하지 않아요."

나는 과장에게 다시 전화를 했다.

"이 주무관이 앞으로 일을 잘 할 수 있도록 지도해 주세요. 그리고 이번 일은 이미 상당히 진행된 것이 많고, 일에 의욕적인 면을 생각해서 긍정적으로 처리하도록 하세요."라고 했다.

이 주무관으로부터 메시지가 왔다.

"국장님, 출장중에 죄송해요. 과장님이 아직까지 결재를 안했어요. 과장이 하지 말라면 지사님이 하라고 해도 하지 말래요.", "내일 아침에 현지로 떠나야 하는데 어떡하면 좋을지 모르겠어요."라는 메시지였다.

참 어처구니 없고 흥미있는 사건이 전개되고 있었다. 국장이라고 해도 과장한테 일방적인 지시를 하는 것은 적절치 않다. 어떤 결론이 날지언정 과장의 영역에 속하는 것은 지지고 볶더라도 스스로 결론을 맺도록 지켜보는 것이 필요했다.

나는 이 주무관에게 메시지를 보냈다. "이 주무관, 좀 더 마음에 여유를 갖고 과장님을 이해시키고 설득해 보세요. 세상에는 중요한 일일수록 그 만큼 어려움이 따른 답니다. 그렇게 했는데도 결국 과장님이 이해를 못하시면 다음 기회에 하도록 하세요." 라는 답신을 보냈다.

잠시 후 메시지가 왔다.

"과장님이 인사부서에 얘기를 해서 긴급히 인사조치 하라고 했답니다. 그래서 제가 감사하다고 했어요. 정기인사 때까지 기다릴 수 없으니 빨리 조치해 달라고 했어요."라는 내용이었다.

이 정도면 사무실 분위기는 짐작하고도 남음이 있었다. 주변 동료들도 진행상황을 잘 알고 있을 것이고, 평소 매우 완고하기로 소문난 과장과 함께 숨 죽인 채 아마도 얼음창고에서 일하는 분위기였을 것이다.

퇴근 시간이 훨씬 지난 후에 메시지가 왔다.

"국장님 출장가게 됐어요. 감사합니다."

나는 답신을 보냈다.

"결재 받느라 마음고생 많이 했어요. 이번 행사 차분하게 잘 치르고 오세요."

조직 내에서 온갖 갈등이 생긴다. 가장 큰 요인은 상·하간 소통 부족과 개인의 독특한 개성 때문이다. 특히 행정기관은 더욱 그러한 것 같다. 계급제가 적용되는 관료사회에선 일하는 방식에 있어 더욱 소통이 어렵다. 어떤 일을 함에 있어 실시간으로 정보가 상하 좌우로 잘 흐르도록 시스템과 그 분위기를 만들어 주는 게 리더의 역할이다. 그리고 그 과정에서 유연하게 목표를 수정할 수 있어야 한다. 실무자들이 일을 한참 동안 진척시킨 후에 수정을 가하기는 어렵다. 이미 투입된 수고와 비용이 있기 때문이다.

며칠 전 이 주무관을 카톡에서 만났다. 근무지를 옮긴 모양이다. 인사조치가 된 것이다. 그의 카톡 대문에는 이같이 적혀 있었다. "소나기는 잠시 피하면 된다."

짜증을 내지 않는다.

엊그제 나는 직원에게 화를 냈다. 훈계랍시고 했는데, 나중에 곰곰이 생각해 보니 좀 짜증스럽게 화를 내면서 얘기한 것 같다. 평소 나름대로 열심히 일하는 직원인데 마음이 아플 것 같다. '나 같으면 그렇게 안 할 텐데 왜 그렇게 했느냐'는 식이었다. 나는 아직 더 많은 수양이 필요한 것 같다. '그러한 상황에서는 이렇게 하는 거야'라며 기분 좋게 충고할 수도 있었을 텐데 막상 나 자신은 그렇지 못하다. 좀 더 겸허해져야겠다.

아침 7시, 세면을 하고 나서 아내가 아침 식탁을 준비하는 사이, 나는 잠깐 거실 바닥에 있던 책을 집어 들어 몇 줄 읽었다.

"짜증을 부리거나 화를 낸다고, 또는 부정적인 마음을 표현한다고 해서 네 마음이 풀리거나 하지도 않을 거야. 오히려 짜증을 내거나 화를 낸 후 '내가 왜 그랬을까?' 하는 후회만 들게 되지. 결국 부정적인 마음은 너에게 독이 된단다. 너를 화나게 하는 것들한테 네가 화내는 책임을 물을 수 없단다. 화를 내도 상황은 달라지지 않고, 화가 나는 건 그 상황을 해석하는 사람, 바로 자신의 몫이란다. 네가 생각을 어떻게 하느냐에 따라 화낼 일이 되느냐, 그냥 넘어갈 일이 되느냐가 결정되는 거야." (《아버지도 천재는 아니었다》, 김상운)

모든 직원들을 똑같이 존중한다.

1999년 미국 위클리지에 올해 최고의 책으로 선정된 '인듀어런스 탐험'에서 얻은 리더의 교훈이다. 위슬리는 새클턴에 대해 이렇게 썼다. '상황에 따라 아주 작은 일에도 신경을 썼고, 쓸데없는 것까지 챙기는 것을 보면 때로는 모자란 사람처럼 보이기도 했지만, 나중에야 우리는 그의 끊임없는 주의가 얼마나 중요했는지 이해할 수 있었다.'고.

새클턴이 보였던 모든 계산된 말과 행동 뒤에는 대원들을 위해 최선의 선택을 하겠다는 단 하나의 생각이 있었다. 위기 상황에서 그가 발휘했던 탁월한 리더십의 핵심에는 평범한 사람이라도 상황이 닥치면 영웅적인 행동을 할 수 있다는 확고한 신념이 있었다. 약점과 장점은 늘 공존하는 법. 리더로서 새클턴은 상상도 하지 못했던 힘과 인내를 대원들에게서 이끌어 냈다. 그는 모든 대원들을 똑같이 존중했다.

직원들의 창의적인 환경을 만들어 준다.

원주시 부시장으로 취임해 부서장들과 첫 티타임을 가졌다. 매주 목요일 8시 40분, 열 명의 실·국·소장이 한 자리에 모인다. 처음 한 자리에 모이니 좀 서먹서먹했다. 친구사이가 아니고 상하관계라고 생각해서 일까?

장마얘기로 시작했다. 장마전선이 중부지방에 며칠간 계속 머물고 있다. 오늘 첫 티타임에서는 부서장들과 리더의 역할에 대해 서로 얘기를 나눴다.

요즘 빠르게 진화되어가고 있는 정보화 물결 속에서 젊은 직원들과 점점 거리감을 느끼고 있다. 거리감을 좁히려고 부단히 노력하지만 좀처럼 좁혀지질 않는다.

직원들은 스마트폰으로 일을 한다. 전문 지식의 탐색에서 부터 민원회신, 시정의 홍보, 문서의 편집, 이메일, 일정관리 등 대부분의 업무를 손바닥 안에서 해결한다.

몇 번을 종이에 썼다 지우고, 사전을 뒤척이던 중견 아날로그 세대는 진득하게 마주 앉아서 그들과 얘기하기 쉽지 않다고 한다. 과거의 무용담은 그저 지난 역사에 불과하다.

돌도끼와 방패, 주판, 하나워드, 삐삐도 그 시절 바로 젊은이들이 문화를 주도하고 또 널리 공용화 해 나갔을 것이다. 공직문화도 마찬가지로 젊은 직원들이 서비스의 질과 그 수단들을 미래의 공직문화로서 만들어 낸다.

간부들은 직원들이 창의적으로 일 할 수 있는 여건을 만들어 주는 것이 그 무엇보다 중요하다고 하겠다. 스스로 신바람 나게 일 할 수 있는 분위기를 만들어 주는 것이다. 그들이 반드시 거쳐야 하는 시행착오에 대해 자존심을 상하지 않도록 격려해 주는 것이 참 중요하다고 하겠다.

리더가 앞서 끌고 가는 시대가 아니라 리더는 모범이 되는 것이다. 롤 모델이 되는 것이다. 내 스타일이 아닌 것에 대해 인내하고 존중해야 한다. 과거의 나를 회상하며 그들을 지켜보며 함께하는 것이다.

오늘 첫 아침 간부회의는 리더의 역할을 생각하며 하루를 시작했다. 팀원들이 실력을 최대한 발휘할 수 있도록 도와주는 리더의 초심을 잊지 말아야겠다. 모닝커피가 좀 진했다. 이젠 좀 연하게 마셔야겠다.

내 마음 속 어록

신문, 잡지, 인터넷에서 캡처해 놓았던 것과 내 블로그에 포스팅 했던 것 몇 편을 여기에 옮긴다. 나는 틈틈이 신문 잡지를 읽다가 맘에 드는 내용은 스크랩을 해 놓았다가 한적한 시간에 다시 들춰 내 읽는다.

어떤 자료는 왜 스크랩을 해 났는지 이해가 안 되는 기삿거리도 있다. 가끔 소중한 글귀들을 꺼내 다시 읽을 때마다 내 삶의 좌표가 되어 주곤 한다.

@ 영웅은 항상 길을 떠난다.
여행이 곧 치유의 과정이기 때문이다. 인간의 행복은 어떤 건가.

나와 자연이 촘촘하게 연결되어 있음을 아는 거다. 그걸 통해 자연의 리듬과 같이 사는 거다. 그래서 내가 혼자가 아니라는 것. 자연과 우주와 연결된 생명임을 아는 거다. 거기에는 상처와 고통에 대한 자연 치유력이 흐르고 있다.

(정재서 교수)

인간의 몸은 하나의 작은 우주다. 인간은 자연과 한 몸이다. 인간은 한줌의 흙이요, 물이요, 온기와 바람 그리고 영혼이다. 인간과 자연은 서로 동맥과 실핏줄로 이어져 있다. 맑은 환경 속에 영혼은 맑고, 혼탁한 환경 속에 질병이 있다. 자연의 리듬에 육신은 순응한다. 맑고 흐리고, 춥고 덥고, 거센 바람 비오는 날 인간도 그러하다. 비우고 먼 길 떠나자. 자연과 우주의 리듬에 귀 기울여 보자.

@ 칭기즈칸

집안이 나쁘다고 탓하지 말라.

나는 아홉 살 때 아버지를 잃고 마을에서 쫓겨났다.

가난하다고 말하지 말라.

나는 들쥐를 잡아먹으며 연명했고,

목숨을 건 전쟁이 내 직업이고 내 일이었다.

작은 나라에서 태어났다고 말하지 말라.

그림자 말고는 친구도 없고 병사로만 10만.

백성은 어린애, 노인까지 합쳐 2백만도 되지 않았다.

배운 게 없다고 힘이 없다고 탓하지 말라.

나는 내 이름도 쓸 줄 몰랐으나 남의 말에 귀 기울이면서

현명해지는 법을 배웠다.

너무 막막하다고, 그래서 포기해야겠다고 말하지 말라.

나는 목에 칼을 쓰고도 탈출했고,

뺨에 화살을 맞고 죽었다 살아나기도 했다.

적은 밖에 있는 것이 아니라 내 안에 있었다.

나는 내게 거추장스러운 것은 깡그리 쓸어버렸다.

나를 극복하는 그 순간 나는 칭기즈칸이 되었다.

(칭기즈칸 어록)

─ 나 자신 너무나 작아 보인다. 지난 세월 너무 교만했다. 따스한
온실 안에서 햇살을 원망했다. 집안을 한탄하고, 어릴 적 부모와 배움

터를 탓했다. 칭기즈칸! 나 이제 다시 망망대해를 향해 작은 돛단배에 몸을 맡길 수 있겠다. 끝없는 사막 선인장 가시 밟으며 다시 길을 나설 수 있다. 내 안에 거추장스러운 미혹일랑 쓸어버릴 수 있겠다.

@ 왜 B급인가?

"당신 만나서 지금까지 '오 선생님'(오르가즘)을 한 번도 뵌 적이 없어!" KBS2 드라마 '울랄라 부부'는 지상파에선 만나기 어려웠던 19금(禁) 대사와 액션으로 시청자들을 당황스럽게 만든다.

'울랄라 부부'는 아내(김정은 분)가 '쩍벌녀' 포즈를 취한다든지, 치마가 엉덩이까지 내려가는 것도 모른다든지 하는 '민망하게 웃기는' 상황을 비롯해 야하거나 지저분한 유머와 직설 대사가 난무한다.

그렇다고 정교하게 구성된 것도 아니고 개그콘서트 등 유명 프로그램을 패러디한 장면이 뒤섞인 '잡스러운' 짜임새다. 구성과 복선이 잘 갖춰진 드라마에 익숙한 시청자의 고정관념을 뒤집는다는 점에서, 그리고 저질이면서도 구멍 난 스타킹을 보는 듯한 헛헛한 웃음을 유발한다는 점에서 '울랄라 부부'는 한마디로 'B급 드라마'다.

하긴 'B급 가수' 싸이의 '강남스타일'은 세계적인 히트곡이 되지 않았나. 이 뮤직비디오 인기 배경에 바지를 벗고 화장실 변기에 앉아 노래하는 싸이, 성행위를 연상시키는 노홍철의 엘리베이터 댄스 등 이른바 'B급 유머 성적 코드'가 기여하는 바가 크다는 것은 주지의 사실.

개봉 열흘 만에 70만 명이 넘는 관객을 모으며 순항 중인 영화 '점쟁이들'도 미스터리와 코믹, 스릴러, 호러를 뒤섞어 놓은 '조잡한' 구성이다. 자연스러운 인과관계를 설정해 유도하는 웃음이 아니라 '당황스러운 웃음'을 유발한다는 점에서 B급 영화다. '아메리카노', '죽겠네' 등 '야하고 찌질한(표준어는 '지질한' 이다!)' 노래로 인기를 모은 2인조 밴드 '십센치(10cm)'는 또 어떤가.

기존 가수들이 시도하지 못했던 야한 대사를 직설적으로 넣은 음악을 선보였다. '어제는 내가 정말 미안해 오늘은 내가 더 잘해 볼게.'로 시작되는 '고추잠자리'는 남녀 간 잠자리에 대한 대화임을 짐작하게 하며, '너의 꽃'이란 노래에서는 '같이 누워서 너에게만 물을 줄게. 조용히 지나다니던 내 손길에 간지러워 온몸을 떨고 있었지.'라며 성애 장면을 직접적으로 노래한다.

심지어 노래 '오늘밤에'에 나오는 공간은 칙칙한 '만실여관방'이다. 이들의 노랫말에서 품위를 찾기는 어렵다. 그러나 십센치의 2집곡 대부분은 주류 아이돌 가수가 새 앨범을 발표하자마자 뜨는 모양새 그대로, 곧바로 음원차트 상위권에 랭크됐다.

대중문화 주류로 떠오른 이런 'B급'들을 보고 있노라면 누가 21세기를 세련과 첨단의 시대라고 했는지 고개가 갸우뚱해진다.

왜, 지금 B급일까?

1등만 기억하는 세상, 정답만 요구하는 세상, 그래서 위선과 위악이 판치는 세상, B급이면 어때, 나도 이 세상에서 살 만한 가치가 있는 거라고! 이런 자연스러운 날것의 정서를 향한 갈망이 어느덧 문화 주류로 떠오른 B급 문화를 흐르는 바탕이 아닐까.

(대중문화 인사이드)

– 나 자신 역시 너무 똑똑한 체 하며 살아온 것 같다. 좀 허튼 소리 지껄이는 친구들은 내 격에 맞지 않았다. 내가 이미 알고 있는 걸 그 녀석이 말할 땐 꼴이 가소로웠다. 그 녀석 등에 앉아 채찍을 휘두르고 싶었다. 그런데 언제부턴가 진정 그들이 내 가까이 존재하고 있었다. 오히려 그들이 세상을 더 너그럽게 포용하고 있었다. 내가 그리 친해보고 싶었던 녀석들은 저만치서 나를 경계하고 있었다.

@ 앨버트로스
자주 뱃사람들은 재미삼아
앨버트로스, 그 거대한 바닷새를 잡는다
거칠고 깊은 바다를 가로질러
무심한 보호자인 양 동행해 주던 새를.
뱃사람들이 갑판 위에 내려놓자마자
이 하늘의 군주, 어색하고 창피하여

커다란 흰 날개를 늘어진 노처럼

애처롭게 질질 끌고 다닌다.

이 날개 달린 나그네는 얼마나 꼴사납고 나약한가!

조금 전까지만 해도 그렇게 기민했는데

지금은 얼마나 약하고 어색하고, 심지어 우스꽝스러운가!

어떤 선원은 담뱃대로 부리를 두드리고,

어떤 선원은 절뚝절뚝, 한때 하늘을 날던 불구자의 흉내를 낸다!

시인도 이 구름의 지배자 같아

총알이 이르지 못하는 곳에서 폭풍을 타고 놀지만

지상에 유배되면 야유와 조롱 속에서

거대한 날개 때문에 걷지도 못한다.

(샤를 보들레르, 프랑스 시인)

흰색 몸통에 분홍빛의 커다란 부리를 지닌 '앨버트로스'는 날개를 펼치면 약 2m나 되고 날개깃은 검정색을 띤 아름답고 고상한 새라고 한다. 위 시는 보헤미안의 삶을 '앨버트로스'라는 새에 비유하여 그들이 대중으로부터 핍박받고, 이해받지 못하는 걸 표현했다. 보헤미안은 실리주의와 사회적 관습에 구애받지 않고 자유분방한 생활을 하는 예술가나 문학가, 지식인들을 가리키는 말이다.

돈이면 모든 것이 다 해결될 수 있다는 자본주의 풍토에서 도덕적이고 아름다운 것들은 무시해버리는 교양 없는 속물근성이 판치는 세상에 '앨버트로스' 새는 더욱 고귀하고 사랑스럽다. 나도 보헤미안 같은 삶을 동경한다. 오랫동안 더덕더덕 달라붙은 세속적인 것일랑 툭 털어 버리고 넉살좋게 세상을 향해 쿨하고 거침없이 날고 싶다.

@ 아름다운 마무리

아름다운 마무리는 삶에 대해 감사하게 여긴다. 내가 걸어온 길 말고는 나에게 다른 길이 없었음을 깨닫고 그 길이 나를 성장시켜 주었음을 믿는다. 자신에게 일어난 일들과 모든 과정의 의미를 이해하고 나에게 성장의 기회를 준 삶에 대해, 이 존재계에 대해 감사하는 것이 아름다운 마무리다. (중략) 머지않아 늦가을 서릿바람에 저토록 무성한 나뭇잎들도 무너져 내릴 것이다. 그 빈 가지에 때가 오면 또 다시 새잎이 돋아날 것이다. 아름다운 마무리는 낡은 생각, 낡은 습관을 미련 없이 떨쳐 버리고 새로운 존재로 거듭나는 것이다. 그러므로 아름다운 마무리는 끝이 아니라 새로운 시작이다.

(법정 스님)

나는 공직의 품 안에서 평안한 삶을 지냈다. 그동안 학벌사회와 박봉으로 억울하고 불편하다고 생각한 것이 사치스럽다. 사실 그것이 나에게 깨달음을 주었고 또 아픔보다 몇 배 나를 성숙케 했다. 나이 들어 이제 곧 공직 울타리를 벗어난다. 그리고 그건 새로운 존재로 거듭나는 것이다. 새 봄이 오는 것이다. 새 순 돋고 봄비 내리면 숲 우거지고 벌 나비가 찾아 올 것이다. "아름다운 마무리는 끝이 아니라 새로운 시작이다."라는 글귀가 가슴 속 깊이 들어온다.

@ 옛날의 그 집   _ 박경리

빗자루병에 걸린 대추나무 수십 그루가
어느 날 일시에 죽어 자빠진 그 집
십오 년을 살았다.

빈 창고같이 횡덩그레한 큰 집에
밤이 오면 소쩍새와 쑥국새가 울었고
연못의 맹꽁이는 목이 터져라 소리 지르던
이른 봄
그 집에서 나는 혼자 살았다.

다행이 뜰은 넓어서
배추 심고 고추 심고 상추 심고 파 심고
고양이들과 함께
정붙이고 살았다.

달빛이 스며드는 차가운 밤에는
이 세상 끝의 끝으로 온 것 같이
무섭기도 했지만
책상 하나 원고지, 펜 하나가
나를 지탱해 주었고
사마천을 생각하며 살았다.

그 세월, 옛날의 그 집
나를 지켜 주는 것은
오로지 적막뿐이었다
그랬지 그랬었지
대문 밖에서는
늘
짐승들이 으르렁 거렸다.
늑대도 있었고 여우도 있었고
까치독사 하이에나도 있었지
모진세월 가고
아아 편안하다 늙어서 이리 편안한 것을
버리고 갈 것만 남아서 참 홀가분하다.

시 '옛날의 그 집'은 읽을 때마다 새롭게 다가온다. 박경리 작가의 절대 고독과 지독한 집념의 극치를 보여주는 것 같다. 늘 자연과 생명을 고귀하게 여기시며 사신 분이다. 난 유고시집 〈버리고 갈 것만 남아서 참 홀가분하다〉를 책꽂이 잘 보이는 곳에 꽂아두고 습관처럼 꺼내든다. 박경리 작가의 대하소설 〈토지〉는 26년에 걸친 기나 긴 집필기간이 걸렸다고 한다. 한국문단에서 빼어난 작품으로 주목받고 있지만 난 아직 완독을 하지 못했다. 앞으로 꼭 완독하려고 한다.

선생님은 소설뿐만 아니라 시를 쓰고, 그림을 그리고 목공예를 즐기시고 일 삼아 바느질을 하셨다고 한다. 박경리 문학공원에는 이 작품들이 애잔한 스토리와 함께 전시되어 있다.

작가의 따님이신 김영주 토지문화관 이사장이 쓰신 서문을 인용하면서 감히 선생님의 뜻을 기리고자 한다.

"언제나 당신에게 가장 엄격하셨으며 또 가장 자유인이기를 소망하셨던 어머니의 모습이 여기 마지막 노래로 남았습니다. 불꽃같은 정열로, 분노로, 사랑으로 생애를 사셨고 한 땀 한 땀 바느질하시듯, 수놓으시듯 정성으로 글을 쓰셨습니다. 글쓰기를 통하여 삶을 완성하시고 죽음을 완성하셨으니 평안하소서!"

자전거 여행

왕초보, 원미산 벙개에 참가하다

따스한 봄 날. 우리 가족은 한강 고수부지에 나갔다. 여의도 마포대교 아래서 자전거를 빌려 성산대교까지 달렸다. 잠시 나룻터에 쉬고 있는데 어떤 젊은이가 흙투성이 자전거를 타고 와 옆 자리에 앉았다.

자전거 바퀴에 진흙이 잔뜩 묻어 제대로 굴러 갈 수도 없을 지경이었다. 이런 모습은 처음 이라서 신기하고 터프하고 멋져 보였다.

"어디서 탔는데 이렇게 됐어요?"

"우미산에서요."

"산에서요? 산에서도 자전거를 탈 수 있어요?"

"그럼요. 아주 재밌어요. 아저씨도 한 번 타 보세요."

"어떻게 배우는 거예요?"

"카페에서 정보를 얻으시면 돼요."라는 말만 남기고 사라졌다. 쏜 살같이 계단을 타고 내려가 터널로 빠지는 뒷모습에서 눈을 뗄 수 없었 다.

'앗! 멋지다. 나도 해야지.'

난 알 수 없는 큰 힘에 이끌리듯 순식간에 필이 딱 꽂혔다.

그날 밤 인터넷 동호회 활동 모습을 살펴보고 다음 날 자전거를 샀 다. 아내 것도 같이 샀다. 자전거, 헬멧, 장갑, 무릎과 팔 뒤꿈치 보호 대 그리고 배낭이었다. 비록 비싼 장비는 아니지만 거금이 들어갔다.

지름신이 강림했나 보다.

자전거 동호인 카페에 들어가 보니 이틀 후 일요일 아침 7시에 부천 원미산 등산로 입구에서 모이자는 벙개공지가 떠 있었다. 나는 아내와 같이 당당하게 장비를 갖추고 산자락에 도착했다. 근데 우리만 무릎 팔 보호대를 착용하고 있었다.

시간이 되자 모두 모여 간단한 인사를 나누었다. 이날 벙개를 주관 하는 사람, 이른바 번짱은 '어금니'라는 닉네임을 가진 미남 청년이 었다. 참석회원 열네 명은 동그랗게 원을 그린 채 번짱의 구령에 맞춰 간단한 체조를 했다. 그리고 나서 차례대로 돌아가며 자신의 닉네임을 대며 반갑다는 인사를 했다.

"번짱, 어금니입니다. 오늘 많이 참석해 주셔서 감사합니다. 즐거 운 하루 되세요."

그 밖에도 삼각지, 네발로, 왕초, 멜론. 저승사자란 닉네임을 대며 인사를 나눴다. 우린 아직 닉네임이 없어서 이름 석 자를 댔다. 그리고 "첫나들이를 했으니 잘 부탁한다." 고 꾸벅 인사를 했다.

이어 경사진 등산로 속으로 하나 둘씩 사라져 갔다. 나는 아내와 함께 맨 뒤에서 출발하기로 했다. 출발 대기를 하고 있는데 번짱이 우리에게 다가왔다.

"오늘 처음 오셨어요?"

"기어를 그렇게 놓고 타시면 안돼요. 앞 뒤 모두 저단으로 해야 올라갈 수 있어요."라며 자전거 기어를 조정해 주었다.

그리고는 "저를 따라 와 보세요." 라며 산비탈을 올랐다. 우리는 불과 10m도 오르지 못하고 자전거에서 내렸고, 서둘러 다시 시도하다가는 뒤로 벌렁 넘어졌다. 도저히 비탈길을 올라갈 수가 없었다. 번짱 어금니에게 미안하고 창피했다.

번짱은 우리에게 몇 가지 기본기를 알려 주었다.

"오를 때는 가슴을 핸들 가까이 낮추고, 엉덩이를 안장 앞쪽으로 이동시켜 무게 균형을 앞으로 이동시키세요. 내려 올 때는 그 반대로 하시구요."

이곳에서 연습을 좀 하고 있으면 다시 돌아올 거라고 하면서 떠나 버렸다. 아내와 나는 이 곳 등산로 입구에서 오르락내리락을 계속했다.

아내는 비탈길을 내려오다 앞 브레이크를 갑자기 잡는 바람에 자전거와 함께 360도를 돌았는데 다행히 다친 곳은 없었다. 세 시간 정도 지나자 회원들이 개선장군처럼 돌아왔다.

와우! 부러웠다. 저 산꼭대기를 갔다 왔다고 했다. 그리고 우리에게 한마디 했다.

"다음엔 초보자들 벙개에 참석하시는 게 좋을 거예요. 여긴 중급자들의 모임이거든요."

첫날부터 자존심 팍 상했다.

어떤 젊은이의 휴전선 자전거 횡단

지난 주 내게 쪽지 메일이 왔다.

"서울에 있는 예술창작센터 작가인데요. 친구들이랑 DMZ자전거 횡단을 하려고 했는데요, 시간 되시면 아저씨 경험을 좀 얘기 해 주세요. 제 전번은 010-9309-14xx에요."라는 글이었다.

나는 전화를 걸었다.

"쪽지 잘 받았어요. 혹시 도움이 될지 모르겠는데 제가 아는 대로 얘기 해 드리려고요. 그런데 먼저 계획을 좀 듣고 싶어요. 언제 가시나요?"

"담주 9월 21일부터 30일까지 10일간 가려고요."

"자전거여행 목적이 뭐죠?"

"남북분단 DMZ에 대한 창작 아이디어를 얻는 거예요. 이동하면서 다큐제작도 하려고요."

"몇 명이 가나요?"

"네 명이요. 남자 둘, 여자 둘이요."

"실례되지만 나이를 좀 물어 봐도 될까요?"

"20대 2명, 30대 2명이에요."

"네에, 숙박은 어떻게 해결 할 계획이죠?"

"뭐, 돈이 좀 없어서 잠은 마을회관이나 민박 같은 걸 하고, 식사는 사 먹을 예정이에요."

"자전거는 자주 타시나요?"

"아뇨, 배운지 얼마 안 되었어요. 한강에 나가 빌려서 몇 번 타 본 적이 있어요. 다른 친구들은 그 전에 배웠고요."

"아하, 그렇군요. 자전거는 어떤 거예요?"

"렌탈 하려고요."

"아직 자전거가 없군요?"

"네."

"자전거 여행할 때 소지품은 어떤 게 있어요?"

"영상 카메라와 멜로디언, 앰프, 마이크를 가져갈 거예요."

"DMZ를 횡단하면서 특별한 계획은 있나요?"

"도중에 거리공연도 해보려고요."

"첫 날 서울에서 고성까지는 어떻게 이동하실 계획이죠?"

"기차로 가려고요."

"강원도 고성은 기차가 없어요."

"그럼 속초까지 기차로 가서 고성까지 자전거로 가면 되겠네요."

"서울서 속초 가는 기차도 없어요."

"네~. 그럼 어떡하죠?"

"그럼 제 경험을 조금 얘기 할 테니 참고해 보세요. 첫 날 서울에서 고성까지 가는 방법은 서울 고속버스터미널에 가서 직행버스 짐칸에 자전거 네 대를 실으면 돼요. DMZ구간에는 마을이 그리 흔치 않아요. 마을 회관이나 민박을 찾기가 쉽지 않을 거예요. 고성을 출발해 인제읍, 양구읍, 화천읍, 철원읍, 파주시, 연천시내에는 숙박 장소가 좀 있지만 그 외의 지역은 해 떨어지기 전에 미리 잘 곳을 찾아야 해요. 특히 인제~양구~화천 구간은 이동 중에 식당을 찾기 어려우니 건빵과 라면 같은 간식거리를 꼭 준비하는 게 좋아요. 그리고 평화의 댐에서 화천 구간은 군부대에서 출입을 통제하니 사전에 알아 봐야 할 거에요. 자전거 고장에 대비해서 펑크 때우는 방법 같은 걸 미리 익혀 두세요. 간단하니까요. 헬멧과 장갑은 꼭 착용하구요, 고글도 있으면 더욱 좋겠지요. 스카프와 비상약품도 가져가고요. 처음 자전거를 탄다니까 하는 말인데요, 가급적 패드 두꺼운 바지를 꼭 입으세요. 그렇지 않으면 2~3일 지나 엉덩이 아파서 더 이상 못 탈 거예요. 안장 커버를 덮어도 마찬가지일 겁니다. 그리고 휴전선 전방은 벌써 아침, 저녁 기온 차가 심해요. 옷가지를 잘 챙기시고요 그럼 좋은 추억 많이 남기세요."

"네, 아저씨 감사합니다."

그리고 나서 나흘이 지났다. 준비는 잘 하고 있는지 궁금했다. 다시 전화를 걸었다. 혹시 계획을 포기하지 않았을까 걱정도 되었다.

"권** 씨, DMZ자전거 여행, 어떻게 잘 준비 되나요? 이제 며칠 안 남았네요."

"네, 그런데 자전거를 아직 못 빌렸어요."

"렌탈회사에 물어 보니까 150만원 달래요. 자전거 네 대, 헬멧 네 개, 캐리어 한 개 포함해서요. 그런데 돈이 부족해요. 친구들 적금을 모두 깼는데도 모자라요. 그래서 아직 빌리지 못했어요. 어떻게 좋은 방법이 없을까요?"

내가 생각해 봐도 난감했다. 자전거여행을 너무 쉽게 생각하고 있었다. 그래도 그들이 참 대견해 보였다. 젊음이 있고 도전 정신이 좋았다. 부딪히며 깨지며 배우는 게 젊음이니까. 나는 이들에게 도움을 줄 수 없을까 고민 끝에 화천군청에 전화를 했다.

화천군은 몇 년 전에 모 후원기관으로부터 자전거 백 대를 기증 받아 화천을 찾는 관광객들에게 무료로 빌려 주고 있었는데 이 중에서 네 대를 이들에게 빌려줄 수 있는지를 물었다. 화천군은 이번 자전거여행 기록이 훗날 소중한 추억으로 남아 화천군 이미지에도 좋은 영향을 줄 수 있다고 판단하여 무료로 빌려주기로 했다. 다만 화천에서 서울까지의 자전거 탁송료는 젊은이들이 부담하기로 했다. 그리고 평화의 댐 초소 출입문제도 화천군에서 사전에 군부대와 협의해 주기로 했다.

이 젊은이는 내게 고맙다는 말을 연실했지만 나는 남의 일 같지 않았다. 이들의 DMZ 자전거 횡단은 계획대로 잘 될 수 있을까?

다음 주 월요일부터 10일간의 그들 모험이 나도 가슴 조이며 기다려졌다.

근데 예정 이틀 전인 토요일 밤 8시에 전화가 왔다. 오늘 서울서 출발해 고성 대진 시외버스터미널까지 버스에 자전거를 싣고 왔다는 것이다. 그리고 최북단 명파 해변 찍고 진부령 아래 소똥리에서 첫 날밤을 민박하려 한다는 것이었다.

'그렇지! 일단 출발했구나.' 하는 생각에 대견스러웠다. 그리고는 앞으로의 구체적인 노선을 물었다. 그는 지도책을 펴 보며 전화를 하고 있었다.

내일은 진부령을 넘어 인제군 용대리에서 점심을 먹고 서화리 쯤 가서 숙박할 계획이라고 했다. 그 다음은 잘 모르겠다는 것이었다. 그래서 난 그 다음은 양구 해안면을 지나 양구읍으로 향하라고 했다. 물과 간식을 꼭 챙겨 이동하고, 해 떨어지기 전에 숙박장소를 정하라고 했다.

난 지난 해 아내와 DMZ 자전거여행을 했다. 그 때의 고된 추억이 새록새록 떠올랐다.

다음 날 오후에 전화를 했다. 한참 벨이 울리고 나서야 전화를 받았다.

"권**씨, 안녕하세요. 자전거 잘 타고 있어요?"

"네, 아저씨 안녕하세요. 여기 양구에요."

"양구요? 와우! 난 걱정돼서 전화했어요. 어떻게 잘 가고 있나 해서요."

"네, 어제 양구에서 잤어요. 여관에서요. 그리고 지금 평화의 댐 쪽으로 가고 있어요."

"아 그렇군요. 인제 원통, 서화리, 해안면을 통과했군요. 많이 힘들었을 텐데요."

"예, 저희들 힘들어 죽는 줄 알았어요."

"근데 양구에서 평화의 댐 방향도 만만치 않을 거예요. 오히려 더 힘든 구간일 거예요."

"오늘 밤부터 비가 온다는데 그러면 자전거타기 어려울 거예요. 비오면 민가에서 쉬는 게 좋을 거예요. 피로도 풀겸.”

“공연을 해야겠는데 할 곳이 마땅치 않아요. 어떡하면 좋죠?”

“그럼, 내일 쯤 화천에 도착하게 될 텐데 산천어 축제장 옆에 작은 공연장이 있는데 거기가 괜찮을 거예요. 내가 저번에 소개해 준 화천군청에 아시는 분 있잖아요. 그 분하고 얘기 한 번 해 보세요.”

“아저씨, 고맙습니다. 내일 전화 다시 드릴게요.”

“네.”

‘에구 에구, 고생도 많고 재미도 많겠구나.’ 하는 생각이 들어 혼자 피식 웃음이 나왔다. 이틀이 지나자 메일이 왔다. 사진 몇 장도 함께 왔다. 그 동안은 항상 내가 먼저 전화를 걸었는데 이번엔 소식을 먼저 받으니 참 기분이 좋았다.

사진은 화천 버스터미널에서 공연하는 장면과 식당에서 거나하게 한 잔하는 모습이었다. 공연하는데 구경꾼 중 두 명이 격려금까지 주더라는 얘기, 그리고 이번에 도움 주셨던 화천군청 공무원이 저녁까지 맛나게 사 주셨다는 얘기가 적혀 있었다. 나름 그들이 하고자 하는 일들이 순조롭게 진행되는 걸 보니 마음이 놓였다.

나는 전화를 다시 걸어 이후 일정에 대해 조언을 건넸다. 이제 그들은 자신감이 있어 보였고 내 말귀를 잘 알아듣는 것 같았다. 그리고 나서 나흘이 지나자 전화가 왔다. 밤 열시, 강화도까지 완주하고 드디어 서울에 도착했다는 것이다. 나는 너무 기뻤다. 그들이 아무 탈 없이 비무장 지대를 완주하고, 거기서 공연도 하고, 많은 고통을 인내하고 집으로 돌아 온 것이다.

그들에게 고생했다. 참 대단하다. 많은 경험을 했겠구나. 이 다음에 원주 지나는 길에 들러 재밌는 얘기 좀 해달라고 했다.

한 달쯤 지나 권** 씨로부터 전화가 왔다.

"오는 12월 15일 일요일 발표회가 있어요. 혹시 시간 되시면 참석해 주시면 고맙겠습니다."

"네에. 무슨 발표회인데요?"

"지난번 비무장지대 자전거 횡단한 거 다큐멘터리 상영을 해요."

"알겠어요. 시간을 한 번 내볼게요. 행사일정 정리되면 간단하게 나한테 쪽지 보내 주세요."

나는 다른 일정을 뒤로 미루고 아내와 발표회에 가기로 했다. 행사 장소인 홍은예술창작센터를 찾아가는데 일요일 오후라서 교통이 좀 밀리는 바람에 우리는 저녁 5시. 막 시작 직전에 도착했다. 행사장인 창작센터 2층에는 많은 관람객이 와 있었다. 우린 맨 뒷좌석에 조용히 앉았다. 관람석에 들어가려면 가로막힌 DMZ철책을 뚫고 들어갈 수 있도록 설계되어 있었다. 거친 철책위엔 그들의 이동경로가 그려진 대형 지도가 붙어 있었고, 형광조끼와 자전거 열쇠도 전시되어 있었다. 곧 이어 무대에서 오프닝멘트가 시작되었다. 그런데 한참 듣다 보니 바로 그 여성이 권** 씨였다. 마음씨 착하고, 예리하고, 스물다섯 살 정도 돼 보이는 멋진 여성이었다. 멘트 내용중에는 "이번 여행하는데 있어 원주에 사는 최씨 아저씨의 도움을 많이 받았다." 는 얘기도 포함되어 있었다. 멘트가 끝나고 아내와 나는 무대 뒤에서 그 여성과 만나 반갑게 인사를 나눴다.

그리고 한 시간 동안 다큐멘터리를 함께 봤다. 제목은 '잊지 않을 행진' 이었다. 그들은 공연 안내장에 다음과 같은 글을 적었다.

"대한민국 최북단 DMZ를 따라 동쪽에서 서쪽으로 자전거 횡단을 하며 거리 공연을 펼치는 3인의 예술가들. 그들의 10일간의 여정을 영상으로 다큐멘터링 한 것이다. 강원도 고성 최북단 명파해변에서 강화도 남서쪽 작은 해변에 도착하기까지……. 긴 여정 가운데 많은 사람들과 만나며 공연을 통해 조금 더 그들과 소통하길 원했다. 그리고 순수의 대자연 안에서 나 자신을 만나는 소중한 시간도 경험했다. 그들은 잊지 않을

DMZ 다큐멘터리 상영을 마치고 홍은예술창작센터 앞에서 한 컷.

행진을 통해 또 어떤 잊을 수 없는 중요한 무언가를 선물 받게 되었을까?" 라고 써 있었다.

상영이 끝나고 이어 권** 씨가 현대무용을 10분간 공연했다. 나중에 알고 보니 이 분은 우리나라에서 내로라하는 현대 무용수였다.

그들이 참 자랑스러웠다. 이번 비무장지대 자전거횡단은 그들에게 있어 삶의 큰 자산이 되었음에 틀림없다. 부딪히고 깨지고, 반성하고, 다시 일어서는 도전정신을 진하게 경험했을 것이다. "이 다음에 원주에 꼭 한 번 놀러 오겠다." 고 했다. 아내와 난 기분이 참 좋았다. 상쾌하고 개운했다.

해남 땅끝마을까지

추니는 아파트 베란다에 신문을 넓게 펴놓고 땅바닥에 철푸덕 주저앉아 체인에 붙은 기름때를 진득하게 닦고 있었다. 칫솔로 먼지 찌꺼기를 떼어낸 후 헝겊으로 체인을 감싼 채 페달을 돌렸다. 그리곤 체인 마디마디에 윤활유를 떨어뜨렸다. 이 방 저 방 들락거리며 가져갈 짐들을 갖다 놓았다가는 다시 집어 들고 가기를 반복했다. 배낭무게를 가볍게 해야 하는데 가져갈 짐이 점점 많아지고 있었다. 배낭, 헬멧, 고글, 장갑, 매트, 전조등, 후미등, 카메라, 세면도구, 휴대폰, 충전기, 예비튜브, 펌프, 수리도구, 우비, 겉옷, 속옷, 선크림, 지도, 상비약, 물통, 슬리퍼……

"옷을 그렇게 많이 가져가려고?"

추닌 아무 대답 않고 옷가지를 이리 접었다 저리 접었다 하고 있었다.

"한 벌만 여벌로 가져가지 그래?"

묵묵부답, 아마도 서 너 벌은 가지고 갈 모양이다.

"배낭이 무거우면 어깨 아프고 허리 아파 오래 못 타요, 알아서 해요."

들은 척 만 척이다. 더 이상 참견 말고 가만 둬야겠다. 준비하고 있는데 잔소리하면 챙겨야 할 것을 놓칠지도 모른다. 또 여행 의욕이 식을지도 모른다. 떠나기 바로 전 날 추니와 같이 앉아 일일이 총 정리해야겠다. 여행은 준비하느라 더 바쁘고 설렌다.

나도 펑크를 대비해서 예비튜브와 패치를 챙겼다. 요즘 나오는 타이어는 워낙 품질이 좋아 좀처럼 펑크는 없지만 도로변에 쇳조각들이 많을 텐데 걱정이다. 어제 손바닥 반만한 반사경을 사서 고무줄을 연결시켰다. 내 창작품이다. 왼팔 시계 옆에 차고 백미러로 사용할 거다. 뒤 따라 오는 추니를 살피는 데 용이하다. 라이딩 하다가 왼손을 들어 올리면 추니의 모습이 보인다. 머리를 돌려 뒤돌아보다가 몸의 균형을 잃어 여러 번 위험했던 적이 있다.

일기예보에 의하면 태풍이 점점 다가오고 있다고 한다. 요즘은 기상예보가 딱딱 맞는다. '무이파', 중형급 태풍이란다. 강력한 태풍 '무이파'는 오늘 오후 중부지방이 그 중심이라고 한다. 하필이면 왜 오늘이야. 태풍이 와도 우리는 출발해야 한다. 휴가일정을 더 늘릴 수는 없으니까.

첫째 날
2011년 8월 8일 새벽 5시

밖은 벌써 날이 훤히 밝았다. 아직 비는 내리지 않고 바람에 큰 나뭇가지만 출렁이고 있었다. 호사다마(好事多魔)라 했던가. 좋은 일이 있기 전에 반드시 어려움이 닥친다는데 그 어려움이 태풍인가 보다. 이번 자전거여행 즐겁고 안전하게 갈 수 있을까? 과연 체력이 받쳐 줄까?

춘천에서 해남 땅끝 마을까지 500km 5박 6일간 일정이다. 몇 년 전 우연히 산악자전거에 필이 꽂혀 동호회에 가입하고 서울~춘천을 몇 번 오간 적이 있지만, 막상 장거리를 떠나려니 은근히 걱정이 된다.

현관문을 나서며 아들 녀석을 깨웠다.

"아빠, 엄마 갔다 올게."

"우리 아들 자니?"

아무런 기척이 없었다. 늦게 잠들었나 보다. 아빠 엄마가 나란히 떠나는 모습, 사진이라도 한 컷 찍어 주길 바랐건만…….

출발하자마자 곧 비가 내리기 시작했다. 얇은 행사용 우비를 꺼내 입었다. 배낭도 방수용 덮개로 단단히 감쌌다. 빗물이 눈으로 들이치지 않도록 헬멧 속에 챙 달린 모자도 썼다. 춘천 의암호와 강촌을 지나면서 비바람은 점차 거세지기 시작했다. 모자를 썼지만 빗물이 눈으로 스며들었다. 빗방울이 땅으로 떨어지지 않고 수평으로 날아왔다. 빗물이 눈으로 자꾸 들이쳐 실눈을 가늘게 뜨고 달렸다. 세찬 비바람에 뺨이 따끔거렸다. 챙이 좀 더 긴 모자를 쓰고 헬멧을 썼더라면 좋았을 걸 그랬다.

강촌을 지나 가평, 청평, 대성리를 지났다. 비는 잦아들고 바람은 거세졌다. 빗길 속도는 20km 이내로 하고 내리막길은 더 천천히 달렸다. 속도가 빠를수록 노면과 마찰력이 감소하여 미끄러지기 쉽다. 다행히 타이어가 산악과 로드 겸용이라서 폭이 넓어 안정감은 있었다.

대낮이지만 어두컴컴했다. 우린 뒤에서 오는 차들이 쉽게 알아볼 수 있도록 자전거에 부착된 깜빡이를 모두 점등했다. 헬멧, 배낭, 페달에서 제각각 반짝이는 불빛은 마치 이동 단란주점 같았다. 1m 정도 되는 교통 신호 봉은 참 좋았다. 며칠 전 마트에 가서 4천원에 산 건데 가격도 저렴하고 성능이 괜찮았다. 마치 교통경찰관이 교통통제해 주는 느낌이다.

신작로 갓길 흰색 선을 밟고 달렸다. 어떤 운전자는 창문을 열고 애들과 함께 손을 흔들며 파이팅을 해 주었고, 어떤 차량은 달리는 자전거 옆에 바싹 붙어 위협을 주기도 했다. 우리도 손을 흔들어 주었다.

추니는 항상 5m 정도 뒤떨어져 따라 왔다. 더 가까이 붙으면 내가 앞에서 급정거 할 때 추돌할 수 있다. 그 전에 추돌한 경우도 몇 번 있었는데 그때마다 나는 뒤지게 혼났다. 실은 나도 어쩔 수 없었다.

내가 주로 앞에서 달리는 편이다. 추닌 뒤 따라가는 편이 더 낫다고 한다. 나는 노면이 움푹 파였거나, 돌멩이 같은 장애물이 있을 때 벨을  두 번 울려 주었다. '따릉 따릉'. 또 중앙선 쪽으로 방향을 바꾸고자 할 때는 왼손을 흔들며 접근해 들어갔다.

서울이 가까워지면서 태풍은 더욱 거세지고, 왼편 강 건너 미사리를 향해 팔당대교 IC를 굽이 돌아 올랐다. 강바람에 핸들과 몸이 따로 흔들렸다.

팔당대교 한 가운데를 지나고 있는데 갑자기 뒤에서 '악' 소리가 들렸다. 깜짝 놀라 돌아보니 추니가 팔당대교 위에 넘어져 있었다. 두 팔로 난간을 붙든 채 주저앉은 모습이었다. 자전거는 차도 쪽으로 튕겨나와 있었다. 난 자전거를 팽개치고 급히 달려가 일으켰다. 옷과 장갑이 흙투성이가 되었다. 강풍에 균형을 잃고 넘어져 다리 난간을 붙들고 있는 것이었다. 하마터면 한강으로 떨어질 뻔한 아찔한 순간이었다.

"어디 아픈데 없어? 어디 괜찮아? 팔 이렇게 흔들어 봐. 무릎은?"

추닌 아무 말 없이 고개만 끄떡였다. 순간 무척 놀랐을 것이다. 다리에서 떨어져 죽는 줄 알았을 것이다. 다행이 크게 다친 데는 없어 안도의 한숨이 나왔다. 이제 여행의 시작인데, 아직 갈 길이 먼데 이런 일이 더 이상 없어야 할 텐데 걱정이다.

자전거를 끌고 팔당대교를 건넜다. 우린 다시 힘을 내 미사리 제방 길을 따라 광나루를 향해 달렸다. 세찬 비바람에 부러진 나뭇가지들이 나뒹구는 것을 보니 강한 태풍 지나간 흔적이 뚜렷했다. 우린 도로에 가로지른 부러진 나뭇가지에 걸려 연실 멈춰 섰다. 오늘은 자전거를 타고 오가는 사람은 거의 볼 수가 없었다. 태풍 부는데 누가 자전거를 탈까? 가만히 생각해 보니 우리가 너무 심했나 보다. 하루만 늦게 출발해도 괜찮을 텐데 휴가 일정 맞추느라 강행을 했다. 그래도 그렇지 위험한 상황을 뻔히 알면서 미련하게 출발한 게 아닌가? 그렇다. 그러나 후회는 하지 않는다. 어찌됐던 우리가 알고 시작한 일이니까.

시커먼 구름 뭉텅이 사이로 간간이 뿌연 하늘이 보였다. 해는 저물어 가고 긴 태풍 장막을 빠져나오는 기분이 들었다. 저만치 천호대교 아래 24시 편의점이 눈에 띄었다. 참 반가웠다. 평소에 편의점을 보는 느낌과는 달랐다. 저 편의점이 얼마나 내게 소중한지 몰랐다. 우린 거기서 쉬려고 자전거에서 내렸다. '어구구' 소리가 저절로 나왔다.

자전거를 나무에 기대 세우고, 헬멧을 벗고 흥건한 두건과 장갑을

쥐어 짰다. 라면에 뜨거운 물을 넉넉히 붓고 나서 잠시 한숨을 돌렸다. 우연히 추니와 서로 눈이 마주쳤다.

지금 우리 뭐하고 노는 거야? 파란 입술, 헬멧에 눌려 뒤엉킨 머리 카락, 비에 젖은 흙투성이 옷. 마치 물에 빠진 생쥐들 같았다. 그래도 눈빛은 살아 있었다. 라면을 양손에 들고 단숨에 후루룩 마셨다. 이마 가 뜨끔거리고 콧구멍이 절로 넓어졌다. 혓바닥을 입천장에 대고 비벼 보니 살갗이 흐물흐물해 진 게 느껴지는걸 보니 입천장을 덴 모양이 다. 엄지손가락을 집어넣어 입천장 살갗을 벗겨냈다. 온 몸이 사르르 녹아내리고 어깨가 축 쳐졌다.

오늘 밤은 독립문 근처 딸네 집에서 잘 예정인데 날은 어두워지고 비는 계속 내리고 왼쪽 무릎은 시큰거렸다. 추니도 무척 힘들어해 하 는 모습이었다. 우린 모두 지쳐 있었다. 태풍 속을 빠져나오느라 기진 맥진 한 상태였다. 춘천에서 이곳까지 100km 정도 달렸다. 다시 빗방 울이 거세지고 밤중에 서울 시내를 자전거로 통과하는 건 무리였다.

그래서 광나루역에서 독립문역까지 지하철을 타고 딸네 집으로 가기 로 했다. 그런데 여지없이 지하철 출입을 거절당했다. 자전거는 일요 일, 공휴일에만 지하철을 탈 수 있다는 것이다. 역무원에게 읍소했다.

"이 자전거를 택시에 실을 수도 없고, 바깥엔 저렇게 비도 많이 내 리고요, 무릎이 아파 도저히 타고 갈 수 없는데 어떡하냐고요, 좀 봐 주세요."

역무원이 한참 우리를 노려보더니 툭 한마디 내 던졌다.

"안 된다고 했잖아요. 아실만한 분이 참⋯⋯."

내 말이 통하지 않았다.

"특별한 사정이니 좀 봐주세요. 멀리 춘천서 오다보니 좀 늦었어요. 너무 힘들어요."

그러자 역무원이 젊잖게 우리를 훈계했다.

"그 먼데서 뭣 하러 자전거를 타고 와요? 대중교통을 이용하셔야지요."

우린 한참 동안 아무 말 없이 자전거 핸들을 쥔 채 그저 그 자리에 버티고 서 있었다. 지하철 외에 다른 방법이 없었다. 우리도 물러설 수 없었다. 잠시 후 역무실로 들어가 다른 일을 하다가 말고 다시 돌아 온 역무원님은 우리가 좀 딱해 보였는지 대안을 내 놓았다.

"무릎 아픈 아저씨는 지하철로 가시고, 아줌마는 자전거로 독립문까지 가세요."

갑자기 이산가족이 되는 셈이다. 아니 그건 좀 곤란하다며 다시 매달렸다.

"어떻게 그렇게 따로 갈 수 있습니까? 좀 봐 주세요."

역무원이 계속 딴전을 피우고 있었다.

그때 마침 자전거 두 대가 지하 계단을 타고 올라왔다. 어디서부터 타고 오는지 알 수 없으나 분명 지하철을 타고 여기까지 와서 출구로 나오는 중이었다.

"아저씨들 어디서 타셨어요?"

역무원이 따지듯이 물었다.

"광화문에서요. 왜요?"

그들도 퉁명스레 응답했다.

"평일엔 지하철에 자전거 실을 수 없는 거 아시잖아요."

"텅 빈 지하철 좀 타면 어때서요?"

그들은 목적지까지 다 왔는데 어쩔거냐는 식으로 역무원에게 대들었다. 그들은 뭐라 시부렁거리며 당당하게 개찰구를 밀고 나왔다. 그러자 곧바로 역무원은 우리한테 젊잖게 말을 꺼냈다.

"그럼 전동차 한 칸에 둘이 같이 타지 말고 각기 맨 앞 칸과 맨 뒷 칸에 따로 따로 타고 가세요."

그거 OK. 우린 너무 감사해서 코가 땅에 닿도록 인사를 했다.

둘째 날
2011년 8월 9일

이른 아침, 태풍 무이파는 지나가고 날이 활짝 갰다. 아침 기분이 상쾌하다. 어제 새벽 춘천을 떠나 밤늦게 서울 독립문 옆 딸네 집에서 하룻밤을 보냈다.

오늘부터는 본격적인 무더위가 덮칠 것이라는 일기 예보가 있었다.

우린 출발하기 전에 선크림을 바른 뒤 두건으로 얼굴을 감싸고 양팔에는 토시를 꼈다. 광화문 사거리를 지나 마포대교를 건너 안양천을 따라 평택 방향 국도로 접어들었다.

국도 갓길에서는 개, 고양이, 새, 뱀 같은 동물 사체들이 자주 눈에 띄었다. 이른바 로드 킬. 먹이와 짝을 찾아 무단횡단 하다가 차에 치어 박살난 것이다. 왜 야생동물들은 굉음을 내고 달려오는 찻길을 건너갈까. 차가 너무 빨리 달려서 보이지 않는 걸까. 도로를 만들 때 야생동물들이 쉽게 이동할 수 있는 통로가 더 많았으면 좋겠다.

대형트럭과 버스, 고속으로 질주하는 차들과 함께 어울려 자전거를 타는 건 참 불쾌하다. 무더위와 매연이 뒤섞이고, 요란한 엔진소리도 부족해 가까이서 빠~앙 경적까지 울려댄다. 막 공사장을 나온 듯한 트럭은 비산먼지 덮개가 찢어져 미친 듯 펄럭이며 달렸다. 어떤 트럭은 원목을 잔뜩 실고 가는데 비스듬히 기울어져 금방이라도 통나무가 나뒹굴어 떨어질 것만 같았다.

그래도 우리는 페달을 돌려야 했다. 우리의 엔진은 허벅지다. 우린 자전거에 따르릉 작은 벨을 붙였고, 가느다란 휠에 튜브를 감았다. 우리의 심폐기능은 배기량 3천cc 보다 높고 매연 아닌 가느다란 숨결을 내쉬었다. 차들은 그저 질주하지만 우린 도중에 만나는 이들과 얘기하고, 길위에 밟히는 질경이와 도랑 절벽에 매달린 철쭉, 햇밤송이와 교감한다.

어제는 태풍과 비바람이 몰아치더니 오늘은 무더위가 기승을 부리기 시작했다. 아스팔트에서 뿜어대는 열기로 숨쉬기가 불편했다. 마치 불가마에서 마대를 뒤집어쓰고 있는 것 같았다. 온 몸은 땀에 흠뻑 젖었고 우리는 연실 물을 들이켰다. 점점 물도 떨어지고 배가 고파지기 시작했다. 국도라서 편의점이 있을 거라고 생각해서 간식을 준비하지 않았는데 걱정이다. 갑자기 허기가 몰려왔다. 배고픈 라이딩은 정말 힘들다. 군포~화성~평택 국도변엔 편의점도 없고 딱히 쉴 만한 곳이 없었다. 대로변이라서 나무 그늘도 없다. 우린 비틀비틀 달리다 그냥 뜨거운 도로위에서 잠깐 잠깐 쉬었다. 추니도 라이딩 자세가 좌우로 많이 흔들리는걸 보니 꽤 힘든 모양이다.

점심시간을 훌쩍 넘겨 고갯마루에서 잠시 멈췄다. 털썩 주저앉아 배낭을 털어보니 먹다 남은 건빵 세 조각이 남아 있었다. 추니에게 두 개를 줬는데 다시 나에게 한 개를 돌려주었다. 물이 없었다. 건빵을 깨물면 입안에서 푸석 먼지가 일었다. 추니는 배가 고파 허리가 구부정하고 눈 촛점이 희미해졌다. 불쌍해 보였지만 어찌할 방법이 없었다. 다시 힘을 내 달려야 했다.

밤 늦게 평택 안중에 도착했다. 숙소는 나중에 정하기로 하고 곧바로 식당을 찾았다. 우린 단숨에 맥주 한 병씩과 부대찌개를 게 눈 감추듯 먹어 치웠다. 밥 나오기 전에 반찬을 모두 싹쓸이 하고 추가로 한 차림 더 받았다. 좀 미안한 감이 들었지만 정말 맛나게 먹었다. 음식도 맛있었지만 시장이 반찬이었으리라.

여관비 3만원에 객실에서 옷 빨고 여관 탈수기까지 이용했다. 주인은 친절했고 정겹게 대해 주었다.

"어데서 왔어요?"

"네에, 춘천에서요."

"어이구 시상에나~, 춘천에서 이 먼데까지 어떻게 왔어요? 그래 어데까지 가는데요?"

"해남 땅끝마을에 가는 중이에요."

여관 주인은 탈수기 있는 곳을 알려주시고는 뭐 불편한 게 있으면 얘기하라며 종종걸음으로 우리 뒤를 따라 다녔다.

추닌 탈수가 막 끝난 티셔츠를 양손으로 들어 올렸다가 내리치며 주름을 폈다. 방에 빨랫줄을 임시로 매고 옷들을 널었다. 열탕에 몸을 담그자 온 몸이 짜르르 저려왔다. 세 평 남짓 작은 방이지만 자전거도 우리와 함께 잤다.

춘천을 떠나 서울서 첫날을 보내고 오늘 평택에서 이틀째 밤을 보낸다. 어제 오늘 이동거리는 200km 조금 넘었다.

셋째 날
2011년 8월 10일

그저께는 태풍, 어제는 불볕 더위였다. 오늘은 또 비가 내린다는 일기예보가 있었다. 차라리 땡볕 보다는 비오는 게 더 낫겠다. 이젠 비온다 해도 별 걱정이 안 된다. 비 맞으며 달리는데 어지간히 익숙해진 모양이다. 뭐니 뭐니 해도 새벽 일찍 출발해야 멀리 갈 수 있다. 꾸물럭거리다가 해가 중천에 뜨면 별로 한 일 없이 해가 저문다.

새벽 라이딩은 참 기분 좋다. 새벽은 뭔가 거저 얻은 기분이다. 옷 속으로 스민 아침 바람이 살결과 부딪쳤다. 콧노래가 절로 나온다. 오가는 차량도 적어 추니와 나란히 달렸다.

"어디 괜찮아?"

"괜찮아요. 점점 힘들어요. 이젠, 허벅지가 뻐근하기도 하고."

"난 엉덩이가 많이 아프네. 엉덩이에 물집이 생긴 것 같아."

"나도 그래요."

"엉덩이만 안 아프면 좋겠는데. 애들은 일어났을까?"

"간밤에 천둥 치면서 비가 많이 내렸는데, 혹시 애들 문 열어놓고 자진 않았겠지요?"

"그렇겠지, 뭐. 잘할 거야. 애들도 이제 차츰 많이 생각할거야, 자신이 어떻게 해야 하는지."

"무언가 좀 특별히 열심히 좀 했으면 좋겠는데……."

"애들도 다 때가 있겠지. 그 때가 올 거야. 좀 빠른 사람도 있고, 좀 늦은 사람도 있고, 그렇잖아."

"언제까지? 언제까지 기다리냐고? 벌써 삼십이 다 되어가는데."

"그렇긴 하지. 그래도 기다려야지."

충남 예산, 홍성방향 이정표가 보였다. 오늘 보령까지 가려면 서둘러야 한다. 하루 8시간, 보통 1시간 라이딩하고 10분 정도 쉬는데 점점 라이딩 시간은 줄어들고 그 대신 휴식시간은 늘어나고 있었다.

조금 경사진 고갯길을 오르고 있는데 어떤 젊은이가 옆에 나타났다. 휜칠한 키에 잘 생긴 청년이었다. 서로 반가이 인사를 나누었다.

"예~, 우린 춘천에서 출발해서 오늘 삼 일째에요. 5박 6일. 땅끝마을까지 가려고요. 학생은요?"

"전 서울서 어제 출발했어요."

"아하. 서울서 왔군요. 어제 출발했다고요? 그럼 어디서 잤어요?"

"천안서요."

"아, 네~. 그래 지금 어디로 가는 거예요?"

"예, 아직 정하지 못했어요. 20일 동안 전국일주를 하려고요."

"아이고, 참 대단하네요."

젊은이의 용기, 도전, 힘겨운 체험, 대견스럽고 부러웠다. 그래, 힘내라. 젊은이여! 젊었을 때 고생은 사서도 한다잖아.

잠시 행길 가 슈퍼에서 같이 쉬었다. 아이스크림을 한 개 더 사서 같이 먹으며 앞으로의 일정에 관한 정보를 주고 받았다. 학생은 가방을 열어 지도책을 꺼내 일정을 알려 주었다. 목포를 거쳐 부산으로 간 뒤 동해안을 따라 강릉으로 올라온 후 춘천을 거쳐 서울로 온다는 계획이었다.

대한민국을 네모(ㅁ) 자형으로 한 바퀴 돈다는 큰 그림을 그린 학생.

우리나라의 밝은 미래를 보는 것 같았다. 그런데 그 두꺼운 지도책 한 권을 통째로 넣어 왔다. 또 다른 책도 몇 권 더 들어 있었다. 배낭을 직접 들어봤다. 아마도 30키로는 되는 거 같았다. 이걸 지고 어떻게 다니려고 어휴~. 하긴 남의 일만은 아니었다. 나도 배낭 5키로에 물집 생긴 엉덩이, 힘들어 죽겠다. 그런데 그 학생은 바지 엉덩이 부분에 스폰지 패드도 없는 일반 반바지 차림으로 타고 있었다. 맨살이 안장에 닿으니 얼마나 아플까.

"우린 패드 있는 옷을 입었는데도 이렇게 아픈데 학생도 힘들겠네요."

"저도 담엔 그런 옷을 입어야겠어요."

게다가 그 학생은 싸이클 자전거였다. 싸이클은 주로 평지에서 속도를 내는 데는 유리하지만 짐을 메고 먼 길을 여행할 때는 적합하지 않다.

우린 오늘 보령까지 가려고 한다고 하자 그 학생도 오늘 보령까지 가겠다고 했다. 목적지가 같았다.

"학생, 그런데 우리와 같이 가면 너무 지루할거야. 우린 조금 가다 가 쉬고, 조금 가다가 쉬고 할 거야. 먼저 앞에 가게나."

그 학생과 앞서거니 뒤서거니 가다 쉬다를 계속하며 달렸다. 우리도 힘들지만 그 학생은 더욱 힘들어 보였다. 뒤에서 보니 자전거 핸들과 몸, 배낭이 제각기 흔들리고 있었다.

"먼저 가세요."

"천천히 갈래요?"

학생은 채 얼마 안가서 버스 승강장에서 멈췄다. 우리는 그 학생을 뒤로 하고 천천히 오르막길을 올라 고개 정상에서 한참 동안을 기다렸다. 학생 오는 모습이 보이질 않았다. 다시 천천히 삼십 분 정도를 간 뒤에 그늘에 앉아 한 시간 가까이 그를 기다렸다. 끝내 그 학생은 오질 않았다. 다른 길을 택했는지는 알 수 없다. 추니는 그 학생을 더 기다려 보자며 자리를 뜨지 않았다. 꼭 아들 같은 생각이 든다며 같이 동행하지 못해 이내 마음 아파했다.

넷째 날
2011년 8월 11일

맑고 상쾌한 아침. 된장찌개로 속을 추스르고 길을 나섰다. 행길가 밤송이가 싱그럽다. 연한 연두색 밤송이가 어찌 그리 귀여울까. 살갗에 닿아도 보드라울 것 만 같다. 여섯 살 사내 녀석 빡빡머리 깎고 난 후 보름 지난 모양 같다.

오늘은 보령을 출발하여 국도 21번과 23번 도로를 따라 김제, 고창으로 간다. 추니와 난 엉덩이만 아플 뿐, 몸 컨디션은 괜찮았다. 자전거 경주하는 것도 아닌데 천천히 달리자고 하면서도 막상 라이딩이 시작되면 속도가 붙지만 이젠 이골이 나서 체력을 오버하진 않는다. 고개가 나타나면 기어를 저단으로 놓고 쉬엄쉬엄 오른 후에 내리막길에서 속도를 내면 다음 고갯마루까지 거의 올려 챌 수 있었다. 하루 8시간 이상 달리지만 유산소 운동이라서 머리가 맑다.

오늘은 서해안을 쭉 따라서 라이딩한다. 추니가 속도를 내는 걸 보니 기분이 좋은 가 보다. 고향 옆을 지나니까 그런가 보다. 추니 고향이 서산 갯마을인데 밀물이 울타리까지 밀려온다.

모처럼 춘천 산골 사위가 처갓집 가면 장모님께서는 곧바로 갯벌에 나가 낙지를 잡고 참굴을 따오셨다. 손톱만한 크기의 참굴을 일일이 껍질을 깨서 속살을 꺼내 한 대접 담아 통째로 갖다 주셨다. 난 초고추장에 섞어 단숨에 다 먹어버리곤 했다. 장모님은 몇 년 전 돌아가셨다. 먼 곳이란 핑계로 자주 찾아뵙지도 못해 이내 맘이 찡하다.

추닌 삼십 년 전 어느 날, 춘천에 살고 있는 언니네 집에 놀러 왔다가 날 만나 결혼했다. 먼 곳 춘천으로 시집을 보냈으니 장모님의 마음도 꽤 허전했을 게다. 첫 만남 50일 만에 결혼식을 올렸다. 지금 와서 생각해 보면 뭐가 그리 급했는지 상대방에 대해 뭘 얼마나 알고 결혼했는지 알 수 없다.

위험한 결혼!

요즘은 먼저 살아보고 결혼한다던데 우린 결혼하고 나서 차츰 서로의 성격을 알아가며 살았다.

전라북도 고창에 밤 늦게 도착했다. 저녁 먹기 전에 여관에 짐 먼저 풀고, 샤워하고, 빨래하고 식당에 왔다. 맥주 한 잔씩을 단 숨에 마시고, 소주 두 병, 매운탕에 밥 두 공기를 뚝딱 해치웠다. 취기가 올랐다. 추니는 이번 장거리 여행 기회에 다이어트를 좀 해야 하는데 오히려 체중이 더 늘겠다고 푸념했다.

여관에 들어와 추니와 서로 엉덩이 치료를 했다. 항문 양쪽이 부어올랐던 것이 이젠 쭈글쭈글 해진 걸 보니 물집이 터진 것 같았다.

우린 팔굽혀 펴기 자세를 했다. 양손을 방바닥에 대고 엉덩이를 들어 올린 자세를 하고 번갈아 치료를 했다. 방안이 좀 어두워 자전거 라이트을 비췄다. 빨간약을 바를 땐 꽤 쓰라렸다. 연고를 바르고 나서 선풍기로 말렸다.

내일은 목포까지 가야한다.

고급승용차가 정문에 대기하고 있었다. 아침 햇살이 눈 부셨다.

부르릉, 시동소리가 참 부드러웠다.

"자 이제 떠나보자고. 넓은 평야, 우거진 녹음, 길가에 코스모스."

그녀는 창밖에 펼쳐지는 아름다운 풍광에 눈을 떼지 못했다. 행복해 보였다. 곱게 차려 입은 하얀 드레스, 우유빛 이마, 발그스레한 볼, 애정이 솟구쳐 더 이상 드라이브를 할 수 없었다. 커브길을 돌아 가로수 그늘 아래 차를 멈췄다. 그리곤 마주 보았다. 눈감은 미소와 콧등이 서로 맞닿았다. 온 몸은 짜르르 전율했다.

"여보, 어서 일어나세요. 빨래가 좀 덜 말랐네요. 근데 자면서 뭘 그렇게 중얼거리는 거예요?"

으악~.

다섯째 날
2011년 8월 12일

오늘도 폭염이 이어졌다. 아침에 일어나 방바닥에 앉으니 항문 부분이 서걱서걱 거렸다. 물집 잡힌 살갗이 어제 치료를 하고 나서 벗겨진 것 같다. 껍질이 벗겨진 부분은 빨간 속살이 드러났다. 통증도 여전히 심했다. 추니도 같은 증상이었다.

비에 젖은 하의와 사타구니가 맞닿아 살갗이 벗겨졌다. 제 때 치료를 하지 않아 상처가 조금 깊어진 듯 하다.

아무리 생각해 봐도 계속 안장에 올라앉는 것은 무리였다. 주섬주섬 떠날 채비를 하다가 다시 이불속으로 들어갔다. 오늘은 하루 치료를 하면서 쉬기로 했다. 늦은 아침식사를 하고 시외버스로 목포까지 점프를 했다. 참 편안한 하루였다. '이렇게 쉬운 교통수단을 두고 왜 사서 고생을 하는 거야.' 하고 생각했다.

목포에 도착해 삼학도를 둘러보고, 수산물 도매시장에도 들렀다. 일찍 여관에 들어가 엉덩이를 건조시키고 소독과 치료를 계속했다. 내일은 최종 목적지인 땅끝마을에 도착하는 날이다. 우리 가족이 모두 함께 먼 곳에서 모이는 날이다.

"젼이 잘 있었니. 별일 없었어? 사무실 일이 힘들다 하더니 요즘은 좀 괜찮으냐?"

"아뇨, 어제도 새벽 두 시에 집에 들어왔어요."

"오호, 그렇게도 바쁘냐? 다들 일거리가 없다고 난린데 너희들 회사는 어찌 그리 바쁘냐. 괜찮은 회사로구나."

"돈도 잘 못 버는 거 같은데 바쁘기만 뒤지게 바빠요. 한 달 정도 걸리는 영상물을 제작하라고 해 놓고 불과 며칠 후에 가져오라고 해요. 그러니 밤샘 작업을 할 수 밖에 없어요. 그래 놓고 만들어 가면 잘 알지도 못하면서 이래라 저래라 트집도 많고요. 입체영상물을 그렇게 쉽게 막 만드는 걸로 착각하고 있어요. 막상 고쳐가져 가면 종전대로 다시 만들어 오라는 경우가 비일비재해요."

"오, 그래, 암튼 고생이 많구나."

"근데 어디쯤 가셨어요?"

"여기 목포다. 목포. 어딘지 알겠냐?"

"잘 모르겠어요. 암튼 땅끝마을에 도착하는 날 거기서 만나기로 했으니 오빠랑 갈게요. 언제 쯤 도착하세요?"

"내일 저녁 때 쯤 도착 할 것 같다. 그러니 오빠하고 잘 상의해서 찾아오너라."

"오빠하고 서울역에서 만나 같이 갈게요."

"그래, 낼 보자."

여섯째 날
2011년 8월 13일

하루 푹 쉬면서 엉덩이를 치료했더니 상당히 나아졌다. 우린 굽이 굽이 해안길을 돌아 땅끝마을로 향했다. 전라남도 지방은 아직도 슬레 이트 지붕과 다랑논이 많이 보였다. 뭘 하려는지 험하게 파헤쳐진 산 비탈도 보이지만 전형적인 시골풍경이 참 좋았다.

시원한 바닷바람 속으로 넋 놓고 달리는데 어느 덧 뉘엿뉘엿 해가 저물었다. 애들도 서울서 열차로 목포까지 와서 시외버스 갈아타고 해 남 땅끝 마을까지 오고 있을 것이다. 애들도 난생 처음 남매가 같이 먼 여행을 할 것이다. 함께 오면서 이런저런 얘기를 많이 나눌 것이다.

우리 딸은 이렇게 말하겠지. '우리 엄마 아빠는 참 자전거를 좋아 해, 힘도 좋아, 낭만적으로 재밌게 젊게 사신다. 그러나 그건 부모님의 삶이지 내 삶은 아냐. 흠~.'

우리 아들은 '아빠 엄마는 늘 우리를 혼내셨어. 학원에 잘 안 다닌 다고, 학교 성적이 좋지 않다고, 게임을 너무 즐긴다고, 방에 처박혀 나오지도 않고, 늦잠 자고, 운동 잘 안 한다고 항상 꾸짖으셨지. 나도 나름 잘 하는 게 있잖아. 얼마 전에 이웃집 형이 컴퓨터 고장 났다고 해 서 고쳐줬지. 그 형은 유명대학을 나왔는데 인터넷 네트워크에 대해

잘 모르더라고. 그리고 고등학교 때 모 회사 컴퓨터 게임에 참가해서 내가 수상도 했잖아. 알지?'

'오빠 그러지 말고 엄마 말 좀 잘 들어. 다 뭐 우리 잘되라고 하는 거 잖아. 배 나온 것 좀 봐. 운동도 좀 하구. 제발 담배도 그만 피우고.'

'그래 알았어. 너나 잘 해라. 너는 뭐 특별나게 잘 하는 게 있냐?'

'특별나게 잘하는 건 없지만 엄마 아빠 속은 안 썩였다. 그리고 이렇게 직장 잘 다니고 있잖아. 요즘 직장 잡기가 어디 그리 쉬워?'

'그래. 암튼 나도 나름대로 앞날에 대해 걱정도 하고 생각도 많이 하고 있다고. 그런데 우리 엄마 아빠는 우리한테 너무 걱정이 많은 것 같아.'

"애들아! 여기다. 여기."

우린 땅끝마을 기념비 앞에서 애들을 맞았다. 기념사진도 찍고 우리 가족이 모처럼 생선회와 소주, 콜라로 저녁식사를 했다. 그리곤 부둣가에 나가 불꽃놀이도 하면서 밤늦게까지 놀았다.

5박 6일간의 자전거 여행. 좀 힘들었지만 재밌었고, 성취감도 있었다.

아직 젊다. 새로운 희망을 꿈꾸며 도전한다. '추니'와 함께 자전거 세계 일주를 꿈꾼다.

부산 을숙도까지

눈 덮인 2월 아직 빙판길에 국토종주를 시작했다. 춘천에서 을숙도까지 간다. 왜 을숙도까지 가는 걸까? 작년에 해남 땅끝마을 종주에 이어 우리나라 국토의 끝이니까 가 본다는 의미일까? 사실 내가 살고 있는 곳에서 최장거리를 택한 것이다. 추니와 난 지금 발악을 하고 있는 것이다. 우리의 한계를 시험하고 있는 것이다. 무언가 불안감에서 벗어나 돌파구를 찾고 있는 건지도 모르겠다.

무작정 가보는 것이다. 달리다 보면 무언가 새로운 삶의 좌표가 나타날 것 같다. 직장에 매인 몸이라 단번에 장거리를 갈 수는 없고 주말에 조금씩 구간을 나누어 을숙도까지 간다.

겨울철 라이딩은 출발할 때 좀 을씨년스러울 뿐 조금만 달리면 체온이 오르고, 한 여름보다 오히려 더 낫다. 장갑은 넉넉한 공간이 있는 스키용 장갑을 끼고 신발은 겨울 등산용을 신었다. 얼굴과 귀는 버프로 싸맸다.

첫 출발지인 서울 한강까지는 춘천에서 경춘선 전철을 타고 갔다. 여의도에서 남한강 자전거도로를 따라 광나루, 덕소, 팔당댐을 지났다. 오늘은 영하 13도. 추운 날씨에도 자전거 타러 나온 사람들이 많이 눈에 띄었다. 막바지 추위가 기승을 부리고 있었다.

올핸 유난히 추운 날이 많은 것 같다. 얼굴 두른 버프에 입김이 얼어붙었다. 이 추위에도 철쭉은 봄 햇살을 기다리며 귀엽고 애처로운 쌀튀각 고개를 내밀고 있었다. 이파리는 추위에 시달려 색깔이 거무튀튀하게 변했다. 한 잎 따서 찢어보니 파란 수분을 함유하고 있었다. 놀랍다. 맨살에 얼지 않고 살아있는 걸 보면 경이롭다. 거기에 비하면 인간은 너무 연약하다.

추니와 난 남한강과 북한강이 만나는 두물머리를 지나 녹슨 철교를 건넜다. 폐철로위에 목재를 깔아 만든 자전거 길은 눈 덮인 산야와 생경스럽게 어울렸다.

우린 한파 속을 달렸다. 35년간의 공직생활 속에 계급과 서열, 숫자의 크기, 많고 적음에 길들여진 세포들이 이제 차츰 순수한 세상 속으로 길들여져 가고 있다. 그동안 가정과 개인의 삶은 팽개치고 그저 집과 사무실만을 오가며 순종과 충성을 다해 온 것이 좀 아쉽기도 하고 한편 자긍심도 갖게 한다. 가족들과 분위기 좋은 카페에서 즐겁고 낭만적인 시간을 보내지 못한 게 이내 미안하다. 그러나 후회는 하지 않는다. 후회해도 소용없지 않은가. 변명을 하자면 그땐 그랬어야 했다고 스스로 위안한다.

지금도 직장 일이 우선이다. 공직은 매인 몸이다. 머지않아 사회에 나가면 하고 싶은 것도 실컷 하고 고삐 풀린 망아지처럼 벌판을 뛰어다닐 것이다. 흐트러진 차림으로 할 말 하면서 지내고 싶다. 시간에 얽매이고 규율에 옥조이고, 상급자의 눈치를 살피며 조신하는 굴레에서 벗어날 것이다. 이제까지 모범적인 공직을 수행하지 않았는가? 나에게 과분한 직위도 얻지 않았는가?

자전거는 많은 얘기를 들려준다. 자전거는 세상사는 방법을 알려준다. 한파와 폭염 속을 달리면서 삶의 지혜를 배운다. 자전거는 인간이 의도하는 대로 중심을 잃지 않도록 균형을 잡아준다. 달리며 마주치는 바람에게 나의 도전과 희망을 얘기한다. 자전거여행은 삶의 고통을 이해하고, 아름다움의 근원을 찾아 떠나는 것이다. 아픔만큼 더 큰 기쁨을 가져온다. 인간은 본래 고통을 지니고 태어난 것. 그 고통을 아름다움으로 승화시켜야 진정한 아름다운 삶이다. 자전거여행은 아름다움의 뿌리를 찾아 나서는 것이다.

아직 겨울이라 해가 짧다. 해 떨어지니 바람이 차다. 찬바람에 볼이 따갑고 발가락이 아리다. 내일 월요일은 이른 아침회의가 있는 날이다.

지난주에 이어 이번엔 양평에서 충주까지 갈 참이다. 저 멀리 여주 이포보가 보인다. 보 아래 물새들이 많이 모였다. 연실 물속에 머리를 쳐 박는 걸 보니 먹잇감이 꽤 있나 보다. 멀리서 보면 가만히 서 있는 것 같이 보이지만 부지런히 발놀림을 하는 놈과 그렇지 않은 놈을 구별할 수 있다. 공중에 비행기가 하얀 연기를 뿜고 지나가듯 움직이는 물새는 긴 물결을 남기고 헤엄쳐 간다. 청둥오리, 불병아리, 기러기, 민물 가마우지들도 자기네 끼리끼리 어울린다. 유유상종일까.

탁 트인 남한강 자전거길. 4대강사업을 놓고 찬반이 엇갈리고 있다. 비판하는 쪽에서는 무리한 전시행정, 예산낭비, 환경파괴라는 의견이고, 찬성하는 쪽에서는 국민건강, 레저욕구 충족, 수질오염방지, 재해예방사업이라는 주장이다. 양쪽 의견이 팽팽히 맞서고 있는데 양쪽 모두 일리가 있다.

4대강을 자전거 길을 돌아보면 예산낭비로 비춰질 소지가 충분히 있다. 강변 둔치에 이미 산책로 길이 멀쩡히 나 있는데 그 옆에 나란히 뭐 하러 또 길을 만들었을까. 조경석과 목재는 어디서 그렇게도 고급품을 가져 왔을까. 여기 저기 둔치에 조성된 원형 쉼터는 언제 사용하려고 멋지게 만들었을까. 그 곳에 접근하려면 많은 사람들이 수도권이나 대도시에서 내려와야 하는데 그 먼 곳까지 오기가 그리 쉽지 않다.

기껏해야 여름 휴가철에 한 때 왔다가겠지만 그 이외에는 텅 빈 공간으로 남아있을 게 분명하다. 그러니 국민들이 뭐라 하는 것이다.

그 예산으로 보다 시급한 곳에 예산을 쓰면 얼마나 좋을까 원망하는 것이다. 농어촌에 일할 젊은이들이 부족해 날로 생산원가는 높아지고 경쟁력이 떨어지고 있는 상황인데 긴요하지 않은 곳에 돈을 퍼붓고 있으니 강가에 살고 있는 주민들마저 분통을 터트리는 것이다.

국민건강과 레저 욕구의 충족을 위해 자전거 길을 잘 만들어 놓는 것에 이의를 제기할 사람은 없다. 그러나 많은 사람들이 이곳을 찾아오기 어렵다. 일부 소수 자전거 마니아들만이 먼 곳까지 올 수 있다. 평소에 자전거를 틈틈이 타는 사람이라도 모처럼 하루 5시간 이상 타면 지친다. 그야말로 젊은이들이 추억삼아 한 번 도전하거나 동호회에서 무리지어 한 해 한 두 번 씩 라이딩을 하게 될 것이다. 4대강을 다 돌아봤지만 자전거 길을 이용하는 사람들은 그리 많지 않았다. 참 안타까운 마음이 들었다.

나는 자전거를 좋아하는 사람인데도 저건 좀 심했다는 생각이 많이 든다. 자전거 길을 만드는데 쓸데없는 시설을 많이 했다는 생각을 지울 수가 없다. 멀쩡한 평지에 가드레일이 왜 필요한지 모르겠다. 예산 낭비라는 지적을 받기에 충분하다.

시골 농로길, 샛길, 오솔길을 그대로 잘 다듬고 정비하여 이용하게 했더라면 얼마나 좋았을까. 예산 덜 들여 좋고, 친환경적이라서 좋다.

아마도 안전사고 예방과 확 트인 강변 경관이 좋아 제방 길 따라 일직선으로 자전거도로를 냈을 것이다. 자전거 이용자들에게 미리 충분한 자문을 들었어야 하는 건데 아쉽다. 사실 자전거 사고는 노면이 좋은 곳에서 자주 발생한다. 도로가 좁고 꼬불꼬불한 곳에서는 오히려 사고가 나지 않는 편이다. 그만큼 조심스럽게 타고 즐기는 것이다.

4대강 자전거 길은 교통 분담률을 높이려는 의미 보다 건강, 레저 쪽에 더 가깝다. 그렇다면 자전거 길을 일직선화 한 것은 바람직하지 못한 설계다. 일직선을 달리다 보면 지루하기 짝이 없다. 시골길 자전거 타면서 염소도 보고, 닭도 보고, 냉이도 캐고, 구멍가게도 들르고, 옹달샘 물도 마시고, 그늘 막에서 쉴 수 있으면 얼마나 좋을까.

한편, 4대강 물길 따라 자전거 타면서 좋은점도 많이 보였다. 곳곳에 보가 설치되어 있어 한꺼번에 물이 모두 하구로 흘러 내려 가버리지 않기 때문에 수량이 많고 맑아 보였다. 강 한가운데 쌓였던 모래를 퍼내고, 강 양쪽에 퇴적된 오물들을 걷어내고, 부실한 제방들을 단단히 다시 쌓아 수해를 방지하는 공사가 잘 이루어졌다. 상습적으로 수해를 당하던 곳이 안전하게 보호될 수 있어 다행이다. 무엇보다도 물을 항상 볼 수 있고 이용할 수 있어 좋다. 아직 수질이 좋지 않아 그 물을 즐겁게 이용할 수는 없지만 머지않아 맑은 물로 거듭나길 기대해 본다.

본디 물길은 신의 길이라 했다. 물길을 인간들이 함부로 이리저리 돌리면 안 된다. 물살 굽이쳐 부딪치는 곳에 최소한의 인간 손길이 닿

아 허물어져 상처 난 부분을 본디 모양을 유지하면서 정성껏 보듬어야
한다. 강변 둔치에 자생하는 식물들을 그 자리에 잘 복원하여 자생할
수 있도록 해야 한다. 그런데 집단 서식 장소를 임의대로 옮겨 환경이
전혀 다른 곳에 습지를 만든 곳도 있다. 거기선 그 생물들이 적응하기
어렵다. 수질오염 방지를 위해 자생식물들의 정화활동 만큼 좋은 게
없을 게다.

수질오염방지를 위해서는 지천부터 관리해야한다. 꼭대기에서 오
염된 물이 솔솔 내려오고 있는 걸 막지 못하면 헛수고다. 가축분뇨와
정화되지 않은 오우수가 곧바로 강으로 흘러들어가는 걸 막아야 한다.
다른 어떤 사업보다도 땅속 오우수관과 땅위 오염원들의 종합적인 관
리대책이 시급하다.

다랑논이 사라지고 조그만 연못들을 보기가 어려워 졌다. 비가 오
면 물을 가두어 놓을 저장소가 부족하다. 빗물은 시멘트 포장위로 쏜
살같이 내달려 강으로 바다로 흘러가 버린다. 아깝다.

앞으로 국가나 자치단체가 맑은 물을 잘 확보하는 정책이 최우선 되
어야 한다. 그래야 인간들의 정신이 맑고 고와진다. 강물 없이 크게 성
장하는 도시는 없다.

어느새 해는 저물고 여주 신륵사에 다다랐다. 산세와 물길이 어우
러져 아늑한 느낌을 주는 곳이었다. 근육질의 고목들이 우리 앞길을

가로막고 있었다. 늙어 뒤틀린 거목은 잘리고, 떠받치고, 속살이 패여 속세에 아픔을 혼자 다 끌어안고 있는 것 같았다.

찜질방에서 하룻밤을 보내기로 했다. 자전거는 지하층에 잠잘 곳을 마련해 주었다. 그들도 둘이 함께 있으니 외로움은 덜하겠지. 이렇게 넓은 찜질방은 처음이다. 과장해서 말하면 학교 운동장만 하다. 밤 10시가 되자 5열로 매트리스가 쭈~욱 깔리고, 사람들은 두리번거리며 홑이불과 베개를 찾느라 분주했다. 잠시 자리를 비우면 그 자리를 다시 차지하기는 어려워 보였다.

황토에 회색 페인트를 쏟아 부어 만든 것 같은 인조대리석은 따뜻했다. 어떤 이는 베개 옆에 휴대폰과 담배를 가지런히 놓고 새우잠을 자고, 어떤 여성은 허벅지를 남자친구 배 위에 올려놓고 코를 곤다. 꼬마 녀석들이 허들경기 하듯 잠자는 사람들을 뛰어 넘고 있다. 저쪽 구석엔 아까부터 오징어에 쏘맥이 계속됐고, 빈병들이 한쪽 벽 모퉁이를 거의 다 채우고 있었다. 이쪽 구석에선 어떤 젊은 청년과 아주머니가 언성을 높이고 있었다.

"아니 내가 왜 자리를 비켜야 하느냐고요?"

"조금만 옆으로 이동해 달라카는데 그것도 안 되나?"

"왜 잠자는 사람을 깨우고 그러느냐구요?"

"알았다. 자빠자라. 봐하니 아들 같은 녀석이 쯔쯧―."

젊은이가 아주머니의 궁시렁거리는 소리를 알아듣고는 벌떡 일어나 앉는다.

"아니 몇 살인데 그래요? 나도 나이먹을 만큼 먹었어요? 서른 네 살이에요."

"그래, 내 마흔 아홉이다. 참 기가 막혀서."

"마흔 아홉! 내가 아들이면 계산이 안 나오잖아요?"

밤이 깊어지면서 음정도, 대화의 내용도 바뀌어갔다. 둘 다 외로운 사람 같았다. 우린 밤새 뒤척이다 새벽잠이 들었다.

오늘은 양평에서 출발해 여주, 원주를 거쳐 충주까지 120 킬로미터를 달렸다.

2012년 3월 31일 토요일. 이번엔 충주에서 상주까지 갈 계획이다. 승용차에 캐리어를 장착해 자전거 두 대를 싣고 춘천에서 충주까지 갔다. 충주 고속버스터미널 옆 아파트 단지에 주차를 하고 수안보온천 방향으로 향했다.

상주로 가려면 이화령과 조령을 넘어야 한다. 이번엔 좀 힘겨운 코스다. 그동안 밋밋한 직선도로만 달려 왔는데 이번엔 좀 색다른 라이딩이 될 것이다. 굽이굽이 산길을 돌아 정상에 오른 후 긴 내리막길을 달릴 것이다. 오늘 아침은 '늦추위 절정' 이라는 기상예보가 있었다. 양지바른 곳에는 냉이와 꽃다지, 햇쑥이 앙증맞게 머리를 내밀었다. 산기슭에 남아있던 잔설이 바람에 날려들었다. 두툼한 방한복을 입고 그 위에 바람막이 얇은 옷을 꺼입었다. 높은 고개를 오를 때는 바람막이 옷을 벗고, 내리막길에서는 다시 바람막이 옷을 입었다.

추니가 라이딩을 멈췄다. 딸 견이한테 전화가 왔나 보다. 한참동안 통화를 한다. 하긴 전화한 지 며칠 지났으니 궁금하기도 하겠지. 오늘 휴일인데도 출근했단다. 회사 초년생이라 군기가 바싹 든 모양이다. 아침밥은 제대로 해 먹고 다니는지, 밤에 춥게 자지는 않는지, 어디 아픈 데는 없는지, 엄마는 그저 걱정 일색이다. 시집 갈 나이가 됐는데도 저렇게 걱정이 많다. 그래도 전화 받고 나면 추닌 왠지 기분이 좋아 보인다.

충주에서 문경으로 넘어가는 고갯길에 다다랐다. 남한강 자전거길은 대부분 강을 따라 이어졌는데 이곳 문경새재 길은 기존 국도를 따라 고개를 넘는 코스다.

문경새재를 조령이라고도 한다. 새도 날아서 넘기 힘들어 쉬어가는 고개란다. 새재는 조선시대에 영남지방에서 서울에 이르는 고개인데 영남을 벗어나는 마지막 고개였다. 과거시험이라는 청운의 꿈을 품고 걸었던 간절한 소원의 길이다. 새재는 조선 초부터 500여 년 동안 한양과 영남을 잇는 가장 번듯한 길이었다고 한다.

당시 한양에서 부산 동래까지 가는 고개는 모두 세 개가 있었다. 추풍령과, 새재, 죽령이 있었는데 새재는 과거시험을 치르는 선비들이 유독 고집했다고 한다. 이는 선비들 사이에서 추풍령은 낙엽처럼 떨어지고, 죽령은 대나무처럼 미끄러진다는 우스갯소리가 있어 새재를 택했다는 이야기가 전해 내려오고 있다.

조령을 넘자 곧 이화령 고갯길이 나타났다. 굽이굽이 따리 길을 한참 올라 아래를 내려다보니 계곡의 청명한 물소리도 우리를 따라 와 있었다. 계곡 물 소리가 산 중턱까지 들리는 걸 보니 간밤에 비가 꽤 많이 온 듯하다. 인적이 전혀 없고, 지나는 차량 한 대 없고 해는 저물어 가는데 갑자기 오토바이가 굉음을 울리며 하늘로 치솟듯 고개위로 날아갔다. 오토바이가 참 부러웠다.

이화령 정상에 올랐다. 배나무가 많아서 불리게 되었다는 이화령. 바람이 구름을 몰아오고 있었다. 바람이 점차 거세지고, 빗방울은 가늘게 얼굴을 때렸다. 바람이 불자 쌓였던 구름은 높이 떴다가 산 위로 흩어졌다. 어딘가에 텐트를 쳐야하는데 날은 저물고 걱정이다. 일단 내려가 보자. 우린 쏜살같이 산 정상에서 내달려 문경에 도착했다.

야영텐트 칠 자리를 찾고 있는데 갑자기 앞산이 뿌여지더니 찬비가 쏟아지기 시작했다. 겨울비 치고는 제법 많은 비였다. 내리막길에서 식은땀과 찬바람 그리고 비까지 맞으니 온 몸이 부르르 떨렸다. 난감했다. 도저히 텐트 칠 엄두가 나질 않았다. 마침 길 건너 24시 찜질방이 보였다. 오! 구세주였다.

우선 자전거를 찜질방에 맡겼다. 그리곤 바로 옆 야식집에 들어가 해장국과 생막걸리로 추위를 달랬다. 피곤해서인지 취기가 확 올랐다.

찜질방 토굴에 들어가 그냥 나무토막이 되어 버렸다.

연 초부터 서울 한강을 출발, 양평, 여주, 부론, 충주, 수안보, 조령, 이화령, 문경을 지나 상주에 왔다. 지난주엔 상주시내에서 벚꽃망울을 조금 볼 수 있었는데, 한주일 새 벚꽃이 눈부시게 피었다. 왱왱거리는 벌들의 나라를 통과하여 구미 해평면에 있는 청소년수련원 야영장 솔밭에 도착했다. 그 곳도 벚꽃이 만발했다. 해가 저물어 야영장 그늘 잔디밭에 숙소를 꾸몄다. 자전거텐트를 쳤다. 습기가 차지 않도록 바닥텐트를 깔고 텐트 폴대를 세웠다.

추니는 텐트 치는 데 이제 이골이 났다. 뚜닥뚜닥! 금새 집 한 채를 지었다. 나는 어둡기 전에 한 끼 식사를 준비했다. 반찬은 한가지, 김치에 국방 멸치와 들기름을 넣고 달달 볶았다. 텐트는 두 대의 자전거를 넣을 수 있도록 고안되었다. 아직 밤엔 한기가 있어 매트를 깔고 침낭 속에서 잠을 잤다.

이른 새벽. 아직 어둠이 채 가시지도 않았는데 온갖 새들이 난리 북새통이다. 뭐라는지 통 알아들을 수는 없지만, 아마 서로 짝을 찾고 있는 것일까. 빨리 일터로 가자는 것일까. 아니면 낯선 자전거 집시커플, 우리 얘기를 하고 있는 걸까. 텐트 밖을 나오니 밤새 이웃이 와 있었다. 아주 귀엽고 깜찍한 자전거 가족. 엄마와 아빠, 그리고 꼬맹이 셋, 모두 다섯 식구였다. 난 사진기를 꺼내 들었다.

한 장의 사진에 담기엔 너무 아쉬운 장면이었다. 그들은 서둘러 텐트를 접고 어디론가 떠날 채비를 하고 있었다. 이 세상에서 가장 아름다운 광경이었다. 젖 내음, 햇고사리 사랑, 고래 심줄 같은 인연, 그 가족이었다.

싱그러운 아침 햇살에 벚꽃 눈이 펑펑 내리고 노면은 온통 하얀 잎으로 덮여 있었다. 우린 꽃길 자전거 바퀴 자국을 내며 구미, 칠곡보를 지나 왜관까지 질주했다. 해가 저물어가고 있었다.

오늘은 대구 근교 왜관읍에서 라이딩을 끝내고 대중교통으로 상주까지 다시 올라와 주차해 놓은 승용차를 타고 춘천까지 올라가야 한다.

경북 칠곡군 왜관북부버스터미널에서 상주행 승차권을 구입했다. 20분이 지나자 시외버스가 도착했다. 이곳은 경유터미널이기 때문에 잠깐 손님만 내리고 타면 바로 출발하는 곳이었다. 버스가 도착하자 우린 운전기사에게 자전거를 실으려고 하는데 잠깐만 기다려 달라고 부탁했다. 그러나 운전기사는 안 된다며 문을 획 닫고 출발해 버렸다.

황당했다. 왜서 안 되는지 이유를 알 수 없었다. 지금껏 버스에 자전거를 싣고 이곳저곳 여행을 다녔는데 이런 일은 처음 겪는 일이었다. 할 수 없이 기다리다 다음 버스가 도착했고, 또 똑같은 상황이 벌어졌다. 매표소에 가서 이유를 물어봤다.

"운전기사가 안 된다면 어쩔 수 없다."며 환불을 해 주었다. 우리는 환불이 중요한 게 아니고 더 늦기 전에 먼 길을 떠나야 한다. 안절부절 못하고 있는데 옆에 계신분이 "가까운 기차역에 가보는 게 어떠냐."고 일러주었다. 부랴부랴 왜관역으로 달려갔다. 역무원에게 상주까지 가려고 하는데 자전거를 싣고 가도 되냐고 물었다. 역무원은 오후 6시 40분. 상주 가는 열차가 있는데 입석 밖에 없고, 일요일은 승객들이 복도까지 꽉 차서 자전거를 싣기 힘들다고 했다.

포기하고 돌아서는데 또 어느 한 분이 인근 남부버스터미널로 가보라고 일러주었다. 아까 왜관북부버스정류장에서도 자전거를 실을 수 없었는데 남부버스정류장이라고 해서 실을 수 있을까 하는 생각이 들었다. 그러나 한 번 더 시도해 볼 수밖에 없었다.

한참을 기다려 버스가 왔다. 그러나 여기도 상황은 마찬가지였다. 기사가 무조건 안 된다는 것이었다.

"안 된다 카이. 차─암."

두 번을 그냥 보냈다. 긴 시간이 흘렀고, 날이 어두워졌다. 자전거를 타고 밤늦게 왜관에서 상주까지 올라오거나 아니면 운전기사와 담판을 내는 수밖에 없었다.

다음 버스가 도착했다. 우린 버스가 서자마자 운전기사한테 물어보지도 않고 버스 짐칸 문짝을 들어 올리고는 자전거를 밀어 넣었다. 그리고는 올라타면서 "기사님 감사합니다." 하고 꾸벅 크게 절을 했다. 기사는 아무 말이 없었다. 난 기사와 눈도 마주치지 못했다.

아직 버스나 기차에 자전거를 싣고 여행하기에는 좀 어려움이 많다.여행은 예상치 않았던 사건을 이해하고 해결해 나가는 과정이 있어 즐거움을 더해준다.

5월 26일 을숙도 여행 마지막 일정이다. 대구에서 출발해 부산 을숙도까지 간다. 우린 서부터미널에 도착해 염색단지를 지나 낙동강 자전거 길을 찾아 나섰다. 그런데 길을 잘못 들었다. 사실 그 길 밖에 없었던 것 같은데 긴 고가도로를 역주행하게 된 것이다. 고가도로 역주행! 정말 무서웠다. 갓길도 거의 없었다. 대형트럭들은 굉음을 내며 거칠게 달려오고, 도로 위엔 철제 부스러기, 사금파리가 널려있고, 고가도로 아래를 내려다보니 현기증이 났다. 공포! 그야말로 최악이었다. 허나 어쩔 수 없이 달려야만 했다. 추니가 뒤에 따라 오는지 돌아 볼 경황도 없었다. 드디어 긴 고가도로 역주행을 마치고 끄트머리에서 잠시 숨을 가누었다. 심장이 뛰고 다리가 후들거렸다. 고가도로를 타 본 적은 있지만 갓길이 전혀 없는 고가도로는 처음이었다. 다신 이런 상황이 없기를 기원했다.

함안 달성보를 지나자 다람재 고개가 저만치 보였다. 산허리를 끼고 돌아가는 산등성이가 마치 다람쥐를 닮았다 해서 예로부터 다람재라 불리던 고개다. 김굉필 선생을 추모하기 위해 건립했다는 도동 서원 앞뜰엔 400년이 넘었다는 은행나무가 서 있었다.

고개 정상을 오르다가 다섯 명의 미국 학생들을 만났다. 대구에 사는 젊은 영어교사들이었다. 쉼터에서 그들과 같이 사진도 찍고, 간단한 대화도 나눴다. 잠시 후 그들은 나한테 한국어로 말을 건넸다.

"친구야, 같이 가자."

"뭐시라, 친구? 음, 오케이, 레츠 고."

영남의 젖줄인 낙동강 칠백리 푸른 물길따라 경남 창녕군 영아지 마을 정자각에 도착했다. 정자에는 마을 할머니들이 목침을 베고 누워 계시거나, 서로 담소를 나누시고 계셨다. 우린 거기서 물통에 물을 가득 채우고 이런저런 말을 걸었다.

몇 년 전 까지만 해도 40여 가구가 넘던 꽤 큰 부락이었는데 이젠 고작 여덟 가구만 이곳에 살고 있고 모두 칠십이 넘으신 분들이란다.

집들은 많은데 대부분 빈 집이다. 팔려고 하니 외지에 나간 자식들이 나이 들면 이곳에 다시 돌아와 산다며 팔지 못하게 한단다.

양아지 뒷산으로 자전거길이 나 있었다. 난공사 구간이라서 산길을 그대로 이용하게 되었단다. 자전거 타고 오르면 뒤로 벌렁 자빠지거나, 내리막은 코방아를 쩌야 할 정도로 가파르다. 이런 산을 두 개 넘어야 한다.

산 넘으며 배고파 죽는 줄 알았다. 오디와 산딸기를 한 움큼 따 먹었다. 오디는 한방에서 신경통에 효능이 있어 약재로 쓰인다지만 우린 허기를 채우려고 먹었다. 땀에 절어 검은 토시는 하얀 소금이 엉겨 붙었다.

해가 저물었다. 야영장을 찾고 있는데 마땅한 곳이 없었다. 야영을 하려면 먹는 물과 전기 그리고 화장실, 샤워장이 있어야 한다. 먹는 물은 아침밥을 지을 수 있도록 편의점에서 충분하게 구입했다. 전기는 스마트폰 충전을 위해 필요한데 사전에 배터리를 여유로 두 개 충전해 가지고 다녔다. 틈틈이 여행 블로그를 올리느라 한 개 가지고는 부족했다.

어두워 밤늦게 텐트를 치거나 이동할 때 사용하기 위해 랜턴은 준비되어 있다. 그러나 화장실이 문제다. 소변은 대충 그다지 문제없는데 아침에 큰 게 문제다. 이리저리 찾아봐도 마땅한 곳이 없었다. 한참동안 헤매다가 마침 삼랑진읍 상남중학교를 찾게 되었다. 길가다가 해저물고 마땅히 기거할 곳 없을 땐 공공건물이 그나마 좋다. 마을 회관이나 면사무소, 경로당 같은 곳에서도 하룻밤 신세를 질 수 있다. 우린

학교운동장에 도착해 눈치를 살폈다. 혹시 학교 관리인이 텐트를 치지 못하게 할 수도 있다. 우리는 어두워 질 때까지 기다렸다가 운동장 한 구석에 텐트를 쳤다.

밤늦게까지 주민들이 운동장 트랙을 걷고 있었고, 우린 운동장 음수대에서 양치만 대충하고 그냥 곧바

로 텐트에 들었다.

그런데 갑자기 '퍼더덕' 소리와 함께 텐트가 무너져 내릴 듯이 흔들렸다. 우린 콧구멍만한 텐트 안에서 도대체 무슨 영문인지 알 수 없었다. 텐트 지퍼를 내리고 밖으로 나와 보니 축구공이 우리 집을 덮친 것이다. 다행히 부서지고 깨진 건 없었으나 다시 잠들기까지는 긴 시간이 걸렸다.

다음 날 아침 학교 관리인이 나타나기 전에 우린 일찌감치 짐을 쌌다. 집 없는 설움이 이런 거겠지. 남의 집 마당을 빌려 썼으면 아침 일찍 비워주는 게 예의다. 먼동이 트기 전에 우린 떠났다.

이른 아침 황금빛 보리밭, 이들이들하게 자란 야채는 이슬을 맞아 더욱 싱싱해 보였다. 콧노래가 절로 나왔다. 삼랑진과 양산을 지나 부산 을숙도로 향했다.

서울에서 부산 을숙도까지 주말을 이용해 1박 2일씩 다섯 번에 나누어 500km를 달렸다. 작년에 여름휴가 때 춘천에서 해남 땅끝마을까지 여행하고, 두 번째로 국토종주를 했다.

이제 또 어디로 갈까. 역마살이 끼었나 보다. 우린 자전거집시. 집시연인이다.

추니의 자전거 사랑

내가 처음 추니에게 자전거를 사 준 것은 일방적이었다. 가족끼리 한강 고수부지에 놀러 나갔다가 흙투성이 산악자전거를 타고 나타난 어떤 젊은이의 매력에 빠져 깊이 생각할 겨를도 없이 자전거 두 대를 질러 버렸다. 그러니 아닌 밤중에 자전거가 추니 앞에 나타난 것이다. 자전거를 사주겠다고 물어보지도 않았다. 아마도 물어 봤더라면 쉽게 응하지 않았을 것이다. 안전장비를 포함해 한 대에 백만 원이나 하는 걸 쉽게 허락하지 않았을 게다. 그 당시 무슨 배짱으로 그리 큰일을 저질렀는지 잘 생각이 나지 않는다. 오직 산악자전거를 타고 산야를 누비는 상상에 푹 빠졌 탓일 것이다.

추니 자전거는 진한 고동색이고 내 것은 검정색이었다. 초보용 치고는 기능도 괜찮고 디자인도 예뻤다. 우린 주로 주말을 이용해 자전거를 탔다. 인터넷 동호회 사이트에 회원으로 등록해 활동했다. 종종 한강을 따라 남산에 오르고, 인왕산 뒷길을 따라 북한산에 올랐다. 안양시 인근의 수리산과 일산을 에워싼 작은 야산들을 연결한 '아마존 루트'는 코스가 아기자기하고 순해서 좋았다. 점점 라이딩 거리가 멀어지면서 당일치기로 강화도를 한 바퀴 돌아오기도 하고, 대관령 능선과 정선 민둥산을 정복하기도 했다.

난 혼자 다닌 적이 단 한 번도 없다. 항상 추니와 함께 달렸다. 아마도 나 혼자 자전거를 타기 시작했다면 그리 오랫동안 지속되지 못했을 것이다. 휴일에 가족 나두고 혼자 놀러 다니는 게 그리 녹록하겠는가. 추니와 같이 자전거를 탈 수 있어 참 행복하다.

추니는 배낭에 초콜릿과 연양갱, 봉다리 커피 몇 개를 늘 갖고 다녔다. 오솔길을 달리다 가시덩굴에 팔다리를 긁히고, 가파른 산길을 내려오다가 앞 브레이크를 급히 잡는 바람에 공중에서 완전히 한 바퀴 회전하며 땅바닥에 그대로 나뒹굴어지기도 했다. 그래도 추니는 끄떡없었다. 포기하려는 눈빛은 전혀 볼 수 없었다. 불평을 별로 들어 본 적이 없다. 얼마나 힘든지, 어디 불편한데 없는지 물어보면 늘 오케이였다.

추니도 난이도 높은 코스를 즐기는 편이었다. 넘어져 아프고 숨이 꼴까닥 넘어갈 정도로 힘겨운 코스를 정복하고 난 후의 스토리를 즐기는 편이었다. 자주 한밤중에 집에 들어오는 때가 많았지만 그다지 피곤한 줄 몰라 했다. 아마도 유산소 운동이라서 그런 것 같았다.

작년에 추니가 홍천 산악자전거 대회에 출전했다. 생활체육인들이 참가하는 아마추어 대회였다. 추니는 계속 선두 그룹과 함께 달려와 골인 지점을 백 미터 가량 앞두고 옆 사람과 부딪치는 사고가 발생했다. 뒤 따라 오던 선수가 추월하면서 살짝 건드렸는데 기진맥진한 상태라서 그만 쓰러지고 만 것이었다. 추니는 넘어지면서 손을 먼저 땅바닥에 짚었는데 그다음 핸들이 손등을 찧은 것이다. 처음엔 대수롭지

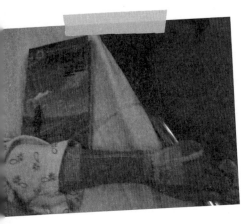

않은 것 같아 파스를 발랐는데 점점 부어올라 엑스레이를 찍어보니 뼈가 부서졌다. 곧바로 수술 받고 깁스를 한 채 6주를 보내야만 했다.

수술한 지 채 1주일 밖에 지나지 않았는데도 몹시 갑갑한 모양이었다. 나는 그 때 수원에서 장기 연수 받느라 멀리 떨어져 있어 주말에나 춘천에 내려와 서툴지만 조금씩 일을 도와주곤 했는데, 내가 하는 일이 도대체 마음에 들지 않아 못마땅해 했다. 한여름이 아니라서 조금 다행이긴 했지만 오른손을 못 쓰고 있으니 더욱 힘들었을 게다.

추니는 그 와중에도 병실 침대에 누워 자전거를 타고 아메리카 대륙을 횡단하는 자전거여행 서적을 읽고 있었다. 자전거에 대한 꿈과 열정은 못 말릴 정도다.

꿈, 새로운 시작

자전거 세계 일주

그동안 자전거를 타면서 기회가 되면 세계 일주를 하겠다는 생각을 늘 해왔다. 세계의 강, 물길 따라 달리며 대자연 속에서 평화를 노래하고 싶다. 물길은 지구의 혈관과도 같다. 생명의 근원인 물. 그 생명의 물길 따라 인류의 역사와 애증, 상흔이 존재한다. 도로는 인간의 길이요, 물길은 신의 길이라고 했다. 추니와 난 자전거 세계 일주를 통해 삶의 고통을 이해하고 아름다움의 근원을 찾아가려 한다.

우선 체력이 뒷받침 될까, 소요경비는 얼마나 들까, 먹고 자는 건 어떻게 하나, 언어소통과 위험요소와 여행루트를 촘촘히 생각했다.

현직을 떠나면 경제적인 면에서 걱정스러울 수도 있지만 그건 마음을 비우지 않았다는 뜻일 게다. 지구를 한 번 돌고 나면 우리에게 또 다른 기회가 올 것이다. 몸과 마음을 낮추면 할 일이 많을 것 같다.

우선 첫 루트는 유럽을 택했다. 앞으로 여러 국가를 이동하는데 있어 미리 적응하는데 유럽이 제격이라고 생각했다. 숙박 경비절감을 위해 카우치 서핑과 야영, 민박, 호텔 등을 골고루 해 볼 작정이다. 이동하며 불가피하게 노숙도 하게 될 것이다.

추니와 나, 그리고 청소년 두 세 명이 함께 동행하면 좋겠다. 이번 여정을 통해 어려운 환경을 극복하고 거듭나는 기회를 찾을 수 있는 청소년이면 더욱 좋겠다.

물길 따라 지나는 길에 중세기 마을에 들러 다가오는 2018 평창 동계올림픽을 얘기하고 우리나라 남북의 현실을 들려주고 싶다. 평화와 생명의 고귀함을 나누고 현지에서 그들의 메시지를 엽서에 담아 나중에 그 엽서들을 모아 평창 알펜시아나 화천 세계평화의 종공원에 전시하고 싶다. 또 마을 주민들과 케이 팝을 노래하고, 기타 치며 트로트를 노래하고, 페달 옆에 지쳐 앉아 바가지 두드리며 아리랑을 노래하고, 철조망 녹슬고 구멍 난 철모 쓴 채 시 '비목'을 읊고 싶다.

또 달리다 해 떨어지면 도나우강변 야영텐트의 치악산 꿩에 얽힌 보은을 생각하며 청명한 종소리와 함께 그리운 고향을 노래하고 싶다. SNS로 실시간 소통하면 덜 외로울 것이다. 바람과 흙, 노래, 별을 렌즈에 담아 블로그에 포스팅하고, 페이스북 친구들과 공유하고 싶다.

유럽은 쉥겐조약에 따라 기간은 100일 정도로 할 계획이다. 도나우 강을 따라 오스트리아 빈과 파사우를 지나 독일의 로맨틱 가도와 마임 강을 따라 프랑크푸르트를 경유한다. 그 다음 라인 강을 따라 네덜란드를 거쳐 배로 북해를 건너 영국 템즈 강을 거슬러 오를 계획이다. 약 3000 km로 정도의 거리다.

그리고 한국에 돌아와 북한강 하구 두물머리를 출발해 최상류 화천 화로호를 지나 민통선으로 향하고 싶다. 오직 수달만이 물길따라 남북을 오가는 DMZ오작교에서 북한강 발원지인 금강산 비로봉까지 자전거 길을 잇고 싶다.

몇 년 전부터 매일 아침 7시 20분, 전화영어 학습을 해 오고 있다. 영어회화가 어디 그리 쉬우랴. 아직 듣기가 약해서 문제다. 선생님은 내가 말을 못해 쩔쩔매는 걸 전화상으로도 잘 알고 있는 듯 하다.

자전거는 직접 가져간다. 부품 사이사이를 헝겊으로 꽉 채워 운반 도중에 훼손되지 않도록 단단히 포장할 계획이다. 자전거는 산악자전거를 일부 개조했기 때문에 여행용에 잘 어울리진 않지만 반면에 재질이 견고해 좀처럼 고장이 나질 않을 것 같다.

야영에 필요한 텐트와 취사용 버너, 코펠, 침낭과 매트도 가져간다. 최소한의 물품과 가벼운 장비로 준비했다. 텐트는 2인용과 자전거 두 대가 들어가는 현재 사용 중인 것으로 하고, 의류는 패드 바지 두 개와 옷가지 두 벌 정도면 될 듯하다.

지난 달 원주 영상미디어 센터에서 사진과 동영상 편집 야간 과정을 이수했다. '무비 메이커'와 '프리미어 프로'라는 건데 나에겐 좀 어려웠다.

그동안 따스한 공직 온실에서 생활해 왔는데 은퇴하고 나서 계속 따스한 공간을 찾는 건 사치다. 이제 양지바른 일터에서 벗어나 아름답고 거친 벌판으로 나간다. 그 곳에는 자유롭고 평화로운 지평이 있고, 돌탱이와 엉겅퀴도 있을 테고 강한 모래폭풍도 만날 것이다. 나는 베이비 붐 세대로서 이제부터 야생여우로 길들여질 참이다. 안락한 조직의 울타리를 벗어나 세상의 참맛을 실감하게 될 것이다. 도나우 물길 따라 오르며 삶을 새롭게 디자인하고 싶다.

나의 아이콘은 희망과 도전이다. 희망 없는 삶은 의미가 없다. 도전은 아름다운 고행이고 살아있다는 징표다. 가슴 뛰는 희망은 젊음이다.

자전거 세계 일주는 험준한 고개와 거친 비바람 속에 내버려진 듯 외롭고, 애들이 보고 싶어 미칠 지경일 때도 있을 것이다.

또 한편 듬뿍 아름답고 북받치는 만남도 우리를 기다릴 것이다. 새로운 반평생이 열릴 것이다. 물길 따라 자전거 세계 일주는 가슴 벅찬 희망이고 새로운 도전이다.

SNS를 통해 독자들과 여정을 함께 하고 싶다.

_블로그 blog.naver.com/ckchoul

_트위터 twitter.com/ckchoul

_페이스북 facebook/kwangchoul.choi

진정한 여행

_ 나짐 히크매트

가장 훌륭한 시는 아직 씌여지지 않았다.
가장 아름다운 노래는 아직 불려지지 않았다.
최고의 날들은 아직 살지 않은 날들

가장 넓는 바다는 아직 항해되지 않았고
가장 먼 여행은 아직 끝나지 않았다.
불멸의 춤은 아직 추어지지 않았으며
가장 빛나는 별은 아직 발견되지 않은 별

무엇을 해야 할지 더 이상 알 수 없을 때
그때 비로소 진정한 무엇인가를 할 수 있다.

어느 길로 가야 할지 더 이상 알 수 없을 때
그때가 비로소 진정한 여행의 시작이다.